한국 당대소설에 나타난 중국 이미지 연구

此书获得深圳职业技术学院学术著作出版资助

한국 당대소설에 나타난 중국 이미지 연구

韓國當代小說中的中國形象研究

박영일 朴铃一

역락

머리말

　이 책은 저자가 중앙민족대학교 조선언어문학학과에서 2015년 말부터 박사학위논문으로 선택하여 쓴 내용을 재수정한 것이다. 2018년 6월에 학위논문으로 통과된 후 미흡한 점이 많다고 스스로 느끼고 논문 수정에 착수하였다. 지금에 와서 자신의 한계를 더욱 많이 느끼게 되지만, 학계 여러분들의 도움을 받아야만 하겠다는 일념에서 미흡한 글을 그대로 내놓고자 한다. 능력과 시간의 제한으로 인하여 부족한 부분이 많아 열람과 참고로만 사용하기를 바라고 독자 여러분들의 많은 지적과 시정을 기대한다.

　학문의 길로 들어선 이래 지금까지 여러 은사님들로부터 많은 은혜를 입어왔다. 이 기회를 빌어서 저자의 석사학위 및 박사학위 지도교수님이신 김춘선 교수님을 비롯하여 오상순 교수님, 김명숙 교수님, 서영빈 교수님, 김경선 교수님, 장춘식 교수님, 박승권 교수님, 최학송 교수님, 김염 교수님 등 여러분들에게 마음 속 깊은 감사를 드린다. 교수님들께서 보여주신 학문에 대한 열정과 엄격함은 저자 평생의 귀감이 될 것이다. 이와 동시에 저자가 10년간 중앙민족대 조문학부에서 공부하는 동안에 시종일관하게 물심양면으로 크게 도와주신 중앙민족대 각급 영도, 조문학부의 여러 선생님과 선후배님들, 커시안 박걸 회장님, 그리고 심천폴리텍대학교 한국어과 김련옥, 양영, 조수호 등 동료분들, 서울대 박사과정생 신문봉, 고려대 박사과정생 김산 등 많은 고마운 분들에게 진심으로 감사한 마음을 전하는 바이다.

이 책의 상당 부분은 중앙민족대 도서관에서 구상하고 집필했다. 민족대의 도서관과 기숙사의 자그마한 공간은 개인적인 추억 속에 이 책과 오래도록 연결되어 있을 것이다. 딱딱한 내용으로 채워진 책의 출간을 기꺼이 맡아 주신 역락출판사 이대현 대표님과 꼼꼼히 교정을 봐 주신 이태곤 편집이사님께 감사드린다.

2022년 5월

심천(深圳)에서

차례

제1부

중국의 거울상: 한국 당대소설에 나타난 문화적 교감

지리적으로 인접한 중한 양국은 긴 세월을 이어오며 정치, 경제, 문화 등 영역에서 밀접한 교류를 유지해왔다. 양한(兩漢)시기에 이미 양국 왕래가 가능하도록 육지와 해상 통로가 트이기 시작했고 위진남북조(魏晉南北朝)에 이르러 더욱 괄목한 발전을 이룩하였다. 당나라 시절에 수도 장안에는 많은 신라인들이 유학 왔다는 기록이 남아있고 특히 명나라에 이르러 양국 관계는 역사상 가장 긴밀한 시기를 맞게 된다. 총체적으로 고대의 양국 관계를 거시적으로 조명할 때, 중국의 문화가 한국에 비해 우세했고 한국은 중국을 본보기로 적극 한문화를 수용하는 양상을 보였다.

　　근대에 이르러 국제환경이 급변함에 따라 두 나라는 저마다 국가적 존폐 위기에 빠지면서 오랫동안 유지됐던 역학 구조는 무너졌고 양국 관계도 잇따라 변화되기 시작하였다. 1910년에 일제가 조선반도를 강점하면서 한국은 해외 정권 수립에 나섰는데, 1919년 4월 한국임시정부가 중국 상하이를 근거지로 설립했을 당시에도 중국 정부는 적극적인 지원을 보냈고, 동시에 그들이 국제적으로 인정받을 수 있도록 노력을 아끼지 않았다.

그러다가 냉전시기에 이르러서는 중한 두 나라가 각기 다른 이데올로기와 진영을 선택함에 따라 양국 관계는 급격히 하락하여 대립태세에 들어갔다. 이러한 대립은 근 반세기나 이어졌으며 1992년 중한수교가 수립되고서야 첨예했던 대립관계는 차츰 해동되면서 정치, 경제, 문화 교류는 재가동되기 시작하였다. 한국과 중국은 가까운 이웃으로서 정치 안보나 경제협력, 사회문화 교류 등 많은 영역에서 서로 필요로 하는 부분이 많기 때문에 중한관계는 지난 20여 년간 다방면에서 비약적으로 발전했으며 그 결실은 2008년 양국 사이에 전략적 협력 동반자 관계를 구축하는 토대가 되었다.

중한 두 나라의 지리적 위치가 인접해 있을 뿐만 아니라 역사적으로도 인연이 깊은 까닭에 다른 주변국가에 비해 직접적인 교류가 상대적으로 많았던 편이다. 게다가 이제 정치, 경제의 측면에서나 사회, 문화의 측면에서나 서로를 점차 더 필요로 하는 시대에 접어들고 있기 때문에 한국 당대문학에서 적지 않은 중국 이미지를 찾아볼 수 있는 것은 자명한 일이다. 본 저서에서 다루게 될 '한국 당대소설에서의 중국 이미지 연구' 역시 중한 양국 간의 활발한 교류의 소산이다.

1945년 광복 이후의 한국 당대문학[1]은 특수한 시대적 배경 하에서 발전해오면서 창작이념을 비롯해 소설 소재, 예술 수법 등 면에서 적지 않은 변화가 생겼다고 할 수 있다. 이러한 변화에서 주목되는 것은 외국인이나 타국생활을 묘사하는 작품들이 급증한 것인데 특히 그 중에서도

---

[1] 1945년 8월 15일 한국 해방 이후의 문학은 한국 현대문학사의 한 단계이며, 한국사회의 당대적인 요건과 직접적으로 대응하고 있다. 본 저서는 한국사회의 당대적 속성에 초점을 두고 해방 이후의 문학 작품을 선정하였으므로 '한국 당대문학'이라는 용어를 사용한다. 김춘선, 『조선·한국당대문학개론』, 북경: 민족출판사, 2009 참고.

중국이 흔히 접할 수 있는 대상이라는 것이다. 이를테면 한국 당대소설의 경우, 오정희의 1979년에 발표한 중국 관련 소설인 「중국인 거리」를 필두로 윤후명, 조건상, 윤대녕, 김인숙, 김연수, 공선옥, 박찬순, 이응준, 조정래, 천운영 등 십여 명의 소설가들이 잇따라 20여 편에 달하는 중국소재소설을 창작했는데, 여기에는 단편, 중편, 장편 등 다양하게 망라되어 독특한 중국소재소설 작품군(群)을 형성하였다.

이러한 중국소재 소설들은 두 가지로 대별할 수 있다. 하나는 한국에서 거주하는 중국인의 삶을 묘사한 작품으로, 비록 작품 수가 적고 묘사된 중국인 이미지가 전형성이 부족하지만, 일반적으로 '타자'의 이미지를 통해 본국의 문화심리를 서술하는 형식을 취하고 있다. 이를테면 오정희의 단편소설 「중국인 거리」와 같은 작품이 그러하다. 다른 하나는 중국을 배경으로 한 작품으로, 비록 이러한 작가들 사이에 하나의 통일된 문학 단체나 유파를 형성하지는 않았지만, 일부 작가들은 창작 형식에서 유사한 특징이 드러난다. 예하면 김인숙의 「감옥의 뜰」, 「바다와 나비」, 윤대녕의 「피아노와 백합의 사막」, 윤후명의 「돈황의 사랑」, 「누란의 사랑」, 「외뿔 짐승」, 「구름의 향기」 등이다. 본 저서에서는 중국에 대해 묘사하고 있는 이러한 소설작품들을 총체적으로 귀납 및 분석하여 그 속에 나타난 중국의 모습을 고찰해보고자 한다.

이미지 연구는 이미 문학연구에서 유래가 오래되어 소설작품 남녀주인공의 이미지에 대한 연구와 같은 것이다. 그러나 일반적 의미에서의 이미지 연구와는 달리 '타자'이미지, 즉 "한 작품, 문학 중의 이국(異國)이미지에 대해 연구"[2]하는 것은 비교문학 형상학 범주에 속한다. 비교문학 형상학의 시각으로 보면 이미지란 "문화현실에 대한 재현이며 이러

---

2) 孟华主编, 『比較文学形象学』, 北京 : 北京大学出版社, 2001, p.118.

한 재현을 통해 그것을 창작(혹은 찬성, 홍보)한 개인 또는 단체의 의식 형태와 그들의 문화적 공간을 제시하고 설명한다."³⁾ 따라서 한국문학 작품에서의 중국 이미지는 중국 현실을 그대로 반영하는 것이 아니라 한국 사회의 문화적 심리와 작품이 처한 역사문화의 맥락을 반영한 것이라고 할 수 있다. 때문에 한국문학에 나타난 중국 이미지에 대한 연구를 통해 작가의 인식과 견해를 알 수 있을 뿐만 아니라 한국문학의 특징과 중국에 대한 한국 사회의 상상(想像)을 알아볼 수 있다.

우리는 타자라는 거울이 없으면 자기 자신을 볼 수 없다. 타자는 자신을 가꾸어야 하는 원인이자 수단이다. 타자의 눈에 비친 자신의 이미지를 통해 끊임없이 자신을 미화할 수도 있고 더욱더 적극적으로 표현할 수도 있다. 본 연구는 실제적 자아(自我)인 중국이 타자(他者)인 한국인에게 어떻게 비치고 있는지를 알기 위해 시도된 것이다. 하지만 당연하게도 타자의 시선은 완전히 객관적일 수 없다. 그러므로 본 저서는 한국 당대문학에서의 중국에 대한 이미지 혹은 중국에 대한 인상에 관한 전체적인 윤곽을 그려보면서 서술의 진실 여부를 밝히려는 것이 아니라 소설의 외면에 있는 중한 양국의 정치적·역사적·이데올로기적인 요소들을 파악하는 일이 될 것이다.

그리고 비교문학 형상학적 시각에서 볼 때, 이러한 중국소재소설들은 중국 사회, 문화 및 이념적 공간 등을 제시하여 이국(異國) '타자' 이미지를 구성하게 된다. 이러한 '타자' 이미지는 한편으로는 관찰자인 한국인의 '자아' 성찰을 투영해준다. 중한 양국의 교류는 역사적 변천 및 국제관계 변화의 영향을 받기 때문에 한국 당대작가들은 작품 속에 중국 요

---

3) "形象是对一种文化现象的再现，通过这种再现，创作了它(或赞同、宣传它)的个人或群体揭示出和说明了他们生活于其中的那个意识形态和文化的空间。" 상게서, 24쪽.

소들을 첨가함으로써 '자아'의 불안과 각성 및 욕구를 노정하고 있다.

중한 양국의 정치, 역사, 문화 또는 민족의식 등 다양한 요소의 영향도 있고 입장의 차이도 있기 때문에 연구 목적, 연구 시선, 연구 내용, 나아가 연구 결과 등에도 일정한 차이성이 존재하게 된다. 그러나 이러한 서로 다른 연구들이 상호 교류되고 보완된다면 '자아'와 '타자'가 대표하는 국가와 민족의 관계를 촉진 및 발전할 수 있을 뿐 아니라 양국 서로에 대한 이해를 깊이하고 공통한 문화적 가치를 더욱 중시하게 된다는 측면에서 본 연구가 더욱 중요한 의미를 갖는다고 생각한다. 자아의 주체성만을 강조할 것인가, 아니면 타자의 시선만을 의식할 것인가 하는 이분법으로는 자아의 정체성 문제를 해결할 수 없을 만큼, 구체적인 인식의 소통만이 실질적인 해결책이 될 것이다.

한국 당대소설에서의 중국 이미지 연구는 충분한 학술 가치를 지니는 과제라고 본다. 장기적이고도 밀접한 양국 교류로 인해 중국 관련 작품은 이미 한국 당대문학에서 일정한 작품군을 이루고 있는데 그에 비해서 관련 연구는 편린(片鱗)적이고, 체계적인 연구가 이루어지지 못하고 있다. 그리하여 학술적 측면 및 현실적 의의에서 출발하여 체계적이며 깊이 있는 연구를 진행할 필요가 있다. 이 또한 저자가 한국 당대문학에 나타난 중국 및 중국인 관련 작품을 수집·정리하게 된 동력이기도 하다.

한풍(漢風)과 한류(韓流)가 상호 유입되는 오늘날에 한국 당대소설에서의 중국 이미지 연구는 그 의미 또한 남다르다. 문학 텍스트는 한 시기의 역사 현상, 사회 현상을 반영해줄 뿐 아니라 그 시대를 살아가는 작가와 대중의 일정한 심리상태를 반영해주기도 한다. 또한 지금 양국 간의 관계가 정부만이 아니라 비국가 행위자들(Non-State Actors)의 역할에 의해서도 영향 받는 시대가 될 만큼 민간의 중국인식은 전보다 더 중요해졌다.4) 따라서 본 연구는 오늘날 중국인에 대한 한국인의 인식을 이해함에 있어서 학술적인 가치뿐만 아니라 중한 양국의 문화적 교류를 위해서도 현실적인 의의가 크다고 생각된다. 이러한 연구는 중한 양국의 대중들이 원활하게 소통 및 교류할 수 있게 하는 길을 찾는 데 다소나마 기여할 수 있을 것이다.

한국문학 속의 중국 이미지 연구

한국문학에서의 중국 이미지 연구는 대체로 두 가지 시각에서 진행되었다. 먼저, 현실 속에서는 자아이지만 한국 문학작품에서는 '타자'의 시각에서 진행된 연구이다. 이는 중국의 시각에서 출발한 것인데, 연구의 주제는 '외국 문학 속의 중국 이미지'로 한국인들의 중국관 또는 중국 민족관에 대한 작품들의 공통점과 차이점을 찾아내고 그 속의 정확한 것과 오독된 부분을 감별하여 참고하거나 비판, 반성하는 것이다. 그리고 이에 반해 현실 속에서는 타자이지만 한국 작품에서는 '자아'인 시각에서 진행된 연구이다. 한국의 입장에서 볼 때, 이는 '한 작품 또는 한 문학에서 나타난 이국 이미지 연구'5)이다. 따라서 그들의 관심사는 '자아'가 왜 '타자'에 흥미를 갖게 되었는지, '타자'가 작중에서 어떻게 묘사되었는지, '자아'와 '타자'의 영향관계·등급관계 등을 통해 그 속에 투영된 '자아'의 민족 문화심리와 현실 욕구가 어떠한지에 집중하고 있다.

---

4) 백영서, 「중국의 '동북공정'과 한국인의 중국인식 변화」, 『중한관계의 역사와 현실』, 서울: 한울, 2013, p.205.
5) (法)巴柔, 「从文化形象到集体想象物」, 孟华主编, 『比较文学形象学』, 北京 : 北京大学出版社, 2001, p.235.

즉 작품 배후에 숨겨진 복잡하고도 다양한 역사·문화 요소들을 탐구할 수 있다.

중·한 양국의 정치, 역사, 문화 또는 민족의식 등 다양한 요소의 영향도 있고 입장의 차이도 있기 때문에 연구 목적, 연구 시선, 연구 내용, 나아가 연구 결과 등에도 일정한 차이성이 존재하기 마련이다. 하지만 이러한 서로 다른 연구들이 상호 교류되고 보완된다면 '자아'와 '타자'가 상징하는 중·한 양국의 관계를 촉진 및 발전시킬 수 있을 뿐 아니라 양국 서로에 대한 이해를 심화할 수 있다는 측면에서 본 연구가 더욱 중요한 의미를 갖는다.

근년에는 한국 문학 속의 중국 요소, 제재, 및 중국 이미지 관련한 연구가 양국 연합하여 진행되는 새로운 국면이 형성되고 있다. 2014년 4월, 베이징외국어대학교에서 거행된 '한국문학 속의 중국 요소 및 한국어 교육연구 국제학술포럼'에서 양국 학자들은 각자의 최신 학술성과를 발표했다. 이를테면 「현대문학 작품에서 본 '추'의 형상의 심미적 가치」, 「동아시아의 시계로 읽는 중국조선족 문학」, 「한국 근대문학과 장춘」, 「정지용 시와 중국 고전시가의 회화성 비교 연구」 등이 있다.6)

---

6) 포럼은 '한국문학 속의 중국 요소'와 '한국어 교육 연구' 두 분과로 나누어 진행하였다. '한국문학 속의 중국 요소' 분과에서는 아래와 같은 11편 논문이 발표되었다.
　김재용, 「염상섭과 노신 그리고 반제국주의적 코스모폴리타니즘」.
　장춘식, 「조선 망명 문인들의 정체성 변화와 조선족 이민 문화」.
　서재길, 「나운규 영화와 만주」.
　김장선, 「1980년대 한국의 중국문학 번역 양상」.
　이상경, 「김동인의 「붉은 산」과 중국」.
　김명숙, 「현대문학 작품에서 본 '추'의 형상의 심미적 가치」.
　전월매, 「중국부상에 따른 국제질서 재편론 담론」.
　임상, 「조지훈의 시에 나타난 동아시아의 자연관 연구」.
　고명철, 「동아시아의 시계로 읽는 중국조선족 문학」.
　최학송, 「한국 근대 문학과 장춘」.
　김경선, 「정지용 시와 중국 고전시가의 회화성 비교 연구」.

2014년 9월에는 중앙민족대학교 조선언어문학학부 및 조선-한국학 연구센터가 공동 주최한 '한국(조선)언어문학과 중국' 국제학술회의가 베이징 중앙민족대학교에서 거행되어 한국(조선) 언어문학 및 중국 관련성 연구에서 풍성한 성과를 이룩하였다. 당시 한국 학자로는 박성창, 김건곤, 신형기, 김병선, 하상일이 참석했고 중국 학자로는 이암, 박은숙, 최학송, 장춘식, 이해영, 김명숙 등이 있었는데, 「연안(延安)」으로 탈출, 새 국가의 상상」, 「고려문인의 중국 역사와 인물에 대한 인식-이제현의 영사시를 중심으로」, 「한중 신소설의 관련성 탐구를 위한 정보 네트워크 구성」, 「이태준 단편소설이 보여준 약자의 시각」 등 일련의 깊이 있고 학술 가치가 돌출한 논문들을 발표했다.[7]

한국 학술계 상황을 볼 때, 한국 문학 속의 중국 요소, 소재 및 중국 이미지와 관련된 연구에 적지 않은 관심이 주어지고 있어 한국 근대문학 및 고전문학 속의 중국 이미지 연구에 괄목할만한 성과를 이룩했지

北京外国语大学韩国语学科、北京外国语大学世界亚洲研究信息中心, 『韩国文学中的中国元素暨韩国语教育研究国际学术研讨会资料集』, 北京：北京外国语大学, 2014.

7) 이번 학술회의는 문학과 언어 분과로 나누어 진행되었다. 문학 분과에서는 아래와 같은 11편의 논문이 발표되었다.
리암, 「고려의 문치정책과 최자 「보한집」의 탄생에 대하여」.
김건곤, 「고려문인의 중국 역사와 인물에 대한 인식-이제현의 영사시를 중심으로」.
신형기, 「연안(延安)으로의 탈출, 새 국가의 상상」.
김병선, 「한중 신소설의 관련성 탐구를 위한 정보 네트워크 구성」.
박성창, 「조선문학과 번역: 김억의 한시 번역을 중심으로」.
하상일, 「식민지 시기 상해 이주 조선 문인 연구의 현황과 과제」.
박은숙, 「한국 개화기 신소설에 나타난 중국 이미지 연구」.
최학송, 「근대 도시 신경의 식민성과 허위성」.
장춘식, 「일제강점기 조선족 이민문화의 혼종성」.
이해영, 「조선족의 중국 선택과 조선인 간부들의 역할」.
김명숙, 「이태준 단편소설이 보여준 약자의 시각」.
중앙민족대학교 조선언어문학학부·조선-한국학연구센터, 『"한국(조선)언어·문학과 중국" 국제학술대회 자료집』, 북경: 중앙민족대학교, 2014년.

만, 이에 비해 근대 이후의 연구는 선명하게 부족했으며 일부분의 논문만 존재하는 실정이다. 유인순의 「현대 한국소설에 투영된 중국, 중국인」[8]에서는 중국과 중국인을 제재로 한 10편의 중·단편소설을 선정하여 한중 수교 전후의 작품 속 중국의 서로 다른 이미지를 분석하였다. 전월매의 「한중수교이후 한국현대소설에 나타난 중국인 이미지 연구」[9]에서는 비교문학 형상학 이론을 활용하여 중한 수교 이후의 한국현대소설에 나타난 중국인 이미지를 유토피아형상과 이데올로기 형상으로 분류하면서 타자의 시각으로 「500마일」, 「지하삼림을 가다」, 「발해풍의 정원」, 『정글만리』 등 4편의 소설 텍스트를 구체적으로 분석하였다.

중국 학술계 상황을 볼 때, 한국 현대문학 속의 중국 이미지 연구에 가장 앞선 학자는 우선 연변대학교의 최일 교수를 꼽을 수 있다. 그의 박사학위논문인 「한국현대문학 속의 중국 형상 연구」[10]에서는 1910-1945년 사이의 소설, 수필, 정론 등 중국 관련 한국문학 작품을 연구 대상으로, 비교문학 형상학 이론을 기반으로 하여 현대 담론과 한국의 중국관을 비롯해 중국 도시 형상, 농촌 형상, 중국인 형상에 대한 깊이 있는 분석을 진행하였다. 그리고 원영혁(苑英奕)의 「한국현대문학 속의 중국인 형상 변천 연구」[11]에서는 1906년의 '신소설'을 비롯해서 1920, 1930년대의 소설, 그리고 냉전시대와 21세기 작품까지 망라한 총 6편의 소설을 선정하여 한국현대문학 속의 중국에 대한 인지변화 양상을 연구하였다.

---

8) 유인순, 「현대 한국소설에 투영된 중국, 중국인」, 『한중인문학연구』, 한중인문학회, 2004.
9) 전월매, 「한중수교이후 한국현대소설에 나타난 중국인 이미지 연구」, 『한국문학논총』 제28집, 한국문학회, 2019.
10) 崔一, 「韩国现代文学中的中国形象研究」, 延边大学博士学位论文, 2002.
11) 苑英奕, 「韩国现代文学中中国人形象的变迁思考」, 『东北亚外语研究』, 2013年第二期, 2013.

요컨대 지연 정치와 이데올로기 등 다양한 문제로 인해, 양국 학자들이 한국 당대문학 속의 중국 이미지에 대한 연구는 비교적 미진하다. 하지만 이러한 연구 성과에 대해서 저자는 본 저서에서 충분히 참고하고 수용할 것이다.

작가 및 작품에 대한 연구

중국 이미지를 부각한 한국 당대소설의 개별 작가·작품에 대한 논문들은 총 50여 편에 달한다. 그중에서 「중국인 거리」12)는 오정희의 대표작이자 한국 당대문학에서 중국인을 중점적으로 묘사한 선두작품으로 총 10편에 달하는 연구 성과를 누적하였다. 작중 인물의 시각에서 분석을 시도한 논문은 두 편으로, 각기 박형준의 「한국문학의 차이니스 디아스포라-오정희의 「중국인 거리」를 중심으로」13)와 황남엽의 「차이나타운에 나타난 인종차별: 「잔월루」와 「중국인 거리」를 중심으로」14)가 있다. 그 외 소설 속 색깔, 맛, 초경, 모성, 죽음 등 모티프에 중점을 두고 분석한 논문은 5편이 있고15) 나머지 3편 논문에는 '차이나타운'의 서사

12) 오정희, 「중국인 거리」, 『유년의 뜰』, 서울: 문학과지성사, 1998(1979).
13) 박형준, 「한국문학의 차이니스 디아스포라-오정희의 「중국인 거리」를 중심으로」, 『중한인문학연구』, 중한인문학회, 2015.
14) 황남엽, 「차이나타운에 나타난 인종차별: 「잔월루」와 「중국인 거리」를 중심으로」, 『인문학연구』, 조선대학교 인문학연구원, 2005.
15) 방민화, 「오정희의 「중국인 거리」 연구」, 『현대소설연구』, 한국현대소설학회, 1999.
정재림, 「오정희 소설의 이미지 기억 연구」, 『Comparative Korean Studies』, 국제비교한국학회, 2006.
김경희, 「오정희 소설에 나타난 모성성 연구-「중국인 거리」, 「번제」를 중심으로」, 『인문학연구』, 조선대학교 인문학연구원, 2005.
곽상순, 「오정희 소설에 나타난 죽음-「유년의 뜰」, 「중국인 거리」, 「저녁의 게임」을 중

공간 및 현실 공간을 분석하고 있다.[16) 이러한 논문들은 작품의 주인공, 스토리, 사회 환경, 모티프 등에 대한 디테일한 분석이 이루어졌고, 한국 당대문학에서 여성성장소설에 대한 분석의 기반을 마련하였다고 할 수 있다. 하지만 선행연구들은 이국이나 이국인 이미지에 대한 논술이 부족하고 당시 시대적 배경과 함께 인물들 간의 미묘한 관계를 분석하는데 미흡한 점을 보여준다.

조정래의 장편소설『정글만리』[17)는 근년 들어 한국 당대문학 중 중국 소재소설의 영향이 가장 큰 작품이라 할 수 있다. 따라서 작가와 작품에 대한 연구 성과도 상대적으로 풍성한데『정글만리』에 관련한 국내외 문헌 자료는 총 8편에 달한다.

중국 국내 연구 논술 중에서 저자의 석사학위논문「조정래의 장편소설『정글만리』에 나타난 중국 및 중국인 형상」[18)은 최초로 본 작품을 연구한 학위 논문이다. 졸고는 비교문학 형상학 이론을 활용하여 비교적 구체적으로 소설 속의 중국 및 중국인 형상을 연구하였다. 졸고는 '타자'의 시각으로 본 중국인 형상들을 살펴보았고, 중국 이미지에 투영된 한국의 자국문화심리와 '자아'의 표출양상을 살펴보았다. 하지만 논문에서는 조정래의 역사적 인식과 중국관 등 부분에 대한 깊이 있는 논술이 부

심으로」,『여성문학연구』, 한국여성문학학회, 2013.
차미령,「원초적 환상의 무대화-오정희「중국인 거리」론」,『한국학보』, 일지사, 2005.
16) 오양호,「상처받은 항구도시의 후일담-한국현대소설에 나타나는 '인천'」,『인천학연구』, 인천대학교 인천학연구원, 2002.
오윤호,「「중국인 거리」에 나타난 이주의 상상력」,『어문연구』, 한국어문교육연구회, 2007.
오미일,「일제강점기 경성의 중국인 거리와 '魔窟' 이미지의 정체성」,『동방학지』, 연세대학교 출판부, 2013.
17) 조정래,『정글만리』(1,2,3), 서울: 해냄출판사, 2013.
18) 朴铃一,「赵廷来的长篇小说『丛林万里』中的中国·中国人形象」, 中央民族大学硕士学位论文, 2015.

족한 문제도 존재한다. 그 외 전월매의 「중국부상에 따른 국제질서 재편론 담론」19)과 김주영의 「국제화와 지역화의 격돌 속의 중국-조정래의 『정글만리』론」20)에서는 국제화의 시각에서 소설 속의 중국 요소와 중국의 부상을 분석하여 『정글만리』를 연구한 중요한 문헌자료라고 할 수 있다.

현재까지 한국 학술계에는 총 6편의 관련 논문이 발표되었는데, 그들은 각기 작품이 한국에서 일으킨 소설의 신드롬 및 상업성 등 주제적 측면에서 『정글만리』를 분석하였다.21) 이러한 연구들은 한·중 문화적 차이를 찾아내고 『정글만리』의 현실적 의의를 긍정하는 한편 작가의 주장에 대해 질의를 제기하면서 그의 편파적 이해를 지적하기도 하였다.

『정글만리』출판 후, 소설에 대한 문학적 연구는 많지 않고 대체로 "중국 소개서, 세일즈맨의 자기 소개서"(이욱연, 2014), "중국 시장에 관한 민족지(ethnography), 중국의 역사와 문화에 관한 학습 보고서"(임춘성, 2013), "중국입문서 성격을 띤 기업소설, 기업소설의 옷을 입은 계몽소설, 급변

---

19) 전월매, 「중국부상에 따른 국제질서 재편론 담론」, 『韩国文学中的中国元素』, 韩国语教育研究国际学术研讨会, 2014.

20) 金周英, 「全球化和地方化碰撞中的中国――评赵廷来的『丛林万里』」, 『外国文学研究』第1期, 2014.

21) 김태만, 전성욱, 이행원, 이욱연, 「『정글만리』를 어떻게 볼 것인가」, 『중국현대문학』,제69호, 한국중국현대문학학회, 2014.
    이남주, 「『정글만리』에 나타난 중국을 어떻게 볼 것인가?」, 『성균차이나브리프(Sung-Kyun China Brief)』, 성균관대학교 동아시아지역연구소, 2014.
    이욱연, 「『정글만리』 신드롬을 어떻게 볼 것인가?」, 『중국학보』, 한국중국학회, 2014.
    임춘성, 「조정래의 『정글만리』를 '네 번' 읽고」, 『성균차이나브리프(SungKyun China Brief)』, 성균관대학교 동아시아지역연구소, 2014.
    임춘성, 「문명 전환 시대 한국인의 중국 인식」, 『중국현대문학(79)』, 한국중국현대문학학회, 2016.
    전병성, 「『정글만리』연구-중국비즈니스 소설 의의를 중심으로」, 『중국문화연구』28, 중국문화연구학회, 2015.

하는 중국이라는 소재를 빈 작가의 강연집"(임춘성, 2014)과 같은 평가이다. 그리고 물론 "소설의 의의는 글로벌화와 지방화의 부딪침으로 일으킨 문화적 충돌에 대하여 윤리적으로 탐구한데 있다"(김주영, 2014)는 긍정적 평가도 있으나, 적지 않은 평론가들은 "인물형상화의 상투성, 사건의 산만한 나열을 넘지 못한 서사, 중국 사회에 대한 지나친 단순화, 생기 없는 대화",22) "디테일의 거친 처리"(이남주, 2014) 등을 문제로 지적하면서 소설에 대한 아쉬움을 표현하였다. 이와 같은 평론가들의 비판적 시각은 냉철하고 예리하지만 소설에 나타난 인물이나 사건의 진위 여부에 치우치거나 소설 속 중국인 이미지에 대한 전면적, 체계적인 연구가 부족하다는 단점이 보인다.

현재까지 수집한 김연수에 대한 연구 논문으로는 석사학위논문 두 편과 한국 학술지에 발표한 논문 7편이 있다. 주요하게는 장편소설 『밤은 노래한다』23)에 대한 연구인데, 그중에 한 편은 단편소설 「이등박문을 쏘지 못하다」24)와 「뿌넝숴」25)에 관련된 것이다.

김나의 석사학위 논문 「'민생단사건' 소설 형상화의 허위와 사실-문학과 역사의 상호텍스트성을 중심으로」26)에서는 조선의 장편소설 『백두산 기슭에서』와 한국 장편소설 『밤은 노래한다』를 놓고 각기 '민생단 사건'이라는 역사적 사실에 대한 서로 다른 서사방법을 비교하였다. 동시에 상호텍스트성 이론을 적용하여 문학텍스트와 역사텍스트 간의 동질성과 이질성을 분석하였다. 그 외 「민생단 사건의 소설화, 혹은 타자

---

22) 오길영, 「소설과 프로의 거리」, 『한겨레 오피니언』, 2013-11-22.
23) 김연수, 『밤은 노래한다』, 서울: 문학과지성사, 2008.
24) 김연수, 「뿌넝숴(不能说)」, 『나는 유령작가입니다』, 서울: 창비, 2005.
25) 김연수, 「이등박문을 쏘지 못하다」, 『나는 유령작가입니다』, 서울: 창비, 2005.
26) 金娜, 「"民生团事件"小说形象化的虚与实 – – 以文学与历史的互文性为中心」, 延边大学硕士学位论文, 2013.

의 발견-김연수의 『밤은 노래한다』론」,27)과 「21세기 한국 소설에서의 만주-『밤은 노래한다』론」,28)에서는 역사 사건의 소설화를 통해 작품 속의 낭만주의와 센티멘털리즘, 그리고 작가의 만주 상상 등 시각에서 출발하여 섬세한 관찰과 분석을 통해 『밤은 노래한다』의 문학 특징과 의의를 규명하였다.

중국 땅에서 벌어진 '민생단사건'과 같은 민감한 내용을 작품화 한다는 것은 큰 용기를 동반해야 하는 것이다. 때문에 『밤은 노래한다』는 단지 소재의 측면에서도 소중히 다루어져야 하는 작품임이 틀림없다. 그러나 이러한 의미에 비하여 『밤은 노래한다』는 지금까지 별로 주의를 받지 못하였다. 한국 학술계에서는 정신분석 이론을 적용하여 김연수 소설 속의 기억, 소통, 욕망 등 자아의식29)을 연구하거나 비교문학 이론을 도입하여 김연수 소설과 이국 작가 및 작품과의 영향관계30)를 분석하는 것 정도로 간단히 해석되었을 뿐, 소설 『밤은 노래한다』에 대한 역사적, 체계적인 분석은 아직 미흡하다. 이제 '민생단사건'이란 역사적 진실에 대한 정확한 이해와 함께 그 실상을 어느 정도 반영한 『밤은 노래한다』

---

27) 권성우, 「민생단 사건의 소설화, 혹은 타자의 발견-김연수의 『밤은 노래한다』론」, 『한민족문화연구』제28집, 한민족문화학회, 2009.

28) 윤대석, 「21세기 한국 소설에서의 만주-『밤은 노래한다』론」, 『현대소설연구』, 한국현대소설학회, 2014.

29) 이혜린, 「김연수 소설의 자의식적 글쓰기-『나는 유령작가입니다』를 중심으로」, 『문예시학』제22집, 문예시학회, 2012.
정연희, 「기억의 개인 원리와 소통의 가능성-김연수 소설의 기억술을 중심으로」, 『어문논집65』, 민족어문학회, 2012.
정연희, 「김연수 소설에 나타나는 소통의 욕망과 글쓰기의 윤리」, 『현대문학이론연구』, 현대문학이론학회, 2010.

30) 함정임, 「21세기 한국 소설의 라틴아메리카 소설 경향-황석영, 임철우, 김연수, 박형서 소설을 중심으로」, 『비교문학연구』제25집, 경희대학교 비교문화연구소, 2011.
성현자, 「김연수 소설에 미친 「르테 마그리트 「빛의 제국」, 1954년」의 영향」, 『비교문학』, 한국비교문학회, 2006.

는 마땅히 전반 한국현대문학사에서 가치를 인정받아야 한다고 본다.

　김인숙은 과거 중국 동북지역에서 생활했던 경험을 바탕으로 하얼빈, 대련 등 동북 주요 도시를 배경으로 한 소설이 두 편 있는데, 각기 「감옥의 뜰」[31]과 「바다와 나비」[32]이다. 그리고 윤후명, 윤대녕, 이응준 등 작가들은 중국에 대한 상상과 실제적인 중국 체험을 통해 단편소설 「돈황의 사랑」[33] 「누란의 사랑」[34] 「외뿔 짐승」[35] 「구름의 향기」[36] 「아마 늦은 여름이었을 거야」[37] 및 중편소설 『피아노와 백합의 사막』[38] 등 작품에서 중국의 돈황, 누란, 연변, 하얼빈, 티베트, 실크로드 등 특색 있는 공간들을 부각하였다. 이러한 작품들의 선행연구들에 대하여 검토한 결과 작가론적인 연구가 주를 이루고 있는 상황이다. 예를 들면 「김인숙 단편소설에 나타난 (타자)윤리성」[39] 「김인숙 소설 연구」[40] 「윤후명 소설 연구-여로형 서사구조를 중심으로」[41] 「시와 소설의 화해, 그 가능성의 모색-윤후명론」[42] 「시대고를 견디는 몽환의 비의성과 자기존재의 정립-윤후명의 실크로드 여행서사를 중심으로」[43] 「윤후명 소설의 '정체성'

---

31) 김인숙, 「감옥의 뜰」, 『제12회 이수문학상 수상작품집』, 서울: 홍영사, 2005.
32) 김인숙, 「바다와 나비」, 『2003년도 이상문학상 수상작품집』, 서울: 문학사상사, 2003.
33) 윤후명, 「돈황의 사랑」, 『비단길로 오는 사랑』, 서울: 문학아카데미사, 1991.
34) 윤후명, 「누란의 사랑」, 『비단길로 오는 사랑』, 서울: 문학아카데미사, 1991.
35) 윤후명, 「외뿔 짐승」, 『가장 멀리 있는 나』, 서울: 문학과지성사, 2001.
36) 윤후명, 「구름의 향기」, 『새의 말을 듣다』, 서울: 문학과지성사, 2007.
37) 이응준, 「아마 늦은 여름이었을 거야」, 『약혼』, 서울: 문학동네, 2006.
38) 윤대녕, 『피아노와 백합의 사막』, 서울: 봄출판사, 2002(1995).
39) 임선화, 「김인숙 단편소설에 나타난 (타자)윤리성」, 군산대학교 교육대학원 석사학위논문, 2008.
40) 정희정, 「김인숙 소설 연구-90년대 후반 이후의 현실 인식을 중심으로」, 한국교원대학교 대학원 석사학위논문, 2010.
41) 이미영, 「윤후명 소설 연구-여로형 서사구조를 중심으로」, 한국교원대학교 석사학위논문, 2003.
42) 이응석, 「시와 소설의 화해, 그 가능성의 모색-윤후명론」, 『동국어문학』, 동국어문학회, 1997.

탐색 양상」44) 등과 같은 논문이 있다. 하지만 소설 속 중국의 공간적 이미지에 대한 연구가 비교적 적고 부족하다.45) 또한 본 저서에서 선정한 조건상의 「중공에서 온 손님」, 공선옥의 「일가」, 윤후명의 「외뿔 짐승」, 「구름의 향기」, 이응준의 「아마 늦은 여름이었을 거야」 등 일부 작가·작품에 대한 연구는 아직 전무한 상태이다. 한국 당대소설에서 중국 이미지를 부각한 작품이 비교적 적고 중국소재 작품이더라도 중국을 묘사한 분량이 많지 않지만 중국에 대한 한국인의 태도와 인식은 여전히 반영되고 있기 때문에 홀시할 수 없다. 따라서 이러한 선행연구들을 본 저서에서 충분히 참고하고자 한다.

저자는 한·중 양국의 근 20년에 달하는 석·박사 학위논문들을 비롯해 中国知网(중국 학술정보 검색 사이트), 万方数据库(만방 데이터베이스 학술정보 검색 사이트), 한국 서울국립대학교도서관, 고려대학교 도서관 및 한국 국립도서관 등 여러 대형 도서관 자료를 참고하였고 다수의 학술지 논문과 학술회의 자료를 분석하였는데, 상술한 작가·작품들에 대한 연구는 다음과 같은 몇 가지 문제가 존재함을 발견하였다.

첫째, 한국의 고전문학 및 근현대문학과 비교할 경우, 한국 당대문학 속의 중국소재 소설들은 양적으로 적었고 대부분은 1992년 중한수교 이후 발표한 작품들이었다. 따라서 본 분야에 관련된 연구가 비교적 미흡하다고 본다.

---

43) 고명철, 「시대고를 견디는 몽환의 비의성과 자기존재의 정립-윤후명의 실크로드 여행서사를 중심으로」, 『한민족문화연구』제38집, 한민족문화학회, 2011.

44) 최현주, 「윤후명 소설의 '정체성' 탐색 양상」, 『한국문학이론과 비평』, 한국문학이론과 비평학회, 2000.

45) 조사 결과, 중국의 공간적 이미지에 관한 연구는 두 편밖에 없다.
김명석, 「한국 현대소설속의 돈황」, 『현대소설연구』, 한국현대소설학회, 2005.
정현숙, 「윤대녕 소설의 공간과 토포필리아」, 『강원문화연구』, 강원대학교강원문화연구소, 2005.

둘째, 상술한 중국소재소설들은 한국 문단이나 중한 학술계에서 충분한 중시를 불러일으키지 못하였다. 비록 조정래의 『정글만리』와 같은 작품이 2013년 출판했을 당시 베스트셀러로 상업적인 성공을 거두었지만, 문학사적인 연구에서는 아직 큰 업적을 이루어내지 못하였다.

셋째, 일본문학 속의 중국 이미지 연구, 서양문학 속의 중국 이미지 연구에 비하면 중한 학술계에서 한국문학 속의 중국 이미지에 대한 연구는 상대적으로 미흡하다고 본다. 또한 관련 작가와 작품에 대한 실증적 검토 및 체계적인 연구는 물론 거시적인 논술도 부족한 편이다. 이 또한 본 저서의 연구 목적 및 의의이기도 하다.

한국 당대소설에서의 중국 이미지를 연구하는 것은 동아시아 대륙에서 함께 살면서 긴 세월의 역사적 교류를 이어온 중한 양국에 모두 중요한 현실적 의의를 갖는다. 저자는 한국 당대소설 속의 중국 이미지 연구의 미진함을 감안하여 이 부분에 대한 분석과 고찰을 시도하려 한다.

한국문학에서 중국이 갖는 의미는 수차례 바뀌었다. 그것은 중국의 국제적 위상이 변화한 데 따른 것인 동시에 인식 주체인 한국의 처지와 필요가 변화했기 때문이기도 하다. 중국과 한국은 분명 가장 가까운 이웃나라였지만 늘 그 이상46)이었고 지금도 그러하며, 특히 조선반도가 분단된 상황에서는 더욱 그렇다. 사회 역사적 배경이 달라지면서 사람들의 삶과 세계관은 그 전과 비교했을 때 현저히 달라졌으리라는 사실을 감안하면서 이 책에서는 중국 이미지를 부각한 한국 당대문학의 소설 텍스트를 분석하고 정리하는 작업을 통해 중국의 과거와 현재 모습이 타자인 한국에게 어떻게 비치었는지 살펴볼 것이다. 하지만 타자의 시선

---

46) 유용태 엮음, 『중한관계의 역사와 현실-근대외교, 상호인식』, 서울: 도서출판 한울, 2013, 9쪽.

을 빌어 자신을 알려고 하는 데에는 주의가 필요하다. 왜냐하면 타자의
시선에 스며든 주관성과 위상적인 한계를 파악하지 않는다면 자아는 상
대의 오해나 오만으로 인하여 필요 없는 낙담이나 '자학'을 할 위험도
있고, 상대의 환상이나 기대로 인하여 공연한 만족감에 빠질 수도 있을
것이다.

　그리고 이러한 소설 텍스트들은 비단 중국만 관련된 것이 아니라 한
국까지 얽혀 있다. 그것은 모든 대상을 인식하고 표현하는 데는 창작주
체의 체험과 주체가 갖고 있는 지식이 현실적인 토대가 되기 때문이다.
한국 당대소설의 묘사대상인 중국은 창작주체인 한국작가들의 세계관과
지식체계에 맞춰 이해되고 변형되면서 이미지화된 것이다. 따라서 중국
에 대한 인식이나 표현에는 한국이 항상 개입되어 있을 수밖에 없다. 즉
중국을 바라보는 한국의 시선 속에 담긴 것은 중국만이 아니라 한국 자
신이기도 한 것이다.

　1945년부터 현재까지 반세기가 넘는 시간 동안 한국은 수많은 대작
과 우수한 작가들을 배출하였다. 본 저서에서는 한국 작가들이 광복이후
창작한 중국 관련 단·중·장편소설을 주요 연구 대상으로 지정하며 기
타 장르를 부차적으로 사용하게 된다. 또한 비교문학 형상학을 주요한
연구방법으로 적용하는 한편 서사학, 도시 공간이론, 상호텍스트성 등
이론을 도입하여 4편의 장편과 십여 편에 달하는 중·단편 소설들을 분
석할 것이다.

　총체적으로 볼 때, 이 책의 연구 대상이 한국 당대소설에서의 중국 이
미지인 만큼, 기본적인 연구 방법 또한 비교문학 형상학을 택하였다. 프
랑스 학자 파로(D·-H.Pageaux)는 형상학 연구의 대표 인물로 그는 문학
작품 속의 타자를 '문학화, 그리고 사회화 과정에서 획득하게 된 이국에

대한 인식의 총화'[47]라 정의하고 있다. 문학 작품 속의 '이미지'는 이국 또는 다른 민족에 대한 형상적 복원(復原)이 아니라 이 속에는 '관찰자'의 상상과 곡해(曲解) 또는 환영(幻影)이 곁들어 있기 때문에 이국소재 작품을 창작할 때 작가의 관심은 역사적 사실이나 통계학 자료에서 출발하는 것보다 '타자'의 역사와 문명 특징이나 '자아'와 '타자' 간의 관계에 집중된다. 더욱 중요한 것은 작가가 창작하는 과정에 자신의 정서와 욕망 등이 충분히 이 속에 가입하게 된다. 따라서 비교문학 형상학의 목적은 바로 이국 이미지를 부각하는 과정과 규칙을 탐구하여 사회적 심리 배경 및 심층적 문화 함의를 탐구하는 것이다.

비교문학 형상학은 유럽에서 기원한 문학이론이다. 중국과 유럽의 사회적·문학적 차이는 선명하기 때문에 중국과 유럽 국가들 간의 상호 '타자'적 관계 또한 뚜렷하다. 하지만 중국과 한국의 경우에는 지리적으로 인접하고 문화적으로 유사한 관계로 한국 문학 속의 중국 형상 연구에 형상학 이론을 적용하는 데는 어려움이 있다. 따라서 비교문학 형상학 이론을 충분히 적용하도록 노력함과 동시에 본 저서에서는 텍스트에 대한 세심한 탐독을 기초로 역사 및 문화적 분석을 곁들어 중·한 양국의 사회문화 심리에 대한 분석을 진행할 것이다. 이를 통해 한국 당대문학의 발전 및 변화, 그리고 다문화적인 세계 요소들을 발견할 수 있을 것이다.

이 책에서는 세 가지 측면에서 한국 당대소설에서의 중국 이미지를 연구한다. 즉, '한국 당대소설 속의 중국 이미지는 어떠한가?', '이러한 중국 이미지가 어떻게 변화되었는가?', '이러한 작품들은 어떠한 특징과

---

47) 巴柔在『从文化形象到集体想象物』一文中提出了当代形象学研究的基本原则, 其核心是对他者形象的定义 : "在文学化, 同时也是社会化的过程中得到的对异国认识的总和。"
孟华主编, 『比较文学形象学』, 北京 : 北京大学出版社, 2001, p.4.

한계 또는 의의가 있는가?'이다. 즉 비교문학 형상학을 이론적 기반으로 해서 공간이론, 상호텍스트 이론 등 여러 가지 방법론을 동시에 적용하여 상술한 '무엇, 왜, 어떻게'의 물음에 대한 해답을 찾고자 한다. 이는 소설 작가 자신뿐 아니라 동시대를 살아가고 있는 한국인들의 무의식에 잠재되어 있는 인접국가인 중국에 대한 관심을 통해 한국인의 중국관, 더 나아가 한국의 민족정체성을 파악해보는 또 다른 방법이 될 것이다. 본 저서는 아래와 같은 순서로 서술하고자 한다.

제1부에서 연구 목적과 의의를 제시하는 한편 기존연구에 대한 정리를 통해 연구의 방향을 잡고 그에 따른 연구대상 및 연구방법을 밝히고자 한다.

제2부에서는 구체적으로 한국 당대소설에 나타난 중국 이미지를 분석하고자 한다. '한국 당대소설에서의 중국 이미지 연구'로 명명된 이 연구는 우선적으로 실제적 자아인 중국을 위한 일이다. 중국의 과거와 현재 모습이 타자에게 어떻게 비치었는지 살펴보는 일은 아주 흥미로운 것이다. 한국 당대문학에서의 중국소재소설에 투영된 중국은 시대적으로 고대, 근대, 냉전시기, 그리고 중한수교에 이르기까지 다양하다. 뿐만 아니라 공간적으로는 중국의 동북삼성을 비롯하여 수도인 베이징 주변, 실크로드가 펼쳐진 서역과 티베트가 있는 서남지역으로까지 확장된다. 이에 제2부에서는 한국 당대문학 속의 중국소재소설 텍스트를 편의상 중국인 이미지, 공간적 이미지, 시대적 이미지로 나누어 살펴볼 것이다. 중국이 자신의 모습이라고 인정하거나 도저히 인정할 수 없는 그런 모습들을 발견하면서 중국 이미지의 실상을 분석하고자 한다.

제3부에서는 중국 이미지의 변화 과정을 밝히고자 한다. 말하자면 한국 당대문학에서의 중국소재소설에는 중국이라는 대상에서 떨어져 나온

부분적인 이미지들의 파편과 함께, 시선의 주체인 한국의 시대적 상황과 욕망으로 인한 한국의 자아인식도 담겨 있다. 그런 만큼 '한국 당대소설에서의 중국 이미지 연구'는 '중국학'이기 이전에 '한국학'인 것이다. '중국'에 자신의 욕망을 투사하여 그 이미지를 만들어가는 한국의 시선을 통해서 독자는 한국을 더욱더 잘 이해할 수 있는 것이다. 따라서 제3부에서는 한국 당대 중국소재소설에 나타난 한국인의 내면의식, 주체인 한국이 묘사대상인 중국을 이미지화 하는 표현 방식, 그리고 중국 이미지의 변화 과정에 대해 논하고자 한다.

제4부에서는 중국소재소설의 특성 및 의의를 고찰해보도록 한다. 결국 본 연구는 한국에서 이루어지는 '중국학'과 중국에서 이루어지는 '한국학'의 교차점에 놓여 있다. 따라서 중한 두 나라, 두 문화의 융합과 발전을 기대하면서 본장에서는 서로 교차하는 시선으로 한국 당대문학 속의 중국서사의 특징 및 한계, 그리고 한국문학사에서의 가치, 더 나아가 중한문화교류사적 의의를 알아보고자 한다.

제5부에서는 위의 연구결과에 대하여 정리할 것이다.

본 저서는 비교문학 형상학 및 한국 당대문학 속의 중국 이미지 연구 입문서를 지향하기에 논증의 방식보다는 비교문학 형상학 이론에 대한 설명과 구체적인 소설 텍스트 분석을 결합하는 방식을 택하고자 하였다. 예를 들어 2장의 경우는 「중국인 거리」, 「돈황의 사랑」, 「누란의 사랑」, 「바다와 나비」, 「감옥의 뜰」, 『피아노와 백합의 사막』, 『정글만리』 등 작품에 나타난 구체적이고 다양한 중국 이미지를 비교문학 형상학의 틀 속에서 검토하고자 했는데, 본 저서에서 매우 공들여 가며 쓴 부분이기도 하다. 그러나 책을 집필하면서 애초 예상했던 설명의 몫은 줄어들고 논증의 목이 커졌다. 특히 3장에서는 특정 이론에 근거한 것이 아니라

많은 작품들의 검토를 통한 귀납적 결과로, 한국 당대 중국소재소설에
나타난 한국인의 내면의식을 사실적 태도, 배타적 태도, 융합적 태도로
'삼원화'적 개념을 제시하였다. 또한 '타자를 표현하는 방식'을 은유, 환
유, 제유 등 세 개념으로 묘사대상의 이미지화를 파악하여 중국 이미지
의 변화과정에 대한 접근을 시도하였다.

비교문학은 다른 어떤 학문보다도 유동적이고 가변적인 성격[48]을 지
닌다. 그중에서도 신생(新生)학문이라고 할 수 있는 비교문학 형상학이야
말로 '유연한' 학문적 정체성으로 문학, 사회학, 국제관계학 등을 포괄하
는 거대한 학문이라고 본다. 후발 주자이기에 불리한 점도 있지만, 본
연구는 비교문학 형상학 이론을 활용하여 한국 당대 중국소재소설에 대
한 새로운 해석의 가능성을 열어 줄 수 있을 것이다.

---

48) 박성창, 『비교문학의 도전』, 서울: 민음사, 2009, 10쪽.

제2부
한국 당대소설에서
중국 이미지의 구성

제1장

중국인 이미지

 독일 사회학자 칼 만하임(Karl Mannheim)은 그의 저작『이데올로기와 유토피아』에서 칼 구스타브 융(Carl Gustav, Jung)이 제출한 '집단무의식' 의 개념을 인용하여 한 사회의 집단무의식을 이데올로기와 유토피아 두 부류로 나누어 그의 지식사회학 이론 체계를 세웠다. 또한 폴 리쾨르 (Paul Ricoeur)와 파로(D.H.Pageaux)는 이 이론을 비교문학 형상학 연구와 결합시켜 이국 이미지를 '이데올로기적 이미지'과 '유토피아적 이미지' 두 가지 기본유형으로 나누면서 사회상상 실천의 다양성을 이러한 양극 (兩極) 사이에서 이해할 수 있다고 하였다.[1] '이데올로기적 이미지'와 '유 토피아적 이미지'를 구분하는 기준은 타자 이미지와 본국문화의 관계에

---

1) "德国社会学家卡尔·曼哈姆(Karl Mannheim)在其名著『意识形态与乌托邦』中，借用荣格 提出的"集体无意识"概念，将一个社会的集体无意识分为意识形态化和乌托邦化的两大类，据 此建立起了他的知识社会学理论谱系。鉴于作为"社会集体想象物"的一国形象其实就是一个 社会(或者说一个国家、一个集团、一个民族)关于"他者"的集体无意识之产物，巴柔、利科等 人便顺理成章地将这一理论引进到形象学研究中，将"异国形象"也分为相应的两种基本类型。" 方汉文主编,『比较文学学科理论』, 北京：北京师范大学出版社, 2011, p.323.

있다고 볼 수 있는데, "타자 이미지에서 본국문화에 대한 비판 의식이 없다면 '타자' 이미지를 이데올로기적 이미지로 볼 수 있으며, 반대로 유토피아적 이미지는 사회 전복(顚覆)적 기능을 갖고 있다. 즉 완전히 다른 타자 이미지를 만들어 자신의 문화 장벽을 타파함으로 전복적 이미지라고도 한다."[2] 다음의 한국 당대소설에 나타난 중국인 이미지를 유토피아적 이미지와 이데올로기 이미지, 그리고 양극 사이에 있는 이미지로 분류하여 분석하고자 한다.

1. 유토피아적 이미지 - 경계를 넘어선 중국인과의 만남의 가능성 제시

오정희의 「중국인 거리」[3]는 1979년에 발표된 단편소설로 전후(戰後)의 황폐한 항구도시인 인천의 중국인 거리를 배경으로 한 소설이다. 이 소설은 1950년에 일어난 한국전쟁 직후 인천의 중국인 거리에 사는 한 소녀를 주인공으로 하고 있다. 9살 소녀 주인공과 그의 가족은 전쟁으로 인해 시골에서 낯선 도시로 이주해 온 가난한 피난민들이다. '나'는 도시에 대한 호기심과 기대를 갖고 인천에 도착하지만, 그곳은 꿈꾸어 온 도회지와는 전혀 다른 곳이었다. '오색의 비눗방울 혹은 말로만 듣던 먼 나라의 크리스마스트리'의 연상과는 무관하게, 전쟁으로 부서진 건물들과 똑같은 모양의 목조 이층집들이 늘어 선 거리는 지저분하고 초라할 뿐이었다. 전쟁의 상처가 남아 있는 거칠고 각박한 그곳에서 소녀와

---

2) 劉献彪, 劉介民, 『比較文学教程』, 北京 : 中国青年出版社, 2002, p.122.
3) 오정희, 「중국인 거리」, 『유년의 뜰』, 서울: 문학과지성사, 1998(1979). 이하 본 책에서는 발표 지면과 연도를 생략하고, 『유년의 뜰』(문학과지성사, 1998)판본의 내용을 출처로 쪽수를 적는다.

그 가족은 중국인, 미군, 피난민들과 함께 어울려 살아간다. 소설에는 호기심의 대상인 아편쟁이, 칼로 다트 놀이를 하는 미군, 이층집 창문으로 밖을 내다보는 젊은 중국인 남자, 매기 언니의 딸인 제니 등이 등장한다. 「중국인 거리」는 이들을 통해 전쟁 후 혼란 속에서 살아가는 어른들의 모습을 아이의 눈으로 이야기하고 있다. 그리고 젊은 중국 청년에게 야릇한 이성적(異性的) 감정을 느끼게 되어 초조(初潮)를 경험하면서 자신의 성적 정체성을 깨달아가는 이야기로 다루어졌다.

소녀 주인공이 이사를 통해 새로운 경험을 하는 공간인 인천은 전통적으로 중국과 교역이 이루어지던 역사적 공간이다. 중국을 오가는 배가 닿는 인천항은 한국에서 중국과 가장 가까이 있는 곳으로서, 현존하고 있는 인천의 차이나타운은 1884년에 청나라의 치외법권(영사재판권) 지역으로 설정되면서 화교들이 몰려와 중국인들의 집단 거주지가 되었으며 중국인들 외에도 이방인들이 매우 많았다. 소설에서 석탄 공장과 제분 공장에서 일하던 한국인 노동자뿐만 아니라 전쟁 때문에 고향을 떠나 이주한 주인공 가족과 같은 피난민, 그리고 미군, 양공주, 혼혈아 등이 혼재하는 '중국인 거리'를 형상화하고 있다.

> 석탄은 때로 군고구마, 딱지, 사탕 따위가 되기도 했다. 어쨌든 석탄이 선창 주변에서는 무엇과도 바꿀 수 있는 현금과 마찬가지라는 것을 우리는 알고 있었고, 때문에 우리 동네 아이들은 사철 검정 강아지였다.
> 해안촌 혹은 중국인 거리라고도 불리는 우리 동네는 겨우내 북풍이 실어 나르는 탄가루로 그늘지고, 거무죽죽한 공기 속에 해는 낮달처럼 희미하게 걸려 있었다.(12쪽)

공간이란 더 이상 고정되고 정해진 존재론적 속성이 아니라 생성되고 만들어지는 사회적 관계들의 자원이라고 말할 수 있다. 즉 공간은 사람들의 사회성의 도구이자 차원이고 사회적 관계의 조건 혹은 자질이다. '장소'가 영토적 한계와 경계가 정해진 사회들을 재현하는 데 쓰이는 지리학적인 관용어라면, '공간'은 '관계의 장'으로서, '장소들'이 활성화되어 사회적 관계들의 집합으로 전환된 것을 뜻한다. 따라서 '공간' 그 자체로 쓰기보다는 '사회적'이라는 수식어가 붙는 것이 더 명료한 표현이라고 생각한다. 공간이 사회적 관계에 가깝다면 '장소'는 각 개인과 집단의 역사 및 정체성과 관련이 있다.[4] 이러한 공간과 장소에 대한 정의에 근거한다면 인천 차이나타운은 그동안 한국 화교들과 현지 한국인들의 관계망을 이끄는 중요한 사회적 공간이자 정체성의 장소로 기능해왔다고 할 수 있다.

차이나타운이라고 불리기 이전에 인천광역시 중구에 있는 북성동은, 특히 선린동 일대는 화교들 사이에 '청관(淸館)거리' 혹은 '쭝국 동네'로 불렸다. 이 중국 동네에서 화교들의 주요한 장소 중 하나는 현재 파라다이스 호텔(예전 오림푸스 호텔)이 있는 작은 언덕이다.[5] 그러다가 1960년대 이후 외국인토지법 시행과 도시 개발로 인해 공동체적 화교 촌락들은 거의 모두 해체되고, 화교들은 대부분 요식업으로 직종을 전환한다. 이들은 도시의 각 지역에 흩어져 살면서 결혼식, 장례식, 연례행사 등을 통해 자신들의 공동체성을 확인할 수밖에 없었다. 거주국인 한국의 단일민족주의적 정책으로 인해 화교들에게 의미 있는 '장소'들은 점차 파편화되었으며, 이들의 정체성은 함께 거주하는 공동체적인 장소가 아니라 신용 결사체인 결혼식, 장례식과 같은 사회적 관계의 실천 속에서 확인될 수밖에 없다. 자신들의 보호처가 되어야 할 모국은 공산화되어 한국

---

4) 정병호, 송도영 엮음, 『한국의 다문화 공간』, 서울: 현음사, 2011, 84쪽.
5) 상게서, 85쪽.

정부와 단교했고, 게다가 거주국에서도 인정받지 못했던 요식업종으로
삶의 기반을 마련해야 했던 화교들은 점점 더 빈곤해진 것이다.

소설 「중국인 거리」에서의 중국인은 현지 한국인들과 같은 동네에 살
고 있지만 냉전시기 한국의 반공 이데올로기로 인해 현지인들의 경계의
대상이었다. 구체적인 중국인 이미지가 전면적으로 소설 속에 형상화되
지는 않았지만, 소녀 주인공의 시선과 묘사를 통해 미묘한 문화적 갈등이
드러난다.

> 통틀어 중국인 거리라고 불리는 동네에, 바로 그들과 인접해 살고 있으
> 면서도 그들 중국인에게 관심을 갖는 것은 아이들뿐이었다. 어른들은 무관
> 심하게 그러나 경멸하는 어조로 '되놈들'이라고 말했다.(79쪽)

소설에서 어른들의 눈에 비친 중국인은 "밀수업자, 아편쟁이, 누더기
의 바늘땀마다 금을 넣는 쿠리, 그리고 말발굽을 울리며 언 땅을 휘몰아
치는 마적단, 원수의 생 간(肝)을 내어 형님도 한 점, 아우도 한 점 씹어
먹는 오랑캐, 사람 고기로 만두를 빚는 백정, 뒤를 보면 바지도 올리기
전 꼿꼿이 언 채 서 있다는 북만주 벌판의 똥덩어리였다."(79쪽) 그럼에
도 불구하고 아이들은 중국인과 중국 문화에 호기심을 갖고 있으며 특
히 주인공인 '나'는, 어른들이 중국인에 대한 선입견을 진실이 아닌 의
심과 편견일 수도 있다고 판단하고 있는 것이다. 오정희 작가의 표현대
로 아이들에게 중국인들은 "한없이 상상과 호기심의 효모(酵母)였다."(79쪽)
'나'는 매기언니의 방에서 치옥이와 몰래 술을 마신 후 술기운으로 몸
전체가 흐물흐물해진 가운데에서 중국인 거리의 이층집에 사는 젊은 중
국남자의 얼굴을 보게 된다. 그의 얼굴은 '나'로 하여금 '알지 못할 슬픔,
비애'와 신비감을 느끼게 하였으며 '나'의 호기심을 불러일으킨다.

그는 누구일까. 나는 기억나지 않는 꿈을 되살려 보려는 안타까움에 잠
겨 생각했다. 지난 가을에도 나는 그를 보았다.(83쪽)

중국 청년과 '나'의 만남은 소설 속의 중요한 플롯으로서 중국 청년의
시선은 이 소설에서 다섯 번 등장한다. 그리고 두 사람의 만남이 반복되
면서 '젊은 남자의 창백한 얼굴'에는 '슬픈 듯, 노여운 듯 어쩌면 희미하
게 웃는 알 수 없는 눈길'이 나타나다가 '따스한 핏속에서 돋아 오르는
순(筍)'의 감각으로 다가오게 되면서 구체적인 의미를 획득해간다. 중국
청년에 대한 전반적인 묘사를 보면, 창백한 얼굴만 드러내면서 소녀를
바라보는 부동(不動)의 자세로부터 점차 표정의 변화가 일어나며 마침내
소녀에게 다가와 선물을 전함으로써 두 사람 사이의 간격은 좁혀진다.

어린 소녀는 남성(男性)을 이성(異性)으로 바라보면서 부끄러움을 느끼
게 되는데, 그 이성의 상대자가 중국인 남자인 것이다. 또한 소녀 주인
공이 중국 청년을 만나서 선물을 받은 후 초조(初潮)를 경험하는 플롯 또
한 의미심장한데, 여성의 초조는 일반적으로 성적 발육의 시작을 의미한
다. '나'를 부쩍 성장(초조)시킨 것은 부모와 형제자매도 아닌 이름도 모
르고 단 한 번도 이야기를 나누지 못한 타자인 중국 청년으로, 중국 청
년의 선물과 그의 이상야릇한 시선과 느낌, 소녀의 뜨거운 감정은 한국/
중국, 내부/외부, 주체/타자의 경계를 가로지르는 보편적 의미에서의 관
심이나 사랑과 다르지 않다. 이와 같이 '내부자'의 배제(중국인에 대한 어른
들의 편견)와 폭력(흑인병사가 양공주인 매기언니를 살해)으로 얼룩진 '중국인 거
리'는 중국 청년과 소녀 주인공의 조우를 통해 역설적으로 경계를 넘어
선 새로운 만남의 가능성을 보여준다.6) 다만, 주인공은 9살 소녀로서

---

6) 박형준, 「한국문학의 차이니스 디아스포라-오정희의 「중국인 거리」를 중심으로」, 『중한인
문학연구』, 중한인문학회, 2015, 173쪽.

이러한 깊은 뜻을 이해할 만한 사상과 독립적인 언어능력을 갖추지 못했기 때문에 중국인 남자에 대한 모호한 표현과 자아와 타자의 소통이란 추상적 가능성으로만 제시되어 있다.

신중국 건국(1949) 이후, 중한의 외교단절로 인해 중국인에 향한 한국인의 정서는 매우 부정적이었다. 따라서 당시 화교와 현지 한국인의 간극은 심각할 수밖에 없었는데, 소설에서 중국인 남자가 끊임없이 짓는 미소는 이주민으로서 현지적응의 한 방법으로 중국인에 대한 한국인의 편견을 내재화시킨 노력이라고 할 수 있다. 여자 아이와 중국인 남자의 신분은 현지인과 외국인의 관계로서 경계의 대상이 되는 외국인의 입장에서 필요한 것은 우호적인 시선 교환인 것이다.

소설에서 어린 아이는 특정 이데올로기에 편향되지 않고 순수한 시선으로 세상을 바라보면서 중국인에 대한 한국의 차별 외에도 한국인에 대한 미국인의 차별까지도 인지하기 시작한다. 흑인군인은 한국 여자인 매기언니를 마음대로 대하면서 그녀를 미국으로 데려갈 수도 있고, 또 죽일 수 있는 가부장적인 권력자와 같은 점령군으로 묘사된다.[7]

> 나는 검둥이가 우울한 남자라고 생각했다. 맥없이 늘어진, 두꺼운 가슴팍의 살, 잿빛 눈, 또한 우물거리는 말투와 내게 한 번도 웃어 보인 적이 없다는 것이 그러한 느낌을 갖게 한 것이다.(80쪽)

이와 같이, '나'는 미군 병사에 대해서는 '우울한 남자'라는 표현을 사용하고, 중국인에 대해서는 모호하지만 상대적으로 친절한 태도를 취하고 있다. 소설에서 매기언니를 살해한 흑인 병사를 바라보는 '나'의 시

---

7) 오윤호, 「「중국인 거리」에 나타난 이주의 상상력」, 『어문연구』35, 한국어문교육연구회, 2007, 281쪽.

선 속에는 어느 정도의 거부감이 담겨 있어 중국인에 대한 호기심 및 관심과 대조된다.

그리고 앞에서 언급했던 것처럼 한국으로 이주한 중국인들은 당시 반공이데올로기의 억압적 대상이 되어 소설에서 중국인에 대한 어른들의 시선은 매우 차별적이며 배타적이다. 이렇게 불평등하고 불안정한 삶의 자리에서 자아와 타자의 원만한 의사소통은 불가능하다. 그럼에도 불구하고 푸줏간 장면과 이발소 장면은 대조되면서 자아와 타자의 '소통 불능'상황을 역으로 표현[8]했을 뿐만 아니라 현지인 사이의 소통 불능을 보여주는 좋은 예이다.

> 애라고 조금 주세요?
> 키가 작아 발돋움질로 간신히 진열대에 턱을 올려놓고 밀어넣는 것과 동시에 나는 총알처럼 내뱉었다.
> 벽에 매단 가죽 끈에 칼을 문질러 날을 세우던 중국인은 미처 무슨 말인지 몰라 뚱한 얼굴로 나를 바라보았다. 나는 비계는 말고 살로 달래라 하던 어머니의 말을 옮기기 전에 중국인이 고기를 자를까봐 허겁지겁 내쏘았다.
> 고기로 달래요.
> 중국인은 꾸룩꾸룩 웃으며 그때야 비로소 고기를 덥석 베어내었다.
> 왜 고기만 주니, 털도 주고 가죽도 주지.(77-78쪽)

'나'와 중국인이 푸줏간에서 공통 언어 없이도 의사소통을 할 수 있는 것과는 달리, '나'와 한국인 이발사는 표면적으로 의사소통에 아무런 문제가 없지만 '나'는 상고머리를 요구하였는데, 이발사의 무심한 태도로 인해 뒷박머리로 깎아버렸던 것이다. 이는 주체와 타인의 소통이 언어적 능력과는 무관한 것임을 보여주며 오히려 타인에 대한 이해와 관심이야

---

8) 전게서, 박형준, 167쪽.

말로 커뮤니케이션의 진정한 방법임을 제시하는 것이라고 본다.

이렇게 소설 「중국인 거리」는 반공 이데올로기라는 경계를 넘어선 '나'와 중국 청년의 만남, 그리고 중국 청년과 미국 흑인 병사의 대조된 행동거지 및 그들에 대한 '나'의 대조된 태도를 통해 신비스러우면서도 따뜻함을 느끼게 하는 유토피아적 중국인 이미지를 부각하고 있으며 동시에 한국사회가 타자를 어떻게 수용하며 그들과 함께 어울려 살아갈 것인가 하는 의문을 제기하고 있다. 이는 한국이라는 닫힌 범위를 넘어서 중한 양국의 복잡한 정치적 형세를 돌파할 수 있는 서사적인 상상력, 더 나아가 중한의 새로운 연대와 협력을 모색하는 가능성을 제시하였다고 볼 수 있다.

2. 이데올로기적 이미지

조정래(1943-)는 사회문제에 많이 주목한 사실주의 작가이다. 그의 풍부한 중국 체험과 냉철한 시각 및 비판의식을 바탕으로 2013년에 출판한 장편소설 『정글만리』[9]에서는 급성장하는 중국을 무대로 한국·중국·미국·일본 등 비즈니스맨들이 벌이는 치열한 각축전을 그렸다. 소설제목은 약육강식을 상징하는 '정글'과 만리장성의 '만리'가 조합된 것으로 세계 각국의 기업이 중국 시장에서 자금을 둘러싸고 게임을 하는 중국 사회의 모습을 상징하는 것이다. 중국 베이징, 상하이, 시안 등 도시에서 살아가는 종합상사 부장 전대광과 김현곤, 중국의 세관 고위 관

---

9) 조정래, 『정글만리』(1, 2, 3), 서울: 해냄출판사, 2013. 이하 이 책의 인용은 본문에 쪽수만 표시한다.

료 샹신원과 신흥부자 리완싱, 동양계 미국인 젊은 여회장 왕링링 등이 주요 등장인물로 여기에 리완싱의 딸인 베이징대학에서 재학 중인 여대생 리옌링이 베이징대 유학생인 송재형과 만들어가는 로맨스를 더하면서 옴니버스 형식으로 펼쳐진다.

소설에는 중국에 대한 많은 정보가 담겨 있는데, 여러 분야의 특색 있는 인물들의 삶을 통하여 '거대한 정글시장'인 중국의 다양한 모습을 알아볼 수 있으며 중국의 눈부신 발전상과 함께 관리들의 부정부패, 빈부격차, 짝퉁, 성개방 등의 어두운 면도 볼 수 있다.

2.1 부정부패한 정부 관리

소설 『정글만리』에 부각된 중국 정부관리 이미지로는 주요인물 가운데 샹신원 한명 뿐이다. 조정래는 중국의 약육강식 및 적자생존의 정글법칙을 설명하기 위해 작품에서 유일하게 여러 국가의 비즈니스맨과 업무적, 금전적 거래가 있는 중국인 관리 샹신원을 주인공으로 설정했다.

> 샹신원은 중국의 경제 심장인 상하이 세관의 주임이었다. 세관의 주임─그는 세관을 관계해야 하는 모든 기업들의 생사여탈권을 쥐고 있는 관운장이었다. 얼굴이 팥죽색으로 붉어 더욱 위엄을 갖춘 사나이, 『삼국지』에 등장하는 그 많은 영웅호걸들 가운데 유일하게 신으로 추앙받고 있는 관운장의 위력을 지닌 존재가 샹신원이었다.
> 중국과 관계를 맺고 있는 세계의 수만 개 기업들은 하나도 빼지 않고 수출입 업무에 연결되어 있었다. 그 막대한 자본이 드나드는 목줄기가 세관이었고, 그 목줄기의 여닫기를 조종하는 실무자 중의 한 사람이 샹신원이었다.(1권, 60쪽)

샹신원은 상하이 세관 주임으로 세관을 통과하려면 반드시 그를 거쳐

야 할 정도로 무시할 수 없는 권력을 쥐고 있는 인물로서, 출세의 야망
이 큰 인물이다. 하지만 샹신원이 요직에서 빨리 출세한 이유는 자신의
능력 때문이 아닌 아내 천웨이 친정의 정치적 파워 때문이다. 그가 비리
로 부를 쌓고 축첩을 한 사실이 결국 아내에게 발각되어 이혼한 후부터
일이 복잡해지기 시작한다. 결국 샹신원은 비밀리에 운영한 성형 병원
전세금을 빼고, 한국에서 온 성형외과의사 서하원의 돈을 갈취한 후 외국
으로 도망간다.

> 상하이에 자리 잡은 모든 기업의 상사원들은 샹신원 주임과 같은 사람들
> 과 '꽌시' 맺기를 기독교인들이 하나님 뵙기를 바라는 것만큼 갈망하고 있
> 었다. 중국 천지에서 꽌시만큼 중요한 것이 없었다. 그것이 없어서는 관으
> 로 통하는 그 어떤 길도 열리지 않았다. 그건 보물섬을 찾아가는 지도였고,
> 안 될 일도 되게 하는 요술방망이였고, 지옥에서 천국으로 갈 수 있는 열
> 쇠였다. (중략)
> 샹신원은 세관 통관처 주임이었다. 주임은 우리나라의 국장급에 해당하
> 는 실무총책이었다. 가장 실하고 효과 좋은 빽은 대통령이 아니라 실무자
> 라는 것은 어느 나라나 공통이었다. 그러니 외국기업들은 샹신원 같은 직
> 위의 사람들과 꽌시를 맺으려고 동분서주, 좌충우돌이었다. 그러나 요직일
> 수록 날아드는 화살이 많고, 감시의 눈초리도 많을 뿐 아니라 딩사자도 몸
> 을 사리며 조심하기 때문에 꽌시를 맺기란 돌팔매질로 날아가느 새 떨어뜨
> 리기 만큼이나 어려웠다.(1권, 60-61쪽)

소설에서 샹신원은 전형적인 탐관(貪官)으로 세관 주임이면서 비밀리
성형병원을 운영했다. 나중에 모든 일이 자기에게 불리하게 되자 샹신원
은 성형의사인 서하원에게 건설 회사를 크게 하는 친구에게 부탁해 은
행 이자의 두 배를 받아준다고 하면서 서하원의 월급, 운영비를 제외한
나머지 이익금을 50퍼센트씩 나눠 받기로 한 돈을 전부 갈취하여 외국

으로 도망간다. 샹신원이 도망간 후 그의 도움을 많이 받았던 한국 비즈니스맨인 전대광의 회상에 의하면, 샹신원은 돈을 좋아했고 또한 출세를 위해 돈을 아낌없이 썼으며, 술에 취할 때면 "10년 후에 베이징 중심에 들어갈 것"을 꿈꾼다.

> 중국 특유의 꽌시란 한자로 관계(關係)라고 썼고, 그 뜻은 '연줄·뒷배·네트워크' 등이 뭉뚱그려진 것 정도로 이해할 수 있었다. 그건 한국 사회의 고질병이고, 나라 망치는 학연·지연·혈연을 다 합쳐서 이루어지는 그 어떤 것이었다. 볼 수도 없고, 만질 수도 없고 그러면서도 분명히 존재하는 그 꽌시 때문에 중국에 처음 진출한 외국기업들은 한동안 정글을 헤매며 허방을 딛고, 넘어지고, 길을 잃고 우왕좌왕하는 것 같은 어려움을 겪어야 했다.
> 그런데 전대광은 요행히 샹신원과 꽌시가 맺어져 있었다. 그래서 샹신원은 자기 사촌의 일을 은밀하게 전대광에게 부탁했던 것이다. 철저하게 비밀 보장이 된다는 것을 믿기 때문이었다. 전대광이 다른 사람들보다 빨리 부장으로 승진한 것도 샹신원의 덕이 컸다. 샹신원은 전대광네 회사의 수출입 업무를 언제나 수월하게 풀어주었고, 그 덕은 전대광의 빠른 승진으로 이어졌던 것이다.(1권, 61-62쪽)

소설에는 여색을 좋아한 정부관리인 샹신원이 있는가 하면 10여위 고위직 관리의 '얼나이(첩)'로 알려진 왕링링이란 여성도 있다. 미모와 뇌물로 관리를 유혹해 그녀의 사업이 막힘없이 승승장구하였으나 소설 마지막 부분에서 계획부도란 죄명으로 결국 왕링링도 외국으로 도망가게 된다.

작가는 흔히 자신의 이해와 수요에 따라 인물 이미지를 부각하고 작가의 눈에 비친 이국의 '타자' 이미지를 통해 본국의 문화적 심리를 어필하여 본국의 문화전통을 긍정하거나 부정한다. 조정래는 중국 경제사회의 치열한 경쟁을 표현하기 위해 중국을 철저하게 사회주의 체제와 자본주의 상술이 복잡하게 얽힌 정글 시장으로 보고 접근했으며, 비즈니스적인 관점에서 샹신원이란 중국 관리의 부패한 이미지를 부각했을 뿐만 아니라 관리들과 인연을 맺음으로써 프로젝트를 성공시키는 '꽌시'(关系) 문화로부터 얼나이를 거느린 현상 등을 중국 관리만의 특성으로 풀어 놓았다.

중국의 부정부패가 매우 엄중한 문제로 지적되고 있는 것은 사실이다. 실례로 중국 중앙기율검사위원회는 2015년 1월-11월까지 11개월 간 '4대악풍' 추방 및 '8항규정'[10] 위반 32,128건, 총 43231명을 처벌했다고 발표했으며, 직급별로 성부급(중앙기관 장관급 및 지방정부 성장급) 8명, 지청급(중앙기관 국장급 및 지방정부 시장급) 441명, 현처급(중앙기관 처장급 및 지방정부 현장급) 3818명으로, 처장급 이상 고위 공직자가 10%에 달했다.[11] 하지만 부정부패는 중국뿐 아니라 한국을 포함한 다른 국가에서도 존재하고 있는 현상으로 그럼에도 불구하고 소설에서는 중국 공무원이라면 누구나 첩, 이른바 '얼나이'가 있고 뇌물만 밝히는 부정한 이미지로 중국을 그리고 있다. 현실적으로 볼 때 중국은 현재 전국적으로 8항규정과 같은 반부패정책이 끊임없이 나오고 있는데, 소설에서 중국 정부로부터 부정부패를 엄중하게 처벌하고 있는 점에 대한 언급은 전혀 하고 있지 않다. 또한 '한국의 도덕과 윤리의 순도가 99퍼센트의 순금 수준'이라고 하면서 한국관리를 미화하며 자랑하는데, 작가의 기존 이데올로기 기준이 편향된 정치의식을 초래한 가능성도 없지 않을 것이다.

---

10) 8항규정(八項規定): 2012년 12월 4일, 시진핑이 중공중앙정치국 회의 시 강조한 내용으로 정치국원의 '차량 및 수행인원 최소화, 회의 풍조 개선, 언론접촉 삼가, 개별문건 남발금지, 근검절약 솔선수법' 등을 규정하고 있다.
11) 신경보(新京报), 2016.1.4.

"중국의 고급 공무원 나리들께옵서는 그 입맛이 고상하고 취미 또한 우아하여 얼나이감으로 여대생들을 좋아한다고 소문이 파다한 것은 오래된 일이었다. 그 소문에 회답하듯이 퍼진 또 하나의 소문이 베이징 대학에 '얼나이그룹'이 있다는 것이었다. 그리고 대학마다 아침 8시부터 9시 사이에는 올림픽 오륜마크 닮은 동그라미 4개 단 검정색 아우디들이 줄을 선다는 것이었다. 고급 당원이나 고급 관리들이 여대생들을 싣고 놀러 가려고." (2권, 155쪽)

한국의 관리와 중국의 관리는 그 개념으로부터 시작해서 권력의 무게와 존재감의 비중이 완전히 달랐다. 한국의 관리들은 국가권력을 행사하며 나라의 일을 보는 월급쟁이에 지나지 않았다. 그런데 중국의 관리들은 관리이기 이전에 중국공산당 당원이었다.……당원의 권위와 관리의 권력을 함께 가진 중국 관리들의 콧대는 가히 히말라야만큼 높았던 것이다.(1권, 288-289쪽)

작가 조정래는 한국 관리는 "나라 일을 보는 월급쟁이에 지나지 않다."고 인식하고, 그러한 인식으로 중국의 사회문화현실을 관조하여 중국 관리의 권력과 영향력을 과장하는 경향을 찾아볼 수 있다. 그것은 작가가 생각하는 상식과 기준이 중국 사회주의 체제에 통하지 않기 때문이다. 중국 관리의 권위성만 강조하고 인민을 위하여 복무하는 공무원의 근본적인 취지를 홀시하다 보니 실제 현실과 거리감이 있는 것이다.

한국과 중국은 건국 이래 서로 다른 사회체제를 유지해왔으며, 한국 사회 전반은 또한 장기간의 냉전으로 말미암아 반공 이데올로기가 지배적인 위치를 차지하고 있었기 때문에 주류 언론에서는 중국 공산당의 일당체제 및 그들의 위기가 보편적으로 거론될 수밖에 없었다. 하지만 실제적으로 볼 때, 중국은 집단적으로 학습하고 소통하고 또 현장을 중시하고 전문성과 조직의 충성도를 함께 높이는 엘리트들을 양성해 나가고 있다. 뿐만 아니라 중국의 컨트롤 타워 역할을 통해 산업과 국가 전반을 관장하는 능력들이 중국의 국가주도형 경제발전에 동력을 만들었던 것이다. 『정글만리』에서는 "중국사람들은 사회주의 사회의 습관 때문에 서비스라곤 할 줄도 모른다"(1권, 324쪽) "중국이 자본주의보다 더 자본주의"(2권, 309쪽) 등과 같은 중국에 대한 작가의 비판적인 인식이 주목되는데, 독자반응이론의 측면에서 볼 때, 『정글만리』는 한국어로 쓴 소설로서 한국 대중들이 원하는 중국의 이미지가 작가의 편향된 정치의식을 초래한 가능성도 없지 않을 것이다.

작가 조정래는 전지적 작가 시점으로 부분적이거나 표면적인 개별 현상, 심지어 잘못된 정보로 전체를 대신해 단정적이고 확신에 찬 어조로 중국의 정치적 이미지를 '악마화'한 것이다. 이는 문학 중 관찰자와 피관찰자의 관계, 그리고 중국의 신속한 발전에서 원인을 찾을 수 있으며, '자아'가 '타자'를 인식하는 것은 인간이 갖고 있는 인식의 부분적이고 주관적인 한계로 인해 보편성이나 객관성을 갖춘 인식이라고 하기 어렵다. 게다가 '자아'와 '타자' 즉 관찰자와 피관찰자의 측면에서 볼 때, 관찰자는 항상 우세(優勢)의 위치에 처해 있고 피관찰자는 열세(劣勢)에 처해 있으며 작가가 이와 같은 평가를 내리는 것은 자신의 입장과 주장에 초점을 맞추고 자신의 세계관과 본국의 문화적 심리로 이국(異國)인 중국을 이해하고 접근했을 가능성이 크다. 그리고 중국의 발전 속도, 새로운 변화 및 정보 등은 곧바로 한국 국민에게 전달될 수 없다는 점 역시 중국에 대한 인식의 지연을 초래할 수 있기 때문에 중한 두 나라는 경제적, 문화적 교류가 훨씬 빈번해졌음에도 불구하고, 그 정치적 배타성이 여전히 존재한다고 볼 수 있다.

2.2 빈부격차가 심한 상인과 농민공

소설『정글만리』는 한국의 전대광과 김현곤, 중국의 리완싱, 베트남과 미국의 혼혈인 왕링링 등의 기업가를 등장시키면서 중·한·미·일 등의 국가의 비즈니스맨들이 벌이는 치열한 각축전을 그리고 있다. 특히 주목되는 것은 중국의 신흥 부자 리완싱으로, 소설에서 유일한 중국 상인이며 중국 개혁개방의 바람을 타고 떼돈을 번 벼락부자의 전형으로 나온다. 리완싱의 사업체들은 현대성을 갖춘 제조업체는 아니지만 리완싱은 5600만 위안을 들여 이태리 자주색 대리석으로 치장한 호화 주택을 짓고 '얼나이'들을 거느리며, 벌금을 물면서까지 자식을 낳는다. 한편 대학을 다니지 못한 것이야말로 리완싱의 마음의 상처이자 열등감으로 작용했기 때문에 성공한 기업가가 된 후 자신감을 얻으면서 학력에 대한 열등감을 풀기 위해 젊은 고학력 여성들을 얼나이로 삼은 것이었다.

> 그래도 자동차는 좀 나았다. 어마어마한 돈을 들여 새로 지은 집은 보통 문제가 아니었다. 아버지의 촌스러운 과시욕구가 도를 넘어도 너무 넘어버려 천박의 극치를 보이고 있는 그 집에 들어가고 싶지가 않았다. 오로지 과시만을 위해 값비싼 이태리 대리석을 붙여 또 한 채의 집을 지어놓은 꼴을 송재형이 보면 뭐라고 할 것인지 너무나도 두려웠다.(3권, 342쪽)

여러 얼나이를 두는 것이나 이태리 대리석으로 치장한 쌍둥이 집 중한 채도 순전히 과시용으로 속은 텅 빈 집으로 묘사되어 소설에서 리완싱은 과시욕이 강한 사람으로 나온다. 그의 딸인 리옌링마저 "아버지의 촌스러운 과시욕구가 도를 넘어도 너무 넘어버려 천박의 극치를 보이고 있다."고 한탄한다. 작가는 이러한 과시욕을 체면 세우기에서 원인을 찾고 있다. 또한 리완싱의 이미지를 통해 중국 사회의 '멘쯔'(面子)문화에

대해 "대국이라고 뻐기는 것과 체면 세우는 것은 중국 사람들이 유별나
게 좋아하는 것"(1권, 11쪽)이고, "중국인에게 '체면'은 가끔은 돈보다 더
중요"하며, "체면은 중국에서는 화폐처럼 유통된다."(1권, 403쪽)고 해석한다.

중국사회가 발전함에 따라 개인의 신분, 지위가 점점 소비의 질과 깊
은 관계[12]를 나타내고 있는 것은 사실이지만 이러한 현상은 어느 나라
에서나 존재한다. 일본의 국민총생산(GNP)이 미국에 이어 세계 제2위를
차지했을 때 사치품 구매액도 함께 늘어 세계 2위로 랭크되었었다. 사람
들의 경제력이 강해질 경우 소비활동에서 품질이 더 좋고 값비싼 제품
을 얻으려고 하는 심리는 순리(順理)적인 것이다. 즉 일정한 경제자원, 사
회자원 등의 쟁취는 자연스럽게 소비력의 제고에 영향을 줄 수 있는 점
을 근거로 작가는 소설을 통해 다른 사람이 얻지 못하는 것을 자신이 얻
을 수 있다는 만족감이야말로 중국인의 체면 유지의 목표이자 중국의
체면문화라고 해석하는데 이는 절대적이고, 편파적인 생각이라고 볼 수
있다.

작가가 어떠한 이국 이미지를 창조할 때 현실을 그대로 복제하는 것
이 아니라 이국 이미지의 창조에 적용된 일정한 수량의 특징을 선택한
다. 소설 『정글만리』에서는 중국의 상인 이미지를 리완싱이란 벼락부자
한 가지 부류만을 다루었는데 중국 상인들의 치부(致富)과정은 상세하게
언급하지 않고 박리다매(薄利多销, 이윤을 적게 보면서 많이 판매하다) 상술만을
설명하고 있다. 하지만 실제적으로 볼 때, 한걸음씩 힘들게 노력하여 경
험을 쌓고, 고군분투한 결과 부자가 되거나 성공한 사람들은 행운만으로
하루 만에 부자가 된 벼락부자보다 더 많다는 것이다. 그리고 작가는 박
리다매를 인구가 많은 대륙의 스펙에만 역점을 두었지만, 이러한 경제

---

12) 주민욱, 「중국인의 의견표명 행위와 체면관」, 『한국언론정보학보』62권, 2013, 77-80쪽.

수단 또한 중국 상인의 끈기와 인내력의 표현이라고도 할 수 있다.

소설은 리완싱과 같은 부자들의 호화로운 생활을 묘사했을 뿐만 아니라 부자와 가난한 자의 선명한 대조를 통하여 중국의 빈부차이 현상을 반영하고 있다. 그중에서 '농민공'이야말로 가난한 자의 상징이다.

> 농민공들은 두 가지 공통점을 가지고 있었다. 농민 출신이었고, 나이가 많았다. 농촌 출신이라도 나이가 스무 살 안팎이면 거의가 제조업 공장으로 들어갔다. 공장들은 술집도 아니면서 젊은 남녀만을 좋아했고, 나이가 스물다섯이 넘으면 마치 기운 못 쓰는 늙은이라도 되는 것처럼 손사래를 쳐버렸다.
>
> 그러니 나이가 좀 들어 공장에서 퇴짜당한 축들은 더운밥 찬밥 가릴 겨를 없이 무슨 일이든지 닥치는 대로 덤벼들 수밖에 없었다. 겉모습은 한없이 멋들어지고 으리으리하게 번쩍거렸지만 그 어디에도 몸 기댈 곳 없는 도시에서 세끼 밥 찾아 먹고, 돈까지 벌려면 다른 방법이 없었던 것이다.
>
> 농민공들은 일거리를 찾아 철새 떼처럼 몰려다녔다. 큰 도시마다 고층 빌딩들이 몇 년 사이에 수없이 치솟아 오른 것도 다 그들 농민공들의 힘이었다. 무기가 아무리 발달해도 보병이 총 들고 쳐들어가지 않으면 항복을 받아낼 수 없듯이 건축기계들이 제아무리 좋다 해도 사람의 힘에 이끌리지 않고는 빌딩들이 그렇게 우람하게 설 수 없는 일이었다. 개혁개방과 함께 중국 천지를 최단 시일 내에 사통팔달로 잇고 뚫고 해서 경제 유통의 대동맥인 고속도로를 탄생시킨 것도 그들 농미공들이었다. 그리고 싼 인건비만 팔아먹는 삼류 국가가 아니라 유인 인공위성과 함께 과학 일류 국가 중국의 자존심을 세워준 고속철 건설 현장마다 그들은 피땀을 뿌렸던 것이다. 고산지대를 돌파하며 티베트 지역을 향해 뻗어간 그 기나긴 철길이 그렇게 빨리 놓인 것도 다 농민공들이 이룩해낸 공이었다.(1권 356-357쪽)

『정글만리』 제3권의 「바오파후의 끝없는 꿈」에서 옥 제품 주문을 위해 프랑스 비즈니스맨 자크 카방은 리완싱의 공장에 갔다가 한 남자가 원석 가공 5년 만에 규폐증이 발병해 산업 재해 피해 보상하라는 피켓을 들고 시위하는 것을 보게 된다. 그때부터 자크 카방의 머릿속에는 몇 년 전에 보았던 공장 안에서 농민공들이 일하는 장면이 떠오른다. 50평 남짓한 공장에서 100여 명의 젊은 남자들이 보석 원석을 자르는데 날카로운 쇳소리와 흩어져 날리는 미세한 돌가루 속에서 아무런 보호 장치 없이 하루 종일 일을 해야 했으며 주문이 밀리면 야근까지 하거나 밤을 새우기도 한다는 것이었다.

> 거기서 2-3년 일하면 누구나 폐에 병이 안 걸릴 도리가 없을 것 같았다. 환기장치를 철저히 하고, 마스크와 보안경을 써도 문제가 생길 수 있었다.(3권, 168쪽)

이처럼 『정글만리』에서 중국 농민공들의 작업 환경은 극도로 열악하여 생명의 보장조차 없음을 묘사되면서 그에 이어 농민공과는 정반대인, 호화로운 집 두 채를 갖고 있는 리완싱 사장이 여러 얼나이 중 한명을 데리고 병 치료가 아닌 단지 예뻐지려고 성형 수술하러 외국 나간 대목이 묘사되고 있다. 이는 부자와 가난한 자의 선명한 대조 속에서 농민공들의 빈곤과 불쌍함이 더욱더 두드러지게 나타나고 있는 점이라고 볼 수 있다.

> "사장님 한국에 의료관광 떠났습니다. …… 그날 저녁에 만났던 일곱 번째 얼나이 데리고 성형수술 하시려고요. 얼나이는 코 높이고, 눈 쌍꺼풀 하고, 사장님은 20대처럼 주름살 싹 없애려구요. 그게 바오파후들 사이에서 일고 있는 신유행이잖아요."(3권, 168-169쪽)

그리고 『정글만리』 제1권의 「농민공, 물거품 하나」에서는 농민공인 장완싱 부부의 스토리를 전개하면서 다른 각도로부터 농민공 인권문제를 제시했다. 농민공 장완싱 부부는 아주 적은 수입으로 도시에서 살아가야 할 뿐만 아니라 고향에 있는 자식의 교육비와 부모의 생활비도 감당해야 했기 때문에 수입보다 지출이 많았다. 또한 남편이 산업 재해 사고로 인해 생존을 유지할 수 있는 노동능력까지 잃게 되었는데, 공사현장에서 일을 하다가 다쳤기 때문에 회사에서는 당연히 치료비를 부담해야 했지만 그들은 책임을 회피하였다. 결국 불구자가 된 농민공 장완싱은 보상금을 받는 과정에서 신체적, 정신적, 경제적으로 큰 타격을 받아 아주 곤란한 상황에 이르게 되었다.

> "농민공이란 개혁개방 이후 가난한 농촌에서 벗어나 돈벌이를 하려고 도시로 몰려든 부랑 노동자들이었다. 그들은 전 세계가 놀라는 중국의 비약적이며 눈부신 경제발전의 맨 밑바닥에서 온갖 궂은일들을 다 해낸 계층이었고, 그러면서도 도시 빈민층을 형성하고 있었다."(1권 340쪽)

이처럼 물거품 같은 도시 농민공들의 비참한 생활을 통해 중국 도시에 존재하는 빈부격차 현상에 대한 작가의 인식을 알아볼 수 있다.

작가 조정래는 중국 사회의 현실을 한마디로 간단하게 개괄할 수 없다는 사실을 알면서도 리완싱이라는 상인 이미지와 장완싱부부와 같은 농민공 이미지를 부각하여 중국의 빈부 격차, 농민공의 궁핍화 등 문제를 제시했다. 이것은 1970, 80년대 한국 사회문제의 소설적 형상화에 대한 접목이라고 추측된다.

1970, 80년대 한국소설에서 가장 두드러지게 나타나는 것은 피해, 박탈, 억울함을 당하는 하층인간들의 삶을 다룬 소설이라고 할 수 있다. 그리고 물질주의적 삶의 태도, 비뚤어진 출세주의, 기회주의적인 자세 등 이러한 변화가 사회적으로 문제되면서 작가들의 관심이 바뀌게 된

다.[13] 농촌을 떠나 도시의 일용직 노동자로 전락한 이농민들의 소외된 삶, 노동현장의 열악한 환경과 노동조건 등을 반영한 작품으로는 황석영의 「객지」(1974), 「삼포가는 길」(1975), 최일남의 「타령」(1977), 조세희의 『난장이가 쏘아 올린 작은 공』(1978), 양귀자의 「원미동 사람들」(1987) 등이 있다. 또한 최일남은 「서울 사람들」(1975), 「우화」(1978) 등 작품들을 통해 '출세한 촌놈'들의 허황된 자기 과시를 희화적으로 그리기도 했고, 물질적인 것에 집착하면서 삶의 참다운 가치를 상실해버린 왜곡된 세태를 비판하기도 하였다.[14]

조정래는 1970년대에 등단하여 황석영, 최일남, 조세희 등 작가들과 같이 이 시기 한국문단에서 활약한 소설가이다. 그는 일정한 중국체험을 통해 한국의 이농민과 비슷한 중국 농민공의 존재를 발견하면서 1970, 80년대 한국의 노동자 노사문제, 졸부의 자기 과시, 빈부격차 등과 비슷한 사회문제를 제기하게 되었다. 이는 개혁개방 이후 중국의 산업화, 도시화 과정이 한국 1970, 80년대의 시대배경과 많은 유사성을 보여준다는 것을 설명한다. 따라서 소설 『정글만리』에 나타난 리완싱의 모습은 「우화」의 배추장수 출신의 벼락부자 우선달의 그림자가 비춰지고, 농민공들의 빈곤한 삶은 황석영의 「객지」(1974), 「삼포가는 길」(1975), 최일남의 「타령」(1977), 조세희의 『난장이가 쏘아 올린 작은 공』(1978) 등 작품에서 자주 등장한 이농민이나 노동자의 비참한 삶과 연결시킬 수 있다.

소설은 중국의 벼락부자와 농민공이라는 대조되는 이미지의 부각에서 인물형상의 상투성, 부자와 가난한 자의 2원 대립구조의 단순화 등 경향을 보여주고 있다. 압박과 착취를 받는 농민공은 동정을 받아야 할 대상

---

13) 김춘선, 『조선-한국당대문학개론』, 북경: 민족출판사, 2002, 375-394쪽.
14) 권영민, 『한국현대문학사』, 서울: 민음사, 1993, 310쪽.

으로 설정되며 도시인, 특히 벼락부자인 리완싱은 무식하고 과시욕이 강한 부정인물로 설정되고 있는 것 등이 그 주요한 표현이다. 중국 농민공의 빈곤은 실제로 있는 현상이나 중국의 상인이든, 농민공이든 한 가지 부류만을 다룬 것이 문제라고 지적할 수 있다.

비교문학 형상학적 의미에서 이국 이미지는 현실의 재현과 복제(複製)가 아니라 작가의 현실비판의 수요에 따라 설정한 것이다. '이데올로기적 이미지'에서 이데올로기는 전면적으로 공시되는 것이 아니라 이국 이미지를 묘사할 때 잠재적인 심사 및 인도하는 역할을 한다.15) 『정글만리』에서 샹신원, 리완싱, 그리고 농민공 등 인물을 내세우면서 보여준 중국 정부관리의 부패현상 및 빈부격차 등에 대한 비판은 본질적으로 작가가 여러 유형의 중국인 이미지를 부각하는 수요에 따라 설정한 것이다. 그러나 이러한 이데올로기적 이미지는 진실과 완전히 부합되는 것은 아니라 작가는 그것을 빌어 '양기억인(揚己抑人)'하면서 자아단체에 대한 '통합기능'을 실현한 것이다.

3. 양극 사이의 이미지
- 신세대 지식 여성, 극도로 개방적인 여성

소설 『정글만리』에서 리옌링은 베이징대학 역사학과 여대생이며 한국 유학생 송재형의 여자친구이다. 그녀는 중국 남방 미녀답게 아주 뛰

---

15) "所谓意识形态化的异国形象, 这里的意识形态并不正面宣示, 而只是在描述异国形象时起所谓意识形态化的异国形象, 这里的意识形态并不正面宣示, 而只是在描述异国形象时起潜在的批判作用, 隐性的导向作用 方汉文主编, 『比较文学学科理论』, 北京 : 北京师范大学出版社, 2011. p.322-323. 潜在的批判作用, 隐性的导向作用……"方汉文主编, 『比较文学学科理论』, 北京 : 北京师范大学出版社, 2011, p.322-323.

어난 미인이었고 누구보다도 공부욕심이 많아 틈만 나면 책을 펴는 것
이 습관되어 있다. 부자 집 딸이지만 아버지 리완싱처럼 과시욕은 없으
며 자신의 사상이 있는 신세대 지식여성이다.

> "그야 두말할 것 없이 중국이 잘되는 게 좋지요. 내 처가 나란데!" 송재
> 형이 능청스럽게 대꾸했고, "어머머……"리엔링의 얼굴이 붉은 꽃으로 변
> 하며 송재형의 팔을 꼬집었다. 그 얼굴은 화장기가 없어서 더욱 싱그럽고
> 청순하게 돋보였다. 중국 여대생들은 거의 화장을 하지 않았다. 일반 여성
> 들 사이에서 성형 바람과 함께 일기 시작한 화장 유행에 여대생들은 아직
> 물들지 않고 있었다. (1권, 129-130쪽)

리엔링의 외적인 아름다움은 남자친구인 한국 유학생 송재형에게 있
어 매혹적이었을 뿐만 아니라 리엔링의 영향으로 송재형은 중국사 교수
가 되는 꿈을 갖게 되어 가족의 반대도 불구하고 전공을 경제학에서 역
사학으로 바꾸기까지 한다. 똑똑하고 자유분방하면서도 의지가 굳건한
리엔링은 송재형의 연인이자 멘토로 나온다.

리엔링은 소설의 처음부터 마지막까지 완벽한 이상적 여성 이미지로
부각되었으며 리엔링이 송재형과 함께 노력해 양가 부모의 결혼 허락을 받게
된 해피엔딩으로 소설의 전반적인 스토리가 끝나게 된다. 이러한 국제결혼은
민간으로부터 나아가 정치, 경제, 문화 등 여러 영역에서 중한 양국의 협력의
미래를 희망하는 작가의 의도를 보여준다고 할 수 있다.

그러나 소설에 리엔링처럼 똑똑하고 예쁜 여성을 등장시키는 동시에
작가는 또한 중국 여성들의 욕망을 활력이 아닌 괴로움으로 보면서 여
성의 파워를 비판적으로 보고 있다. 중국인 양아버지 왕이싼의 훈육 덕
으로 사업욕이 남자들을 능가한 왕링링은 소설에서 비즈니스맨들 사이
에 비상한 관심을 집중시킨다. 왕링링의 어머니는 베트남 사람, 외할아

버지는 프랑스 사람, 친 아버지는 미국사람이었다. 혼혈의 혜택을 입은 탓이었는지 그녀는 머리가 뛰어났으며, 거침없고 망설임 없고 자신만만한 것이 그녀 스타일이었다. 소설에서 골드 그룹 건축 총괄사장인 앤디 박이 회장 왕링링의 미모에 현혹되지 않을 남자 없고 그녀의 폭넓은 지식에 감탄하지 않을 지식인이 없음을 흔쾌하게 인정하는 대목이 있다. 그리고 미모에 자신있고 지식에 자신 있는 것처럼 그녀는 사업에도 언제나 자신이 넘쳐 그동안 그녀의 중국 사업은 막힘없고 꼬임 없이 승승장구해 왔다.

> "중국에서 단숨에 떼부자, 벼락부자가 된 젊은 여자들이 어디 한둘인가. 그것도 중국에서만 볼 수 있는 희한한 쑈지."(1권, 164쪽)
> 샌프란시스코의 부자인 양아버지가 대준 자본금을 가지고 그녀는 자신감을 맘껏 발휘해 왔던 것이다. 전 세계가 20세기의 기적이라고 부르게 된 중국 경제발전의 물결을 타고.(2권, 64쪽)

왕링링은 새로운 프로젝트를 시작 할 때마다 항상 자신있었고 화려하게 성취되기도 했다. "그럴수록 그녀는 더욱 찬란한 보석이 많이 박힌 왕관을 쓴 여왕이 되어갔고, 사장단들은 그저 관리나 진행을 충실히 해야 하는 신하로 전락해 갔다."(2권, 65쪽) 그럼에도 불구하고 왕링링은 소설 마지막 부분에서 10여위 고위직 관리의 얼나이로 알려지고 계획부도란 죄명으로 외국으로 도망가게 된다.

소설에서 "중국은 여성들에게는 천국일지 모르지만 남성들에게는 지옥인 게 분명하다."(2권, 105쪽)고 하면서 사회주의 성립 이후 여성의 지위가 높아진 것을 두고 자연의 순리를 파괴한 것으로 해석하면서 마오쩌둥 시대의 슬로건인 '여성이 세상의 절반'(女子能顶半边天)을 남녀 분별의 자연의 순리를 파괴한 것으로 몰아가고 있다. 작가는 "가사노동은 여자가 하는 것이 자연의 순리에 따른 역할 분담이고, 업무 분업"이라고 하면서, "그런데 마오에 의해 그 순리의 법이 파괴되어 버렸으니 중국남자들의 역할은 완전히 바뀌어버렸다."(2권, 106쪽)고 한다.

또한 작가는 소설에서 "우리 나라에서는 남자가 여자를 이런저런 방법으로 해치는 경우가 많은데 중국에서는 숭녀공처(崇女恭妻)라는 사회적 가치관 때문에 여자에 대한 보복이 전혀 없었다. 그 가치관에 따라 남자가 음식도 하고, 빨래도 하고, 청소도 하는 것이 중국의 일반적 세태였다."(2권, 102쪽)고 하고 있는데, 이는 중국에 대한 작가의 단면적인 견해라고 하지 않을 수 없다. 중국 정부가 여성보호에 여러 가지 지원을 아끼지 않고 있음에도 불구하고 여성들은 여전히 가정폭력이나 각종 사기에 노출되어 피해를 당하는 현상이 적지 않다.

'여성이 세상의 절반'이라는 말에서 알 수 있듯이, 마오쩌둥은 남녀평등의 실현을 여성운동의 목표로 삼았고 남존여비(男尊女卑)의 기존 폐단을 종식시켜 남녀평등을 추구하고자 했다. 그러나 소설에서는 이러한 초심을 왜곡시켜 여성의 지위향상을 자연 순리의 파괴로 생각하면서 남녀평등의 사회를 남성의 지옥으로 판단했을 뿐만 아니라 소설에 등장한 여성들은 놀라울 정도로 자유롭고 그 자유가 지나치다 못해 문란하게 까지 비춰지기도 한다. 이는 중국 여성에 대한 오해이며 남성주의가 극에 달한 위험한 접근이라고 볼 수 있다. 중국에서 결혼 전 동거생활은 보편적이고 자연스러운 일이며, "그 동거생활이 한두 번은 예사고, 네다섯 번씩 하는 여자들도 적지 않다"(1권, 197쪽)고 하면서 중국에서는 정조관념이 존재하지 않는 것으로 묘사하고 있다. 게다가 중국여자들이 마구 바람을 피워 "아버지도 가짜가 있다"(1권, 90쪽)고 한다. 즉 중국 여성들을

'성적으로 방종한 헤픈 여자', '성 문란'으로 해석하고 그 배경을 마오쩌둥의 여성 정책에서 찾으며 숭녀공처(崇女恭妻)라는 중국의 사회적 가치관과 연결시키면서 중국 여성들에 대한 오해를 조장하는 것이다.

전통적 중국 가정에서 혼인이야말로 여성의 유일한 귀착점이며 "여자는 재능이 없음이 바로 덕[女子无才便是德]"이라는 유설에서 여성들에 대한 사회의 요구를 알아볼 수 있다. 그리고 '남외여내(男外女內)'16)와 남존여비라는 양성(兩性)관계는 '남녀유별(男女有別)'의 가족문화에서 자연스럽게 존재하게 되었으며 몇 천 년 이래, 남녀 양성에 대한 태도 및 행위의 평가도 이러한 패턴에 국한되었다. 이후 중국 정부는 1950년 혼인법을 제정해 법률적으로 여성의 권익을 보호하고, 정부가 주도적으로 여성정책을 추진하면서 여성의 취업율이 급격히 상승함에 따라 가사노동 분담 또한 큰 변동이 불가피해졌다. 뿐만 아니라 경제발전에 따라 여성의 경제활동 참가가 늘고 그들의 직업적 지위도 상승해 여성공장장, 여성지배인 등 수많은 여성기업가가 나타나기도 하였다. 여성들의 직업분화로 각기 다른 계층에 속하게 되면서 일부는 사회적 신분상승을 통한 지위향상이 이루어졌고, 일부는 경제적 수입증가를 통한 지위향상이 이루어지고 있다.17) 현재 중국의 남존여비관념과 '남외여내[男主外, 女主內]'의 역할분담 관념이 변하게 되어 여성과 남성은 상당히 평등한 지위를 누리고 있다.

리옌링의 이미지는 작가가 신세대 여성으로서 갖추어야 된다고 생각하는 특징들을 리옌링이란 인물에 첨부하여 자신의 희망을 기탁한 것으로, 이러한 여성 이미지야말로 비교문학 형상학에서 유토피아적 이미지

---

16) 남외여내는, 남녀 간의 서로 다른 생활공간에 대한 규정이고 또 여성은 안[內]을 다스리고 남성은 밖[外]을 주관한다는 분업, 분담의 의미이다.

17) 조수성, 「90년대 중국여성의 지위변화에 관한 연구」, 『중국연구』 제20권, 한국외국어대학교 중국연구소, 1997, 21-31쪽.

에 속한다고 볼 수 있다. 이와 동시에 작가는 파워풀하거나 자유분방한 중국 여성상을 부각함으로써 한국과 중국의 문화적 차이와 시대의 차이를 보여주었으며 이러한 여성 이미지는 작가가 아직 남성으로서의 가부장제적 질서인식을 극복하지 못하였음을 보여준다. 따라서 소설에 등장한 중국 여성상은 이데올로기와 유토피아의 '양극' 사이에 있다고 본다.[18)

---

18) 이 절은 저자의 석사학위논문 「조정래의 장편소설 『정글만리』에 나타난 중국 · 중국인 형상」의 내용 중 일부를 발췌 및 수정한 것이다.

제2장

공간적 이미지

시공간 속에 살아가는 인간은 시간적 또는 공간적 존재라고 할 수 있다. 그러나 시간과 공간은 인간에게 있어서 절대적인 객관이 아닌 주관적 대상으로 최근 들어 공간의 중요성이 크게 부각되고 있다. 보편적인 거대서사를 거부하고 이질성과 차이를 강조하는 포스트모던 사회의 출현과 더불어, 지역의 구체적인 양상들이 과거에 비해 더욱 중요해졌기 때문일 것이다.[19)]

공간은 정치성을 내재하는데, 공간의 이데올로기와 가치적 지향은 개입자의 정밀한 설계에 따라 결정되며 종국에는 특정된 공간 속의 최고 권력의지의 이념으로 통일된다. 프랑스 철학자 앙리 르페브르(Henri Lefebvre)는 사회적 산물인 공간을 담론하면서 도시란 구축되고 생산되며 설계된 사회적 공간, 즉 '공간의 표현'이라 주장했다. 하지만 문학에서 서사화한 도시(都市)적 텍스트는 결국 감지되고 상상되며 표현된 정신적 공간, 즉

---

19) 이-푸 투안 지음, 구동회 · 심승희 옮김, 『공간과 장소』, 서울: 도서출판 대윤, 1995.

'표현된 공간'이라는 것이다. 다시 말해 각양각색의 도시 체험은 정치·
경제적 목적을 달성하기 위한 도시 구조와 관련을 맺는다고 할 수 있으
나 문학적 공간은 형이상학이나 과학을 바탕으로 정의되기보다는 문학
적인 상상력 속에서 구현되는 작가의 재현이라고 본다.

　따라서 한국 당대 중국소재소설 속의 중국의 여러 공간과 장소들은
두 가지 시간적 범위로 구분지어 볼 수 있는데, 하나는 중한수교 이전
한국 작가들이 중국 현장을 체험하지 못한 상황에서 구축된 상상의 공
간적 이미지이다. 예를 들면 윤후명의 소설 「돈황의 사랑」, 「누란의 사
랑」에서는 상상으로 중국의 두 고성(古城)인 돈황과 누란의 모습을 그렸
고, 다른 하나는 중한 수교 이후, 양국 교류가 시작되면서 한국 작가들
이 현장 체험을 바탕으로 묘사한 현실적인 중국이다. 예를 들면 김인숙
의 「감옥의 뜰」과 윤대녕의 「피아노와 백합의 사막」에서 작가의 내면세
계와 특정된 중국의 공간적 이미지들을 연결시켜 하얼빈과 같은 도시
공간이나 사막과 같은 자연적 공간 이미지를 부각하였다.

　주목해야 할 점은 이러한 중국의 공간적 이미지들은 한국이라는 사회
적 분위기 속에서 구축되고 소설의 중심으로 재편됐다는 것이다. 즉 이
러한 공간들에 대한 구조적 재편이 문학작품을 통해 영혼을 창조하거나
발견하여 새로운 통합된 공간적 이미지를 만들기 때문에, 소설에 나타난
중국의 이러한 공간적 이미지들을 빌어 한국 당대 소설 속의 인간이 가
지고 있는 존재의 의미와 자아의 상관관계가 어떻게 작가의 세계관, 자
연관으로 확대되어 '표현된 정신적 공간'으로 나타나는지를 엿볼 수 있다.

1. 서역(西域)에 대한 상상력

한국 당대문학에서 '공간'은 인물 활동의 배경과 장소로만 존재하는 것이 아니라 작가의 의식적인 사상과 기법이 개입되어 있다. 또한 '공간'은 문학작품에서 형이상학적인 의의를 지니는 반면 작품의 존재적 이유가 될 수도 있다. 중편소설 「돈황의 사랑」은 1982년 처음 발표되어 본래 시인이었던 윤후명(1946-)이 소설 창작으로 화려한 탄생을 예고해주는 작품이다. 1991년 여름, 윤후명은 한국문인협회와 함께 보름동안 중국의 베이징, 상하이, 시안 등 도시를 비롯한 백두산, 돈황 등 많은 명승고적들을 방문해 같은 해에 중편인 「돈황의 사랑」, 「누란의 사랑」, 「돌사자의 길로 가다」를 엮어 『비단길로 오는 사랑』20)이라는 연작 장편소설을 출간했다. 1982년 작품 창작 시, 중한양국의 외교단절로 인해 비록 작가의 현장 체험은 없었지만 중국의 서역은 윤후명에 의해 관념의 여행이란 형식을 빌어 심상지리(心象地理)로서 발견되었다. 이러한 작품들을 통해 중한 수교 전 민간 교류가 활발하지 못했던 시대적 상황에서도 윤후명이 중국, 특히는 '실크로드'에 대한 남다른 관심을 알아볼 수 있다.

소설 「돈황의 사랑」은 실직 상태인 주인공이 아침에 일어나 친구를 만나고 아내와 저녁을 먹고 돌아와 잠들기까지 하루 이야기이다. 하지만 중간에 과거 회상 등 다양한 이야기가 들어가면서 시간과 공간이 확장되고 있다. 지역적으로 서울에서 중국의 서역 도시 돈황까지, 시대적으로 고조선시대부터 현대까지 걸쳐있다.

작가 윤후명의 중국 서역에 대한 관심은 유별나다. 「돈황의 사랑」 외

---

20) 윤후명, 『비단길로 오는 사랑』, 서울: 문학아카데미사, 1991. 이하 이 책의 인용은 본문에 쪽수만 표시한다.

에도 그 유별성은 소설 「누란의 사랑」을 통해 형상화가 매우 잘 되어 있다. 「누란의 사랑」에서 누란의 상징적 의미는 '나'의 미완의 사랑과 아버지에 대한 환상의 환유라고 할 수 있다.

윤후명은 시인으로 출발해 소설을 함께 썼으므로 그의 소설들은 시적인 문체와 독특한 서술방식으로 고대의 풍경이나 관념적인 환상세계로 탈출하려는 욕망을 드러내고 있다. 그의 작품들 중 한 가지 공통점은 주인공의 의식에 의해 자유롭게 상상되고 연상된 것들이 소설 전편에 작용한다는 것으로 작품 속 대부분의 사건들은 일반적으로 객관적인 시간 순서에 따라 전개되지 않고 자유로운 연상으로 답답한 현재 생존환경에서 탈출하려는 욕망을 표출하고 있다.

영국 시인 새뮤얼 테일러 콜리지(Samuel Taylor Coleridge)의 상상의 이론에 따르면 연상도 상상력의 범주에 속하며, 시·공간의 규범적이고 획일적인 질서로부터 풀려난 기억 형식이라 할 수 있다. 이는 현실에 대한 불만으로 인해 촉발되며 내재적 욕망으로 세계에 대한 변화와 재구성을 실현한다. 연상은 불만적인 현실과 시공간으로부터 벗어나기 위한 비상구이기도 하며, 주체와 객체 사이의 긴장된 모순을 완화해주는 정신적 작용이기도 하다. 즉 연상은 정신세계 속의 자아 창조 행위이며 자연과 정신, 자아와 세계, 의식과 무의식 사이를 자유롭게 오갈 수 있는 핵심이다.[21] 여기서 주의해야 할 것은 윤후명의 소설에는 돈황, 누란, 사자춤 등 중국 요소가 연상의 매체이자 대상이라는 것이다. 따라서 저자는 당시의 사회적 배경과 도시 공간 이론의 시각에서 출발해 소설에 나타난 상상된 서역이란 공간적 이미지와 '실크로드'에 대한 작가의 문화심리를 분석하면서 이러한 중국 요소로 구성된 서역이란 공간이 작가에게

---

21) 김정근, 『콜리지의 문학과 사상』, 서울: 한신문화사, 1996, 72-92쪽.

어떠한 의의가 있는지, 소설 속에는 또 어떤 거시적이거나 미시적인 현실 의의를 갖고 있는지에 대해서 알아보고자 한다.

1.1 「왕오천축국전」이 발견된 곳

소설 「돈황의 사랑」(1982)에서 출판사 직원이었던 '나'는 직장을 그만두고 아내와 함께 누추한 셋방에서 생활하다가 어느 날 무의식 중 돈황에 관한 신문기사를 보게 되었는데, 돈황은 석굴의 발원지이기도 하면서 혜초(慧超)의 「왕오천축국전(往五天竺国传)」이 발견된 곳임을 알게 된다.

돈황은 원나라 이후 오아시스로가 쇠락해지자 그 역할이 축소되었다. 그러다가 20세기 초에 다시 주목을 받는데, 그 이유는 장경동(藏经洞)이라고도 불리는 막고굴의 제17굴에서 많은 양의 고문서가 발견되었고 또한 벽화와 불상들도 함께 반출되었기 때문이다. 이렇게 반출된 여러 자료 중에 한국과 직접적인 관련이 있는 것이 있는데 바로 신라 승려 혜초가 인도 여행에서 보고 들은 바를 비교적 간단하게 기록한 「왕오천축국전(往五天竺国传)」이 포함되어 있었던 것이다. 「왕오천축국전」은 전문이 전하는 것이 아니라서 혜초가 어떠한 일정으로 다섯 천축국을 여행하였는지 자세히 알기 어렵지만 여행 마지막에 727년 서역에서 쿠차를 거쳐 육로로 당나라에 돌아왔다는 것을 알 수 있다. 「왕오천축국전」은 문학적 가치가 뛰어나거나 서술이 자세한 것은 아니지만, 8세기 인도와 중앙아시아의 정치, 문화, 경제, 풍습을 알려주는 유일한 기록으로서 그 가치가 높게 평가된다.[22]

앞서 살펴보았듯이 불교는 인도에서 시작하여 중국을 거쳐 조선반도

---

22) 최광식, 『실크로드와 한국문화』, 서울: 나남, 2013, 26-31쪽.

로 유입되었다. 불교는 삼국시대에 전래되어 고려시대에 이르기까지 정치, 사회, 경제, 문화 전 분야에 영향을 주었고, 조선시대에 그 범위가 축소되었다 하더라도 여전히 신앙적, 문화적으로 일정한 영향력을 발휘하였다. 이렇게 불교문화는 한국의 역사와 함께 호흡하고 토착화되어 한국 전통문화의 근간을 이룬다.

이와 같이 한국은 실크로드를 통하여 비단을 비롯한 많은 문물과 다양한 종교와 문화를 받아들였다. 따라서 실크로드가 문명사적 교류에 지대한 역할을 했다는 것은 아무리 강조해도 지나치지 않지만, 특히 한국의 역사와 관련해 가장 주목되는 점이 바로 불교문화의 유입이라고 할 수 있다. 그런 의미에서 작가 윤후명은 중국으로부터 선진문화가 한국으로 전래된 통로인 돈황을 소설의 주요 공간 이미지로 부각하면서 양국의 전통문화를 형성하는 데 공통적으로 크게 기여한 불교적 요소로 독자들의 공감을 불러일으키고자 한다.

'나'는 돈황의 벽화에 있는 사자의 그림을 보면서 중국의 사자춤을 비롯해 봉산(鳳山), 강령(康翎), 기린(麒麟) 같은 황해도 해서(海西) 탈춤과 경상도의 수영(水營)들놀음, 통영(統營) 오광대 속의 사자들을 떠올리게 되었으며, 매일 밤 꿈속에서 사자들의 발자국 따라 실크로드를 거닐었다. 하루는 꿈속에서 사자를 보게 되는데, 사자는 '나'에게 "봉산이 예서 머오? 강령이 예서 머오? 기린이 예서 머오?"(102쪽) 물었다. 그제야 '나'는 사자의 목소리가 곧 '나'의 목소리임을 알아차렸다.

소설에서 출현 빈도가 가장 높은 것이 사자이며, 가장 중요한 이미지이기도 하다. 주인공이 처음 사자를 접하게 된 것은 소싯적 아버지 따라 북청의 사자춤을 볼 때였다. '나'의 아버지는 북청이 고향이지만 오랫동안 타향살이를 하여 북청의 사자춤을 볼 때마다 그는 깊은 향수에 빠지게 된다. 그 후에 '나'는 친구의 연극학원에서 봉산탈춤 비디오를 볼 당시 다른 사람들이 먹중을 주시하였지만 유독 '나'만 홀로 사자의 모습을 관찰하고 있었고 돈황 벽화에 있는 사자 그림을 연상한다. 아래 친구의 말이 사자로 되는 꿈의 포인트일 것이다.

"니 눈에는 사자루 보일지 몰라두 그건 사자가 아니라 인간이란 말야. 다만 그런 형상을 차용한 거지. 거기에 놀라운 상징이 있는거지."(38쪽)

탈춤에서의 사자는 먹중 옆의 단역으로서 많은 사람의 주목을 받지 못했지만 '나'는 오히려 춤추는 사자의 털가죽에 가려진 고독을 읽을 수 있었기 때문에 탈춤은 '나'에게 슬픈 느낌을 주었다. 여기서 알 수 있듯이 아버지와 함께 보았던 북청 사자춤 속의 사자도, 탈춤에서 먹중 옆의 단역인 사자도 고독한 존재의 상징이며, 이러한 고독이야말로 작가 윤후명이 처한 현실을 반영한 것이라고도 볼 수 있다. 그는 「상상속의 실크로드 모험」에서 이렇게 피력한 적이 있다.

돈황이라는, 실크로드 위의 도시처럼 아득한 곳이 있을까. 그 무렵 나는 신출내기 소설가로서, 뱃전에 내동댕이쳐진 물고기가 목말라 하듯이 보다 넓고 깊은 어떤 세계에 목말라 하고 있었다. 하지만 그 세계는 우리의 역사와 문화와 동떨어져 단순히 이색적인 곳으로서만 존재해서는 안 되었다. 그리하여, 나는 '나'를 찾아 돈황이라는 유적 도시로 떠날 수밖에 없었다.
실제 여행이 불가능했던 시절, 생활마저 남루를 걸친 내게는 서울의 뒷골목을 헤매며 상상 속에서 떠난 그 여행이 더욱 모험이 아닐 수 없었다. 그 모험은 이 황량하기 그지없는 서울의 사막에서 사랑의 실크로드를, 그 흔적을 찾아냄으로써 과거에서 현재로 이어지며 또 미래로 전해질 영원한 사랑을 확인하고자 하는 것이었으니, 실로 가엾은 나였다.[23]

23) 윤후명, 「작가의 말」 상상속의 실크로드 모험, 『조선일보』, 1997.12.23.

중한 두 나라는 문화적으로 같은 맥락을 갖고 있으며, 밀접한 역사적 교류를 통해 발전해 왔지만, 냉전시기에 서로 다른 이데올로기로 인해 50년 간 대립 진영을 이루다가 1992년 8월 수교한 이후 정치, 경제, 문화 등 영역의 교류를 다시 시작하였다. 따라서 20세기 80년대에 「돈황의 사랑」을 창작한 윤후명에게 있어서 돈황은 상상의 도시, 꿈에서만 만날 수 있는 곳으로 설정되었으며, 작중의 '나'는 돈황의 벽화에 그려진 사자를 보면서 중국의 사자춤을 떠올렸고, 또한 이를 이어 한국의 전통 무용인 탈춤과 북청 사자춤 속의 사자에까지 연상하게 된다. 이는 동일하거나 유사한 두 문화의 근원에 대한 탐구로 볼 수 있는데, 그 이유는 상상의 지리와 역사에 의해 정신은 자기에게 가까이 있는 것과 멀리 떨어져 있는 것 사이의 거리와 차이를 연극화하게 되고, 그 결과 자기인식은 확실히 더욱 견고한 것이 되기 때문이다.24) 소설에서 돈황은 '나'의 내면세계의 '피안(彼岸)'으로 작중의 '나'는 아내와 아무런 경제적 기반도 없이 결혼해 힘든 나날을 보내다가 '나'는 해임되었고 설상가상으로 아내가 자궁근종을 앓아 수술까지 받으면서 생활은 더욱 힘들어진 것이다. '이 곳'인 서울은 마치 중국 서역의 사막과 같지만, 바로 이런 삭막한 곳에도 오아시스처럼 사랑이 존재한다. 따라서 '나'는 내면세계에 대한 탐색의 여정을 떠났고 자신을 되찾음과 동시에 영원히 변치 않는 사랑을 찾기 위해 노력한다.

「돈황의 사랑」 속의 '실크로드'가 작가의 자아 탐색의 여정이라면 윤후명의 또 다른 작품인 「누란의 사랑」은 주인공이 실크로드에서 아버지의 발자취를 찾는 여정인 것이다. '나'는 아버지의 사랑을 받지 못한 채 자랐으며 과묵한 어머니가 유일한 식구였다. 어머니는 과거에 일제의 박

---

24) Edward W. Said 지음, 박홍규 옮김, 『오리엔탈리즘』, 서울: 교보문고, 2000, p.106.

해를 받아 다리 하나를 잃고 의족에 의지하며 살게 되는데, 여자친구를 어머니에게 소개했을 때 비로소 어머니의 의족에 대한 비밀을 알려주게 되었다. '나'의 아버지는 광복군 밀정이었고, 비밀리에 중국 서역에 파견되었다가 타지에서 순국하였다. 당시 어머니는 중국 장가계(张家界)까지 가서 아버지를 찾으려고 했으나 결국 마지막 모습을 보지 못했고, 아버지로부터 남겨준 의족과 그 속의 숨겨진 편지 한 장만 보게 된다.

> 내가 마지막으로 집을 뛰쳐나온 것은 그로부터 얼마 뒤였다. 집을 나오면서 나는 시(詩)와 아버지를 찾아 나서는 길이라는 환상에 오랫동안 사로잡혔다. 시와 아버지? 나는 픽 웃으면서도 그 환상을 지울 수가 없었다. 아버지는 일제 때 중국 땅에서 세상을 떠났다고 듣고 있었으나 사실 나는 아버지의 존재에 대해 아무 관심도 없었다. 그러나 내가 나중에 정말 시를 쓰게 되었을 때 "북만(北滿) 견골(肩骨) 노래" 라는 것의 끝머리에 "그 잊힌 벌판 깊은 땅 속에/ 잊히지 않으려고 묻어놓은/ 어버이 어깨뼈 한쪽 아직 지저귀리라"고 쓴 것은 그런 사연의 발로가 아니었을까.(119-120쪽)

성인으로 자라나는 과정에 아버지는 곁에 없었고, 어머니는 늘 차가운 태도여서 '나'는 종종 자신의 출생에 대해 의심했었다. 그러던 어느 날, 중국의 한 가게에서 사온 월병(月餅)을 어머니에게 드렸는데 그는 "중국 사람들 월병은 더 달아야 해."(122쪽)라고 했었다. 비록 어머니가 돌아가신 아버지를 그리워하는지는 모르지만 우연히 지난 일들에 대한 기억이 생생하다는 사실을 알게 된다. 또한 나중에 여자친구를 소개시키면서 선물로 새로운 의족을 드렸을 때에야 비로소 어머니가 '나'에 대해 차가웠던 이유를 알았고 그의 마음 속 응어리를 풀어주었다.

> "사실이지 난 니가 집을 나갔을 때는 미워할 게 없어져서 늘 맘이 비어 있었다. 니 아버지가 세상을 떠나자 난 줄곧 누군가 미워해야만 직성이 풀

렸으니까. 그런데 막상 너밖에는 미워할 사람도 없었던 거야. 믿을 게 없어
진 셈이지."(127-128쪽)

　　바로 그 순간을 위해 내가 그렇게 어머니를 적대시하였고 어머니 또한
그래 왔다고 느껴졌다. 모든 것을 깨달은 느낌이었다. 나는 얼마나 어머니
를 그리워해왔으며 또한 어머니는 얼마나 나를 받아들이기를 원해 왔던 것
일까.(131쪽)

　　어머니의 삶은 '한'의 믿음으로부터 시작된 것이고, 그 '한'은 다름 아
닌 아버지에 대한 사랑과 그리움에 비롯된 것이다. 때문에 '나'는 모든
사실을 알게 된 후 서역의 폐허에 숨어있는 생명의 근원, 즉 아버지의
행적을 찾기 시작한다.

　　"누란. 아버지가 꼭 그곳으로 갔으리라는 보장은 없었다. 그러나 나는 서
　역 땅 그곳으로 가는 한 사내를 머릿속에 그렸다."(139쪽)

　　아버지는 '나'의 삶의 근원이며, 소설에서 서역에 대한 '나'의 미련은
돌아가신 아버지에 대한 추억이자 환상인 것이다.
　　소설 「돈황의 사랑」과 「누란의 사랑」에서 중국의 서역이란 공간에 대
한 상상을 통해 작가 윤후명은 서울 거리에서 일어나는 일상적인 움직
임을 묘사하면서 '나는 누구인가', '사랑이란 무엇인가'와 같은 의문을
제기하면서 자아 정체성에 대한 성찰을 실현한다.

1.2 세계로 통한 상징의 길

　　윤후명의 소설 「돈황의 사랑」과 「누란의 사랑」에서의 러브스토리는
하나같이 비극적이다. '누란의 사랑'은 결실을 맺기도 전에 이미 죽어버

린 사랑을 상징하여 여자친구를 어머니에게 소개시킨 두 달 후, 여자친구는 다른 남자와 결혼을 한다. 그리고 「돈황의 사랑」 속의 '갈모로로 가는 길' 역시 금옥과 사나이의 이루지 못한 사랑 이야기를 적고 있다. 뿐만 아니라 소설 주인공 '나'는 직장을 잃고 자궁 수술을 받아야 하는 아내와 덧없는 삶을 살아가면서 '나'는 언제부턴가 서울을 떠나 새로운 삶을 시작하고 싶었지만, 미래에 대한 어떤 명확한 계획이 없어 오직 꿈속에서만 사자로 변하여 실크로드로 여행을 떠나야 했다.

> 대부분의 대학에서 탈춤반이 전통 예술의 전승을 꾀한다기보다는 탈춤의 익명(匿名)성에 의지한 해학과 풍자를 현실 비판의 도구로 이용하는 데 대해서 녀석은 오히려 유려와 반감을 나타냈다.(35-36쪽)

위의 텍스트에서 작가의 현실인식 및 가치적 취향을 알아볼 수 있다. 윤후명은 탈춤의 익명성을 풍자적인 것, 심지어 현실 비판적인 도구로 간주하는데, 이는 주인공이 꿈에서 탈춤 속의 사자로 변한 이유이기도 하다. 여기서 주의해야 할 점은 2005년 『둔황의 사랑』 수정본을 출판했을 당시, 윤후명은 「작가의 말」에서 본 작품을 창작하게 된 한국의 사회적 배경을 밝힘으로써 본 소설의 현실적 의의를 또 한 층 높은 차원에로 끌어올릴 수 있게 되었다.

> "나는 비단길과 이어지는 우리의 정체성을 어떻게든 되살려놓고 싶어서 안달이 났었다. 나라 안에서는 독재 정권이 살벌하게 짓누르고 있었고, 나라 밖으로의 길은 족쇄에 채워져 있었다.(중략) 나는 그 사실에서 우리가 실크로드를 오가는 고리, 나아가 세계로 이어지는 고리를 보았다. 실로 만만찮은 '꼬투리'였다. 그러니까 이 소설은 우리와 세계를 필연으로 이으려는 노력 아래 쓰기 시작한 것이었다. 그것은 내가 세계를 받아들이는 한편, 나타내는 통로였다."[25]

상기한 바와 같이 본 작품이 창작된 연대는 20세기 80년대 독재정권 시기로 당시의 강압적인 정치적 상황을 간과할 수 없다. 인간은 속박이 가해질수록 자유에 대한 갈망이 더욱 강렬해지기 마련인데, 강압적인 군사 독재정권은 민주화로 나아가려는 국민의 염원을 짓밟았고, 그 영향은 문화계까지 퍼지게 되었다. 따라서 한국사회의 민주주의가 탄압된 암흑한 시대적 환경 속에서 윤후명은 문학의 상상력으로 참신한 삶과 생명을 그려내려고 한 것이다.

소설에서 중국의 서역 도시인 돈황과 누란은 역사에 묻힌 유적만이 아닌 작가가 처한 시대의 덧없는 삶이 과거, 현재를 거쳐 미래로 가고 있음을 확인해주는 상징적인 공간이다. 윤후명은 중국 서역에 위치한 돈황, 누란 등 곳을 중국의 상징으로 간주하며 그 곳의 천불동, 돈황벽화, 사자춤, 누란의 미이라 등 중국 전통 예술과 문화에 깊은 관심을 보였다. 따라서 「돈황의 사랑」에서 '나'의 꿈속의 사자 캐릭터나 「누란의 사랑」 중 '나'의 아버지가 중국의 다른 지역이 아니라 머나먼 서역에 매장되었다는 플롯은 의외인 듯, 또는 의외가 아닌 것으로 예상되며 다가온다.

윤후명은 중국의 서역에서 '억누른 삶의 새로운 돌파구를 찾았다'(272쪽)고 한다. 하지만 소설 「돈황의 사랑」과 「누란의 사랑」의 창작 시기는 한국의 독재정권 통치 시기였을 뿐만 아니라 중한 양국이 이념적 대립이 한창이었던 시점이었으므로 작가는 자유롭게 자신의 생각을 펼칠 수도 없고, 바깥세상과 자유롭게 연락할 수도 없었다. 이 때문에 방황과 무력함을 느꼈을 것이고 독자들과의 공감대를 구축하기 위해 어쩔 수 없이 은폐적인 언어로 자신의 '반항성'을 표출해야 했던 것이다.

중국의 서역도시인 돈황은 실제적으로 예로부터 유명했던 실크로드의

---

25) 윤후명, 「다시 비단길에 서서」, 『돈황의 사랑』, 서울: 문학과지성사, 2005, 271-272쪽.

요지로 중앙아시아에서 중국으로 들어오는 첫 관문이다. 하지만 사실 작가 윤후명에게 있어 중국의 서역은 상상 속의 공간으로 중한 국교단절로 인해 중국의 서역행은 현실적으로 불가능했기 때문에 꿈꿀 수 있는 공간으로서만 존재한 것이다. 잔혹했던 시대적 환경에 직면하여 윤후명은 주인공의 비극적인 러브 스토리를 통해 당시 폭력적인 현실에서 오는 상처와 무력함을 보여주었고, 강압 통치 속의 환멸과 그 환멸로 인한 공포감을 표현하였다. 그럼에도 불구하고 윤후명은 여전히 적극적으로 어려운 상황에 대처하고 있으며 몽환적인 수법으로 중국의 서역 이미지를 부각함으로써 자아 정체성에 대한 성찰을 실현하였다. 또한 중한 양국의 문화적 유사성을 통해 독자들의 중국문화에 대한 공감을 불러일으키고자 노력했으며, 더 나아가 중국 내지 세계로 통한 길을 찾는 것이다. 따라서 윤후명의 작품에 나타난 중국 서역의 공간적 이미지는 한국 사회담론의 중국에 대한 재편이라고 할 수 있다.

2. 사막과 토포필리아(Topophila)

윤후명의 「돈황의 사랑」과 궤를 같이 하는 윤대녕의 중편소설 「피아노와 백합의 사막」(1995)[26]에서도 주인공은 돈황을 비롯한 중국의 서역 도시 및 사막 여행을 통해 자아를 찾아 나서고 있다. 윤후명이 심상지리에서 추구하던 '중국 서역에 대한 상상력'이 「피아노와 백합의 사막」에서는 중국 서역의 사막에서 일어나는 경험과 사막에 대한 복합적인 정

---

26) 이하 본 저서에서는 발표 지면과 연도를 생략하고, 『피아노와 백합의 사막』(봄출판사, 2002) 판본의 내용을 출처로 쪽수를 적는다.

서를 되새기면서 새로운 모습을 드러낸다.

인간은 직접적이며, 한편으로 간접적으로 다양한 경험을 하며, 이러한 경험을 통해 미지의 공간이 친밀한 장소로 바뀐다. 즉 낯선 추상적 공간은 의미로 가득찬 구체적 장소(concrete place)가 되며, 어떤 지역이 친밀한 장소로서 우리에게 다가올 때 우리는 비로소 그 지역에 대한 느낌(또는 의식), 즉 장소감(sense of place)을 가지게 된다. 토포필리아란 자연환경에 대한 인간의 다양한 태도와 가치를 가리키는 것으로 장소애(场所爱, Topophila)라고도 한다.[27] 여행을 통한 자아정체성에 대한 탐구가 비록 여행소설의 보편적인 양상이라 하더라도 윤대녕의 이 소설에서 '사막'을 통한 인간의 생명과 영혼에 대한 탐구는 분명히 남다른 데가 있다. 소설은 주인공 '나'의 중국서역 여행의 행로와 구체적인 장소를 사실적으로 서술하고 있으며 특히 사막이란 이미지가 자주 등장한다. 또한 소설에서 사막이란 특정 공간과 공간의 이동은 소설 주인공의 내면세계와 직결되어 있는 것이다.

「피아노와 백합의 사막」에서 '사막'은 중요한 의미를 지니고 있다. 사막은 사람의 발길이 뜸한 곳으로 일상성을 벗어난 깊고 황량한 자연의 세계지만 소설에서 '나'는 이러한 사막에서 피아노의 환영과 백합을 보았고, 피아노소리를 들으며, "거미처럼 사지를 벌리고 달을 끌어안고 있다."(130쪽) 소설 주인공이 어떻게 사막을 경험하고 이해하는지, 즉 사막이 소설에서 갖는 의미를 두 가지 측면에서 분석할 수 있다. 하나는 피아노의 사막이고 다른 하나는 백합의 사막으로 본 저서에서는 소설에 나타난 토포필리아로서의 사막의 양상과 특성을 밝히고자 한다.

---

27) 이-푸 투안 지음, 구동회·심승희 옮김, 『공간과 장소』, 서울: 도서출판 대윤, 1995, 6-21쪽.

'피아노의 사막'이란 친구와의 유년시절의 기억을 재생하는 공간이다. 1969년 국민학교 1학년 때 '나'는 아폴로 11호의 달착륙에 큰 관심을 갖게 되어 송갑영이란 친구와 함께 나중에 둘이서 사막에 가보기로 약속을 한다. 그러나 친구 송갑영은 부친의 파산으로 느닷없이 서울로 전학을 가게 된다. 고등학교 2학년 때 송갑영과 다시 만나지만 초라한 그의 집에서 피아노연주를 들으면서 "나는 깨닫고 있었다. 이것이 이 친구와의 마지막 만남이 되리라는 것을."(34쪽) 여기서 피아노 연주는 일종의 성인식(成人式)이라고 볼 수 있다. 돌아갈 수 없는 어린 시절에 대한 그리움으로 인해 두 사람은 성인이 되어 그들 사이에 '사막이 발생'할 것을 예감한다.

> 사막은 가령 이런 식으로 '발생'한다. 너와 나 사이에 팽팽하게 지속되고 있던 긴장의 끈이 한순간에 끊어지고 그리하여 아득한 거리로 우리가 밀려나면서 그 사이에 황량한 모래벌판이 가로놓이게 된다.(28쪽)

> 약 10분이 될까 말까한 그 시간 동안에 나는 피아노소리를 들으며 홀연 눈앞에 나타난 사막의 풍경을 보고 있었다. 방은 세 평 안에서 끝없이 넓어지고 있었다. (34쪽)

사막은 지리적, 자연적 공간 속에만 존재하는 것이 아니라 사람과 사람 사이의 관계 단절이나 거리감 속에도 존재한다.[28] 이러한 사막 풍경이 피아노 소리와 함께 소설 제목의 한 축인 '피아노의 사막'을 탄생시켜 주인공의 성인 이전의 세계를 상징함과 동시에 친구와의 이별을 경험한 '나'의 기억인 것이다. 어른이 된 이후 가정과 사회에서 나름대로 안정된 생활을 하고 있던 주인공은 문득 선배의 중국 사막행이란 요청

---

28) 김명석, 「한국 현대소설속의 돈황」, 『현대소설연구』25, 한국현대소설학회, 2005, 110쪽.

전화를 받고 파국을 예감하면서도(결국 부부관계는 파경으로 치닫게 됨) '기억의 부름에 응답'29)하기 위해 11박 12일 간의 중국 실크로드 여행을 떠난다. 그리고 그 여정에서 '백합의 사막'에 이르게 된다.

소설에서 중국 상해-서안-난주-주천-투르판-우루무치-상해-서울은 서사적 진행을 가능하게 하는 동력으로 이 여정을 따라가는 것이 곧 소설 서사의 진행 그 자체이다. 특히 가욕관에서 투르판에 이르는 공간 이동은 '나'와 여류화가의 짧은 사랑이 이루어지는 시간이기도 하다. 귀국한 후 친구 송갑영이 간경화로 이미 죽었고, '나'도 원인 모를 병으로 앓게 되어 중환자실에 입원하게 된다. 퇴원 후 아내는 '나'와 여류화가의 일을 알게 되어 아이를 데리고 처가로 떠나면서 아파트에 '나' 홀로 남겨진다.

사람들은 우리 주변을 복잡하게 하지만, 그들은 또한 우리의 세상을 확장시킨다. 우리가 찬미하고 사랑하는 사람들이 존재할 때 마음과 정신이 넓혀진다.30) 소설 「피아노와 백합의 사막」에서 주인공과 여류화가는 서로 이름도 잘 모르는 사이에서 성관계를 맺는데, 그것은 현실 속의 자신과는 다른 '또 다른 나'를 찾아 떠난 여행 속에서 서로를 비추는 거울로 여겼기 때문이다. 즉 소설에서의 여성은 주인공의 또 다른 자아이며 자화상인 것이다.31) 따라서 '나'는 그녀와의 사랑을 통해 자기의 길을 찾음으로써 자아 정체성을 확인하려고 한다.

다른 한편 사람들의 의지는 또한 우리의 의지를 방해한다.32) 소설에

---

29) 윤대녕, 「사랑의 사막-기억의 현상학」, 『피아노와 백합의 사막』, 봄출판사, 2005.
30) 전게서, 이-푸 투안, 110쪽.
31) 정현숙, 「윤대녕 소설의 공간과 토포필리아」, 『강원문화연구』, 강원대학교 강원문화연구소, 2005: 172.
32) 전게서, 이-푸 투안, 110쪽.

서의 사막여행, 그리고 여류화가와의 외도는 주인공으로 하여금 길 찾기
도 미궁 속으로 빠져들게 하면서 길을 잃게 한다. '나'는 여행길에서 여
류화가와의 짧은 행복을 느끼지만 귀국 후 가족의 파괴로 인해 '나'는
그 전보다 더 극심한 외로움을 겪게 된다. 다시 말해 '백합의 사막'은 사
막행 여정에서 이영주라는 여류화가와의 우연한 만남을 통해 '길 찾기'
와 '길 잃기'의 과정을 동시에 상징한다고 할 수 있다.

　공간(이것은 모든 동물의 생물학적 필요조건이다)은 인간에게 심리적 욕구이고
사회적 특권이며, 심지어는 영적인 속성이다.[33] 지금까지 살펴본 바와
같이 소설 「피아노와 백합의 사막」에서의 사막 여행은 자기 내면을 향
한 영혼의 여정이기 때문에 사막은 토포필리아로서 각별한 의미가 있다.
소설에서 사막이라는 특정한 자연적인 공간은 단순한 배경이 아니라 소
설 주인공의 자아의식으로 치환되는, 자아존재의 본질을 탐색하는 공간
이며 20세기말 한국사회 일상의 황폐성을 상징하는 공간이기도 하다.
소설에서 작가는 피아노의 음악성과 백합의 심미성을 '사막'이란 황량한
이미지에 의미부여를 하고자 했음에도 불구하고 "사막은 단지 사막이었
을 뿐이었다. 우리가 어렸을 때 하던 말 그대로 사막은 그저 아무것도
존재하지 않는 그런 곳일 따름이었다."(117쪽) 친구와의 이별과 친구의 죽
음, 분신인 여자와의 이별과 가족의 떠남, 그리하여 홀로 고독을 느끼는
것은 사막에서의 '길 찾기'를 통해 자아정체성을 확인할 수 없을 뿐만
아니라 자의식의 혼란을 가중시킬 뿐 삶의 궁극에 이르는 통로가 되지
못함을 설명한다고 본다.

---

33) 상게서, 100쪽.

3. 하얼빈 체험 및 도시 마인드

중국의 동북평원(东北平原) 중앙에 있으며 흑룡강 최대의 지류인 송화 강(松花江) 연변에 있는 하얼빈은 만주족의 말로 '그물 말리는 곳'이라는 뜻이다. 19세기 무렵까지는 불과 몇 채의 어민 가구가 사는 한촌(寒村)에 지나지 않았으나 러시아가 부설한 중동(中东)철도34)의 철도기지가 된 이 래 상업 및 교통도시로서 발전하였다. 1954년에 흑룡강성의 성도가 되 면서 동북삼성 북부의 정치, 경제, 문화 중심으로 발전하였다. 특히 하얼 빈 역은 1909년 안중근 의사가 이등박문을 사살한 곳으로 한국인들에 게 많이 알려진 곳이다.

> 중앙대가 편석길 좌우의 가로등에는 이미 불이 들어왔다. 가로등 기둥에 설치해놓은 스피커에서는 옛날 팝송이 흘러나왔다. 그 음률을 듣는 마음이 나른해졌다. 거리에는 청소부들이 쌓인 눈과 얼음을 치우고 있고, 공터에 서는 인부들이 나무 비계 위에서 망치와 끌로 얼음덩어리를 다듬고 있었 다. 한때 그 거리에는 러시아인들이 살았다. 하지만 이제 그들은 모두 사라 졌다.35)

한국 당대 중국소재소설에서 하얼빈이란 유서 깊은 도시를 배경으로 한 작품이 여러 편 있는데, 김연수의 단편소설 「이등박문을 쏘지 못하다」, 윤후명의 단편소설 「외뿔짐승」,36) 그리고 김인숙의 단편소설 「감옥의 뜰」 등이 있다. 그중에서 2005년 제12회 한국 이수문학상 수상작인 김

---

34) 중국 동북에 있는 철도로 원래 러시아가 부설한 것이었으나 만주사변 이후 일본에게 양 도했으며, 제2차 세계대전 후에는 소련이 중국에 무상으로 양도하였다. 2018년 1월에 제1기중국공업유산보호리스트(第一批中国工业遗产保护名录)에 수록되었다.
35) 김연수, 「이등박문을 쏘지 못하다」, 『나는 유령작가입니다』, 서울: 창비, 2005, 198쪽.
36) 윤후명, 「외뿔짐승」, 『가장 멀리 있는 나』, 서울: 문학과지성사, 2001.

인숙의 단편소설 「감옥의 뜰」[37]은 하얼빈을 소설의 중요한 모티브로 설정하면서 재중 한인인 규상이란 인물의 이틀간 가이드 생활을 보여주고 있다. 주인공인 규상과 화선이가 하얼빈에 오게 된 이유는 1997년 한국 금융위기라는 큰 배경이 있었는데, 당시 대규모적인 구조조정으로 인해 수많은 가족들이 해체와 계층의 양극화가 가시적으로 드러났다. 작가 김인숙은 바로 이러한 현실적 배경에 입각하여 규상과 화선이란 인물을 설정하였다. 규상은 35세에 주식 투자로 파산하였고 37세에는 이혼을 맞았으며 같은 해에 비리사건에 연루되어 해직을 당하기까지 한다. 후에 어쩔 수 없이 베이징에 있는 형, 규만의 사업을 도우러 베이징에 왔다가 하얼빈으로 이주하였으나 여전히 형의 원조가 없이는 생계유지가 어려웠다. 바로 이곳에서 그는 자신과 비슷한 처지에 있는 화선이란 여성을 만나게 되었으나 그들의 교제는 불과 6개월도 안 되어 화선이 31세 죽음으로 끝나게 된다.

김인숙은 2003년에 하얼빈을 여행했고 소설에서 언급된 731부대, 아성박물관 등 지역을 참관했으며 현지에서 불법 택시 기사 샤오친의 원형을 만났다. 김인숙은 제12회 이수문학상을 받으면서 했던 소감 발표에서 하얼빈에 대해 깊은 인상을 가졌기 때문에 하얼빈 소재의 작품을 쓰게 된 계기라고 밝힌 바 있다. 「감옥의 뜰」에서 규상은 여행단을 이끌고 731부대 역사 유적과 태양도 얼음 예술 조각들을 참관하는 과정에서 하얼빈 기차역을 지날 때 여객들과 안중근의 어머니에 관한 이야기를 나누면서, 규상은 화선이와 함께 안중근을 처형한 여순 감옥을 참관했던 정경을 떠올리게 된다. 하얼빈이란 곳은 작중에서 하나의 공간이나 소설

---

37) 김인숙, 「감옥의 뜰」, 『제12회 이수문학상 수상작품집』, 서울: 홍영사, 2005. 이하 이 책의 인용은 본문에 쪽수만 표시한다.

의 배경을 넘어 불가결한 중요한 요소로 하얼빈의 유구한 역사를 비롯해 혹한의 추위, 그리고 역사와 호흡을 함께 하는 현대도시의 모습들은 규상에게 선과 악, 생과 사의 인간 윤리를 생각하게 한다. 다시 말해 소설에서의 하얼빈은 하나의 객관 존재의 의미를 넘어서 이 도시에 대한 작가의 내면세계를 반영한 것이다. 물론 하얼빈에서 태어나고 자란 본토 작가들에 비해 역사적인 체험이 다소 부족할 수도 있다는 측면에서 볼 때, 하얼빈은 어디까지나 진실한 물리적 공간이기도 하면서 하나의 상상된 도시, 즉 문학적으로 재구축된 텍스트적 이미지인 것이다. 김인숙은 특유의 포용력과 소탈함, 그리고 섬세한 필치로 재중 한인인 규상과 화선이의 삶을 하얼빈이라는 공간과 연결시켜 다양하고 입체적인 하얼빈을 구축하였다.

3.1 강인한 도시정신

하얼빈은 금, 청 왕조의 발상지였고, 1896년부터 1903년까지 중동철도 건설에 따라 많은 외국인 이민자들과 산동성, 하북성 등지의 이민자들을 매료시켰으며, 20세기 초에 근대 도시의 형태가 나타나기 시작해 국제적인 상업도시로 빠르게 발전하여 수많은 국가의 영사관들이 들어섰다. 또한 철도 개통과 경제 발전으로 인해 많은 사람들이 이곳으로부터 출발하여 유럽대륙으로 향하기 시작하면서 하얼빈은 비로소 진정한 유라시아 대륙의 허브가 되었으나 러시아 세력에 끼어 발전에 난관도 있었다. 하지만 위만주국 성립 이후 하얼빈은 점차 북만 경제중심 및 국제도시로서의 역할을 하게 된다.

김인숙은 하얼빈의 유럽풍경과 다문화에 매료된 것이 아니라 고난의 역사와 이 지역에서 일어난 안중근 의사의 영웅적 행위에 주목하였다. 일본의 야욕과 식민정책을 잘 알고 있는 김인숙은 하얼빈에 도착하자마자 이 도시의 굴욕적인 역사를 느끼게 되면서 역사의 상처를 찾아내고 자아를 심문하면서 후세 사람들을 각성하게 한다. 「감옥의 뜰」에는 작가의 '한'이 드러나 있고, 그 고통과 한은 '나'의 개인적 원한임과 동시에 식민 지배를 겪었던 국민들의 한을 상기시킨다.

1931년부터 1945년 8.15 일본 패망까지 중국 동북지역은 14년 동안 일본의 식민통치를 받았다. 한국은 36년간이나 일본의 식민통치를 받았기 때문에 김인숙은 하얼빈에 도착한 후 역사적 공감이 생기게 되어 하얼빈 백성 역시 한국인들처럼 억압당하고 노예화되었던 고통을 겪었을 것이라는 생각에 커다란 슬픔을 느낀 것이다. 소설 제목에서의 '감옥'은 중국 대련에 위치한 여순 감옥을 가리킨다. 소설에서 언급된 731부대와 여순감옥은 악렬하고 폭력적인 행위를 보여주는 곳이다. 이렇게 고난의 역사를 가진 도시에서 애국열사 안중근은 1909년 10월 26일 조선 침략의 원흉이자 일본 수상이었던 이토 히로부미 암살에 성공했으나 현장에서 체포되어 1910년 3월 26일 여순감옥에서 생을 마감했다.

어허, 저게 바로 그 하얼빈 역 아닌가? 규상이 반응을 하지 않았으므로 뒷자리에서는 그들끼리만의 대화가 이어졌다. 안중근 의사도 안중근 의사지만, 그 어머니가 대단하시지. 누군가의 말이 정신없이 몰아쳐 오는 잠 속으로 스며들었다. 안중근 의사가 감옥에 갇혔을 때, 그 자당께서 감옥으로 편지를 보내셨다는 거야. 그 내용인 즉슨, 항소를 하지 말라는 것이지. 어차피 일본 놈들이 너를 살려 주지 않을 것이니 너는 그냥 죽어라. 억울하게 죽어라. 그 자당께서 그런 편지를 왜 보내셨느냐. 안중근 의사가 억울하게 죽을수록, 조선 백성의 분노가 더 대단해질 거라는 것이다. 자당이 편지 말미에 쓰시기를, 네가 혹시 늙은 에미를 남겨 놓고 먼저 죽는 것이 동양

유교 사상에 어긋난다는 이유로 망설일까봐 특별하게 일러둔다 하였다는
겨야. 과연 범 같은 어머니가 아니신가.(37-38쪽)

소설에서는 한국인 일행이 하얼빈 기차역을 지날 때, 안중근의 어머
니가 아들에게 썼던 편지 이야기를 한다. 안중근은 감옥에 수감되었을
때, 그의 어머니로부터 편지 한 장을 받았는데, 내용에는 그에게 항소하
지 말라는 것이었다. 어차피 일본군은 안중근을 가만히 두지 않을 텐데,
억울함을 품고 죽으면 억울함이 깊을수록 조선 백성의 분노는 더 커지
기 때문이다. 안중근 어머니의 행동은 자못 중국의 아들을 잘 가르친 맹
자의 어머니, 국가에 충성하도록 자자(刺字)한 악비의 어머니를 방불케
하며 안중근의 죽음이야말로 정의감과 민족사명감을 구현하였다. 규상
과 화선이 처음으로 731부대와 여순 감옥을 참관했을 때 그들은 선과
악, 그리고 '위대한 죽음'에 대한 얘기를 나누었다. 이는 단순한 대화인
듯하지만, 그 속에는 시대적 발전의 배경 하에 한국인 일행의 행동거지
와 대조하면서 인간의 서로 다른 도덕윤리와 가치적 추구를 암묵적으로
보여주고 있다.

　「감옥의 뜰」에서 김인숙은 등장인물들 개인의 삶을 한국과 일본의 근대
사, 그리고 중국 역사와 긴밀하게 병치시킴으로써, 인간의 존재와 고뇌를
보다 더 큰 사회적, 정치적 구도에서 파악하고 그 조감도를 펼쳐 보여주고
있다. 작가가 관광이나 관광 안내, 또는 박물관이나 구리거울 같은 상징적
모티프를 통해 제시하고자 하는 것도 바로 그런 역사 인식과 자아 성찰처
럼 보인다. 중국을 관광하거나 안내하면서, 또 박물관에 보관된 역사적 유
물들을 돌아보거나 흐릿한 옛 거울에 비친 자신의 모습을 바라보면서, 김
인숙의 주인공들은 다시 한 번 스스로의 삶을 돌이켜보고, 부단히 자신들
을 억누르고 있는 과거의 짐과 불만족스러운 현실로부터의 탈출을 시도한다.
　그러나 감옥으로부터의 탈출은 과연 가능한 것인가? 아니면 탈출은 애

초에 불가능하고 다만 감옥의 뜰에 잠시 나와 있을 뿐인가? 김인숙의 「감옥의 뜰」은 조국을 벗어나 중국에 살면서 한국인들의 관광 안내를 하고 있는 교포들의 삶과, 관광객으로서 중국에 가는 한국 여행객들의 삶을 대비시켜 이 시대의 문제점을 파악할 수 있는 큰 그림을 상징적으로 보여주는 데 성공하고 있다.[38)]

도시의 현대화 과정에서 빠른 발전으로 경제력 역시 대폭 증가해 사람들의 생활수준이 질적인 성장을 이루게 되었으며, 물질적 전환뿐만 아니라 사람들의 내면세계 역시 변화가 일어났다. 소설의 주인공 규상은 생활에 찌들어 있었고, 낙관적인 생활 태도는 이미 사라지고 없었으며, 생존의 희망조차 보이지 않았다. 그의 일상생활은 타향살이의 소외당한 느낌으로 가득 차있었다. 하지만 소설의 마지막 부분에서 화선이의 죽음 때문인지 또는 안중근 의사의 영웅적 행적 때문인지는 불분명하지만 규상은 삶의 희망이 다시 생겨나 생활을 이어나갈 용기를 얻게 된다.

소설에 나타난 것처럼 하얼빈은 역사적 이야기를 많이 담고 있으며, 침략에 저항해야만 하는 무거운 임무를 맡았던 것이다. 이 도시의 성장은 순탄하지 않았으며, 소설 주인공의 인생 역시 그러했다. 소설은 관광 상품으로 소비되는 중국의 하얼빈을 상징적으로 드러내면서 규상과 화선이란 인물의 부각과 함께 당대 사회 현실의 전환기적 흐름에 대한 작가의 인식을 드러낸다.

3.2 차가운 고독의 '섬'

하얼빈은 유명한 빙설의 도시로 해마다 1월이 되면 곳곳에서 찾아온

---

38) 김성곤, 「제12회 이수문학상 수상작 선정 이유」, 상계서, 10쪽.

여행객들로 메워진다. 소설은 아래와 같은 도시 묘사를 통해 그 지역의 특성을 부각함과 동시에 주인공들의 성격과 화선이의 죽음을 은유하고 있다.

> 소멸하는 것……. 얼음과 눈의 축제는 그 소멸의 속성에도 불구하고, 아름다웠고 웅장했고 거대했다. 축제가 열리는 곳은, 송화강의 섬, 태양도였다.(중략) 빙쉬에지에의 얼음과 눈으로 만든 조형물들은 조각이라기보다는 건축에 가까웠다. 얼음 조형물 속에 등을 넣어 오색의 불을 밝힌 빙등은, 맹렬하게 기온이 떨어져 가고 있는 혹한의 밤을 폭죽이 터지는 것처럼 밝혀 놓았다. 1월 한 달 동안, 하얼빈은 얼음의 도시였고 태양도는 축제의 섬이었다. 그것은 결코 소멸하지 않을 것처럼, 환상적으로 도도했다.(41-42쪽)

이 단락은 현실의 풍경을 그려내고 있을 뿐만 아니라 숨겨진 얼음성의 차가움과 고독한 이미지를 부각하였다. 오색의 얼음등[冰灯]은 겉은 화려하면서도 내면은 공허한 규상의 모습을 형상화하였고, 그는 자신의 감정을 솔직하게 털어 놓을 수 있는 대상과 마음의 서식지를 찾기 어려웠다. '소멸하는 것'은 보이지 않는 희망의 망연함이며, 작가가 묘사한 하얼빈의 얼음은 소설 속 주인공의 심경을 대변해준다.

혹한으로 둘러싼 도시는 "이맘때쯤이면 얼어붙지 않은 데가 없었다." (24쪽) 하지만 결빙은 도로 뿐만 아니라 인간의 마음까지 파고들었으며, 소설에서 태양도는 온대에 위치했다고 하더라도 고요함과 공허, 삭막함으로 휘감긴 외로운 섬이었고, 작중 인물도 이 도시처럼 차갑게 결빙되어 사람과 사람 사이는 고독하고 외로운 관계였다. 규상은 화선이와 동거한 동안 그녀로부터 "따스한 온기를 느끼기"도 했지만 다른 한편으로는 "그녀가 자신의 모든 것을 맡기기에 삶과 죽음 및 소멸하는 육체와 썩어 가는 냄새까지 맡기기에는 그들의 관계는 너무 헐거웠다."(31쪽) 때문에 화선이가 위암 판정을 받고 전화로 규상에게 보고 싶다고 말할 때에도 규상은 결국 그녀를 찾아가지 않았던 것이다. 게다가 화선이도 자기가 이혼하지 않은 사실을 숨겼으며 그녀의 사망 소식을 전한 사람 역시 '이혼하지 않은 전남편'이었다. 규상과 화선이는 서로에게 원했던 행복을 줄 수 없었으며 그들에게 있어 사랑은 사치에 불과했던 것이다.

소설에서 규상은 소통을 싫어하고 외로움을 즐긴 캐릭터로 부각되고 있다. 그는 한국어를 할 줄 모르는 불법 택시 기사인 샤오친을 친구로 대하지만 샤오친은 일거리를 제공해주는 사람이라면 모두 친구인 것이다. 규상은 샤오친과의 시간을 무척 즐기고 있어 "거의 40년 가까이 써온 모국어보다 겨우 몇 년 동안을 익혔을 뿐인 낯선 언어가 오히려 그의 내부에 있는 곰팡이들을 제거하는 듯한 느낌을 줄 때가 있었다. 그러한 순간마다 그는 때때로 오르가즘을 느꼈다."(33쪽) 규상이 즐기는 것은 샤오친한테 자신이 뭐라고 얘기하든, 어차피 그는 이해도 못하고, 오해도 하지 않는다는 사실에서 오는 자유로움인 것이다.

전통적인 유교사회에서는 '우리'라는 단체를 강조하면서 고독을 수치로 여겼고 그것을 개인 수련의 부족으로 치부했었다. 그러나 현대 사회에서 '우리'는 거의 부재하고, '나'라는 한 주체로서의 개인만 홀로 남아 있는 것이다. 오늘날 '버림형'[39]사회에서 개개인의 관계는 외딴 섬과도 같아 친구 찾기가 중요한 문제로 부상하고 있다. 친구 찾기의 문제는 고독에 대한 문제이기도 하다. 소설 속의 규상은 고독한 존재로 그는 하얼빈이란 도시에서 진정한 우정도, 사랑도, 심지어 가족애마저 없이, 일체의 사랑은 그에게는 일종 사치에 불과하다고 보고 있다.

'하얼빈'이란 이름은 백여 년에 달하는 역사를 갖고 있으며 도시의 발

---

39) 參閱敬文東, 『艺术与垃圾』, 北京 : 作家出版社, 2016.

전과 함께 많은 함축적 의미를 갖고 있다. 예를 들면 '그물 말리는 곳', '도선(渡船)장', 그리고 몽골어로는 '평지(平地)', 만족어로는 '고기 잡이', 러시아어로는 '큰 무덤', 여진족 언어로는 '백조' 등 여러 가지 의미가 있다. 그중에서 '그물 말리는 곳'이라는 설명이 역사가 가장 오래된 해석이다.

> 하얼빈은 만주어로 그물 말리는 곳이라는 뜻을 가진 도시였다. 화선은
> 그 이름이 마음에 들어 하얼빈에 정착을 했다고 했다.(50쪽)

화선은 매일 술과 오락에 쩔어 사는 규상과 달리 열심히 중국어를 공부했고 단 한 번도 수업을 결석한 적 없었다. 그녀는 매일같이 정보지를 뒤적거리며 끼니때마다 값싼 야채 시장을 찾아다녔다. "그녀의 모습은, 방금 그물로 건져 올려진 새우나 게처럼 싱싱했다. 그러나 그런 그녀의 모습은 한 번 젖은 채 다시는 마르지 않는 성긴 그물처럼 슬퍼 보이기도 했다."(50쪽) 화선은 늘 자식 생각에 눈물을 훔쳤으나 이 순박한 곳에서 열심히 살려고 노력한 것이다.

하얼빈은 1898년 이전까지만 해도 작고 낙후한 자연 마을이었다가 중동 철도의 총부두가 되면서 급속한 발전을 이뤄왔으며, 인구 규모와 공상업의 급격한 발전으로 인해 1903년에는 이미 농촌마을로부터 공업 도시로 전환하였다. 또한 러시아 경제적 영향으로 인해 하얼빈의 경제를 가속화함으로서 20세기 20년대 말에 국제시장체계에 편입될 정도의 국제무역중심의 하나로 거듭났으며 이때부터 하얼빈은 차츰 소비형, 상품형 사회로 전환되기 시작하였다.[40] 소설에 나타난 상그리라 나이트클럽

---

40) 米大伟, 『黑龙江历史――附哈尔滨城市史』, 哈尔滨 : 黑龙江人民出版社, 2012, p.303-319.

의 모던함과 화려함, 그리고 물질주의와 금전주의가 팽배하는 광경이 바로 하얼빈이라는 도시의 초상화인 것이다.

　모더니즘적 주제는 기본적으로 도시에 대해 부정적인 태도를 취하고 있다. 물론 여기에는 작가의 입장도 개입되어 있다. 즉 "도시는 초기의 신성한 공간으로부터 르네상스시기의 도시로, 또 그 후에는 현대도시로 진화하는 과정을 겪고 있는데, 이는 실상 부단히 추락하는 과정이다. 그와 동시에 도시에 살아가는 인간은 초기의 (예하면 발자크의 작품에서 씌어진) 해맑은 모습과 적극적인 현실인식의 소유자로부터 차차로 도시의 통제를 받는 수동적인 존재로, 더 나아가 도시에 대한 무력함을 인정하고, 내면세계로 도피하여 묵묵히 관찰하기만 하는 방관자로 전락되었다."41)고 한다. 이토록 물질화되어 가는 도시 속에서 어떤 이는 삶을 위해 발악하고, 어떤 이는 삶으로 인해 점차 자신을 잃어가게 된다. 이를테면 규상은 성기능을 상실했고, 삶의 열정도 마모되어 엑스터시에 의존하면서 허무한 세계에 영혼을 판다. 불법 운전기사 샤오친에게 있어 손님이기만 하면 다 자신의 친구라 하더니 지갑이 두둑한 한국 고객은 더욱 말할 나위 없다. 규상의 형인 규만은 부를 축적하면서부터 '독실한 크리스천'이 되어 술과 여색을 멀리 했지만, 동생에게 자신을 대신해 술과 담배, 그리고 매춘을 하게 한다. 규만의 이런 행동에는 이중적이고 위선적인 모습, 그리고 종교의 금욕주의와는 상반된 세속적인 현실주의가 다분한 것이다.

　전반적으로 볼 때 소설은 두 가지 구조, 즉 표층구조와 심층구조가 있다. 표층구조란 바로 한국 관광객들의 하얼빈 여행이다. 여기서 그들의 이틀간 여행 일정과 언행들이 주목할 대목이라고 본다. 한국인 관광객들

---

41) 季剑青, 「体例与方法」, 『现代中国』第五辑, 武汉 : 湖北教育出版社, 2004, p.227-228.

은 역사적 의의가 깊은 731부대나 하얼빈 기차역에 대해서는 조금도 관심이 없었고 단지 태양도의 북적이는 나이트클럽이 최고라고 여긴다. 이는 정신적 추락을 겪고 있는 현대 한국인들에 대한 작가의 풍자인 것으로 분석된다.

한국 관광객들의 하얼빈 여행이 소설의 표층구조라면 주인공 규상의 화선에 대한 추억이야말로 소설의 심층구조라고 할 수 있다. 한국을 떠나 타향에서 살아가지만 규상의 하얼빈에서의 삶은 여전히 가난하였다. 규상에게 있어 하얼빈은 참혹한 현실을 탈출할 수 없는 절망의 블랙홀이자 여순 감옥 부근에 있는 '감옥의 뜰'에 불과하다. 죽음은 문학 작품 속에 자주 나타나는 모티브로 「감옥의 뜰」에서 작가는 안중근 의사의 희생에 대해 비통하고, 731부대의 만행에 탄식하며 화선의 죽음에 슬퍼한다. 죽음은 생명의 부정이고, 생명은 공간적인 존재이기도 하다. 동시에 감옥은 속박의 공간이므로 생명은 이 속에서 탈출할 수 없기 때문에 소설 속의 감옥 이미지는 죽음의 공포감을 가중시킨다. 그럼에도 불구하고 소설의 결말에서 화선의 진취심과 그녀의 죽음은 규상으로 하여금 부지불식중에 자기성찰과 자아 구원을 실현하게 한다.

소설에서도 알 수 있듯이, 하얼빈이란 도시는 굴욕과 역경을 극복하면서 성장했기 때문에 경건하고 강인한 성격을 소유하고 있다. 김인숙은 소설 인물의 성격과 하얼빈이라는 도시가 겪었던 역사적인 이야기들을 병행시켜 사회적·정치적 시각에서 극한 처지에 몰린 인간상을 관조하며 동시에 작가의 역사인식과 현실인식을 표현하기도 하였다.

제3장

시대적 이미지

　문학은 사회, 문화, 그리고 역사와 매우 밀접한 연관이 있으며, 특히 문학을 연구할 때 한 시대를 풍미한 문화담론을 떼어놓고 말할 수 없다. 한국 당대 중국소재소설 중 다양한 문화의 혼재 및 각양각색의 아름다운 전통들, 서로 다른 풍속의 응집 등 이 모든 것들이 독자들로 하여금 체득하게 하고 찾아 읽게 하며 더 나아가 사고하게 만든다. 이에 본 절에서는 다양한 인문석 시작에서 중국의 시대석 이미지를 연구하려고 한다.

　문학과 한 시대 문화의 관계에 있어서 러시아의 유명한 문예학자 바흐친은 다음과 같은 두 종류의 경향을 반대하였다. 한 가지는 문학의 특수성을 지나치게 강조해 문학을 기타 문화와 분리하는 것이고, 다른 하나는 문화를 초월해 문학과 사회경제 요소를 직접적으로 연관시키는 것으로, 그는 그 시대의 사회경제 요소가 문화 전체에 영향을 미치지만 문화를 통해 문학에 영향을 미칠 뿐이라고 주장하였다. 이외에도 바흐친은 각 문화 사이에 상호관련 및 상호의존과 상호작용이 존재한다고 강조하면서 문학과 문화 사이에 절대적 경계는 없을 뿐만 아니라 문화영역 간에도 절대적인 경계는 없으며, 이들 간 경계의 구분은 시대에 따라 서로 다르다고 주장하였다.[42] 즉, 문화 간의 관계는 대립적, 폐쇄적이 아니라 대화적, 개방적이며, 이러한 문화의 대화와 융합은 문화 발전을 위한 원동력이 된다.

바흐친은 현대 세계에 중점을 두어 텍스트와 문화 및 역사 담론의 상호관계로 텍스트를 해석하면서 문학 텍스트와 문화 간의 관계에 대한 이해로 신역사주의를 탄생시켰다. 신역사주의 비평가들은 전통 역사주의자들이 문학작품의 가치를 판단하고 작품에 어떠한 의미를 부여하는 기준을 역사적 진실만으로 설정하는 것을 비판하면서 당시 역사적 조건 하에 다양한 문학 장르 텍스트의 상호작용을 강조하였다. 따라서 문화와 문학 텍스트는 서로 참고한다는 관점에서 문학작품을 이해하고 평가한다는 것이다.

본 절에서는 다문화사회, 글로벌화와 지역화, 문학과 역사의 상호텍스트성 등 개념들을 제시하면서 문화비평과 신역사주의 비평 이론을 활용하여 한국 당대 중국소재소설 속에 나타난 중국의 시대적 이미지를 분석하고자 한다.

1. 다문화 가능성 모색

1992년 중한수교를 전후로 양국의 경제교역은 폭발적으로 증가하였는데, 그 매개적 촉진자의 하나가 바로 중국의 조선족이다. 주로 일제강점기에 이주하여 1949년 이전에 중국에 정착한 조선인은 중국의 55개

---

42) 王瑾, 『互文性』, 桂林 : 广西师范大学出版社, 2005.

소수민족 중의 하나인 '조선족'으로 불리면서 중국 국적을 취득한 중국 인이 되었고 그 수가 수교 당시 200만 명이 넘었다.

그들 중 상당수는 6·25전쟁 때 북을 지원하거나 참전하여 남과 적대 하는 관계에 서있었지만, 이러한 적대관계가 중국의 개혁개방을 포함한 동아시아 냉전체제의 완화에 의해 서서히 해소됨에 따라 1984년부터 한 국에 '고향 방문' 등의 명목으로 드나들기 시작하였다.[43] 더불어 조건상 의 단편소설 「중공에서 온 손님」[44]과 공선옥의 단편소설 「일가」[45]에서는 '모국방문열'이 일기 시작한 80년대부터 한국으로 '친척방문'을 한 조선 족의 이미지를 부각하였다.

> "우습게 보다가는 큰코 다칩니다. 미개한 10억 인구가 생활고에 허덕이 며 비참하게 살아가고 있다고 생각하는 것은 현실을 올바로 보지 못한 왜 곡된 처사입니다. 물론 낙후된 촌락이 없는 것은 아니지만 지금 중국에는 과거와 현재와 미래가 공존하고 있다고나 할까요. 어쨌든 겉으로 보기에 다 찌그러진 낡은 집안 같지만 무한한 가능성을 가진 인력과 자원이 그 속 에서 꿈틀꿈틀 살아 숨쉬고 있다는 사실을 알아야 하는 거예요."[46]

조건상의 단편소설 「중공에서 온 손님」은 중한 국교 수립 이전의 중 국 국적의 교포 문제를 다룬 소설로서, 1980년대 발표 당시에는 나름대 로의 선구적인 작품이라고 할 수 있다. 연변에서 40여 년 만에 고국 땅 을 밟은 연변대학교의 리짜이밍 교수의 강연내용에서 "등소평 노인이 자기처럼 키는 작아도 그 속에 품고 있는 뜻은 그야말로 당차고 야무지

43) 이재달, 『조선족 사회와의 만남』, 서울: 모시는사람들, 2004: 234.
44) 조건상, 「중공에서 온 손님」, 『이웃사람 엄달호』, 서울: 성균관대학교출판부, 1998 1988).
45) 공선옥, 「일가」, 『나는 죽지 않겠다』, 서울: 창비, 2009(2007).
46) 조건상, 「중공에서 온 손님」, 『이웃사람 엄달호』, 서울: 성균관대학교출판부, 1998 1988), 46-47쪽.

기 때문에 값싼 노동력을 무한대로 가지고 있는 중국 인민들을 계발시켜 놀라운 잠재력을 발휘시키고 있노라고 중공 국적의 인민답게 자신이 소속돼 있는 나라의 체면을 세우는 데 필요 이상의 열을 내고 있었고", 조선족 자치구인 연변을 중심으로 해서 조선족들이 나름대로의 대접을 받으며 잘 먹고 잘 살고 있다는 것을 알 수 있다.

40여 년 만에 첫발을 디딘 한국에 대한 감상적인 향수의 눈물을 흘리지 않았을 뿐만 아니라 그곳에 대한 인상도 전혀 언급을 피하여 소설 주인공인 '나'로 하여금 불쾌해지지 않을 수 없었다. 그럼에도 불구하고 리짜이밍 교수의 귀국을 앞두고 다시는 못 볼지도 모른다는 생각에 '나'는 "눈앞을 가로막는 어찔한 현기를 느끼며" 쓸쓸하고 울컥한 감정을 느끼게 된다. 이외에 공선옥의 단편소설 「일가」에서도 고등학생 한희창의 조선족 당숙에 대한 그리운 심정을 생동하게 묘사하였다.

> 중학교 삼 년을 돌아본다. 그중에 잊을 수 없는 사람이나 사건이 무엇일까.(중략) 사건이라면? 물론 부부 싸움으로 인한 어머니의 가출 건일 것이다. 그때, 일가라는 사람이 있었지. 중국에서 온 아저씨, 나의 당숙. 나는 왜 그를 까맣게 잊고 있었던 것일까. 그러나 나는 맹세코 아저씨를 한 번도 잊은 적이 없다. 내가 아저씨를 잊었다면 지금 이 순간 왜 그를 생각하고 눈물이 난단 말인가.[47]

조선족들은 가족을 만나는 한편 비즈니스와 취업의 기회를 잡기도 하였으며 중한 교역 증대와 중국에 진출하는 한국기업의 매개자, 통역자, 촉진자로서 큰 도움을 주었다. 조정래의 장편소설 『정글만리』와 황석영의 장편소설 『바리데기』[48]에서는 중국이란 공간 배경에서의 조선족 이

---

47) 공선옥, 「일가」, 『나는 죽지 않겠다』, 서울: 창비, 2009(2007), 63쪽.
48) 황석영, 『바리데기』, 서울: 창비, 2007.

미지를 긍정적이고 우호적으로 부각하였다. 『정글만리』에서의 조선족 검찰과장인 최상호는 중국에서 영향력이 있고 재중 한국기업과 한국인들을 적극적으로 도와주면서 조선족의 발전을 독려하는 엘리트 형상으로 부각되고 있다. 그리고 독립군의 후예인 조선족 처녀는 총명하고 지혜로우며 생활력이 강한 이미지로서, 한국인인 김현곤이 조선족 처녀를 바라보는 시선은 긍정적이고 우호적이다. 그리고 『바리데기』에서의 연길 조선족 회사원인 미꾸리아저씨는 조선의 바리 가족이 가난했을 때도 적극적으로 도와주었을 뿐만 아니라 바리가 중국에 있을 때에도 도움의 손길을 선뜻 내민다.

> 내 나라 쳐들어와서 우리의 언어와 우리의 문화와 우리의 역사를 말살하려 했던 일제시대를 비추어 생각해 보면 자기 나라 안의 소수민족을 오히려 보호하는 중국의 아량을 우리는 헤아려야 하지 않을까. 여러 가지 시책이 공평하다는 말을 들었지만 그중에서도 한족(漢族)에게는 1가구 1자녀를 고수하면서 소수민족에게는 2자녀를 허용하고 있다는 것은 고마운 일이었고, 앞서 말한 민족학교나 연구소를 존립하게 하는 점 등은 오히려 특혜에 속한다. 물론 대국이 가지는 도량으로 볼 수도 있을 것이다.[49]

『정글만리』, 『바리데기』와 같은 소설작품 외에도 『토지』의 작가 박경리의 중국기행문집 『만리장성의 나라』를 통해 알 수 있듯이, 중국에서 오랜 세월 거주한 조선족은 중국국적의 중국인으로서, 중국 소수민족의 하나인 조선족으로서 사회적 지위가 있을 뿐만 아니라 많은 혜택을 받고 있다는 것이다. 그리고 중국어와 한국어 등 이중 언어를 마음껏 구사할 수 있기 때문에 중국에서의 한국 비즈니스 추진과 조선의 어려운 시기에도 도와줄 수 있는 존재가 되었다.

---

49) 박경리, 「자유를 향한 길목」, 『만리장성의 나라』, 서울: 나남출판, 2003, 47-48쪽.

그러나 현재 한국에 거주하는 대부분의 재한 조선족은 결혼 이주 여성이 아니면 3D업종 노동자로서 한국에서는 '주변화'된 이방인으로 각인되고 있다. 특히 천운영의 장편소설 『잘 가라, 서커스』, 김인숙의 단편소설 「바다와 나비」, 공선옥의 「가리봉 연가」, 박찬순의 「가리봉 양꼬치」 등 작품을 통해 조선족 여성 디아스포라에 대한 담론지형에서 한국 남성과 결혼한 이주의 문제가 가장 두드러지게 부각되고 있다는 것을 알수 있다.

김인숙의 단편소설 「바다와 나비」[50]에서는 25살 조선족 여성 채금및 그녀의 가족해체를 보여주고 있다. 채금의 어머니는 한국의 식당에서일을 하는 불법체류자이고, 어린 딸을 마흔이 넘은 한국 남자와 결혼시켜 국적을 취득한 후 헤어지게 할 작정이다. 채금의 아버지는 어린 시절사람이 죽는 것을 목격하다가 한 쪽 눈이 멀었고, 이 때문에 한국에서할 수 있는 일이 없어 중국에 머물고 있는데, 어린 딸은 결혼할 상대와두 번 만난 후 바로 시집갈 준비를 하면서 한국행을 선택한다. 채금의어머니는 아들의 대학학비를 벌기 위해 한국행을 택했으나 남편이 다리를 잃고 아들이 교통사고로 목숨을 잃었을 때도 돌아오지 않는 "지독하고 그악스러운 여편네"[51]로 그려진다. 소설은 남편과의 불화로 인해 아이를 데리고 중국에 온 한국여성과 한국 국적 취득을 위해 이주를 결심하는 중국 조선족 여성 채금의 이중적 서사구조를 통해 국경을 상징하는 바다를 넘는, 나비와 같은 여성 디아스포라의 아슬아슬한 삶을 소설제목을 통해 상징적으로 보여준다.

공선옥의 「가리봉 연가」[52]의 조선족 여성 장명화는 간암에 걸린 오

---

50) 김인숙, 「바다와 나비」, 『2003년도 이상문학상 수상작품집』, 서울: 문학사상, 2003.
51) 상게서, 25쪽.
52) 공선옥, 「가리봉 연가」, 『유랑가족』, 서울: 실천문학사, 2005.

빠의 치료비와 친정가족을 한국에 데리고 갈 목적으로 마음에 들지 않는 전라도 농촌 총각과의 결혼을 선택했고, 지루한 결혼생활을 견디지 못해 가출하여 가리봉동의 노래방에서 도우미로 일하게 된다. 그녀는 여인숙에서 "목울대 부분이 따끔거리고 아프지만" 병원비조차 아까워 치료를 하지 못하는 고단한 생활을 하고 있다가 어느 날 길거리에서 칼에 찔려 무참하게 죽는다.

그리고 천운영의 장편소설 『잘 가라, 서커스』[53)에서 연변의 조선족 여성인 림해화는 한국으로 가는 티켓이 필요했기 때문에 중매회사를 통해 한국남자 이인호와 첫 만남에 결혼을 한다. 그런데 그 신랑이 되는 사람은 어릴 때 사고로 목을 다쳐 발성기관을 정상적으로 사용할 수 없고, 또 그 이후로 정신지체 증상까지 보이는 불구자이다. 소설에서 림해화의 모험담은 림해화가 작중화자가 되어 서술해나간다.

1992년 중한 수교 이후 중국 조선족 여성과 한국 남성의 중매사업이 추진되면서 국제결혼이 급증하였다. 여성들은 신분상승이나 가족부양을 위해, 남성들은 아내를 얻기 위한 방편으로 이루어진 것이었다. 그러나 이 과정에서 이주 여성을 상품처럼 다루거나 가족구성원으로 인정받지 못하고 있다. 천운영의 『잘 가라, 서커스』, 김연수의 「이등박문을 쏘지 못하다」[54)에서는 물건 고르듯이 이뤄지는 맞선 장면 과정을 묘사하고 있다. 그리고 「바다와 나비」에서 채금도 단 두 번의 만남으로 한국 남자와의 결혼이 성사된다.

> 오늘 여기까지 온 비용을 성재가 부담해야만 한다, 내일 또 나오려면 그
> 비용도 성재가 부담해야만 한다고 남자가 말했다. 비용만 부담하면 자신들

---

53) 천운영, 『잘가라, 서커스』, 서울: 문학동네, 2005.
54) 김연수, 「이등박문을, 쏘지 못하다」, 『나는 유령작가입니다』, 서울: 창비, 2005.

에게는 아무런 문제도 없다는 투였다.(중략)

남자는 내알 꼭 전화해달라는 말을 덧붙였다. 성재가 전화한다면 남자는 또 얼마간 돈을 챙길 수 있을 것이다. 그리고 성수는 결국 여자와 결혼하게 될 것이다.[55]

"중국에 가믄 내가 왕인 기라. 돈만 있으믄 안 되는 게 읎다. 많이도 필요 없다. 우리 지금 이렇게 먹는 거, 거 가믄 만원도 안 친다. 거가 바로 천국이다, 천구. 을매나 좋노, 니도 함 가보믄 맘이 바뀔 기다. 내 장담한다."[56]

결혼 중개업소 브로커의 횡포, 남성의 결혼비용 부담으로 이뤄지는 맞선과정은 선택하는 자와 선택받는 자라는 주체와 타자 관계의 불평등으로 성사되어 조선족 신부는 매매혼적 대상으로 여겨진다. 맞선과정에서부터 불리한 조건 속에 형성된 이러한 국제결혼은 조선족 여성들의 목소리를 배제함으로써 주변화·타자화되고 있다. 따라서 조선족 이주여성은 가족구성원의 주체가 되지 못하고 결혼생활에서 소외된다.

여기서 주의해야 할 것은 매스컴이나 소문에 의해 재생산된 재한 조선족 여성에 대한 비판적 이미지는 그녀들의 디아스포라로서의 삶을 더욱 열등하고 피폐한 위치로 전락시킨다.

그렇게 한국으로 시집온 조선족 여자들이 어느 날 자기 몸으로 낳아놓은 아이까지 내팽개치고 주민등록증 한 장만을 달랑 챙겨 도망가 버린다는 그래서 심각한 사회적 문제가 야기되고 있다는, 그런 이야기는 한동안 신문과 TV뉴스에서도 자주 보았던 것이다. 어쨌거나 나하고는 상관없는 일이었다.[57]

---

55) 상게서, 192-193쪽.
56) 천운영, 『잘 가라, 서커스』, 서울: 문학동네, 2005, 86쪽.
57) 전게서, 김인숙, 「바다와 나비」, 16쪽.

소설을 통해 알 수 있듯이 조선족 여성에 대한 한국사회의 나쁜 평판
이 확대 및 재생산되고 있어 재한 조선족 여성의 이미지는 부정적이거
나 비판적이다. 여성들이 한 그룹 전체로 '타자화'되듯이 조선족 여성은
두 배로 '타자화'를 당하며 성적 타락과 불결함으로 인식된다. 이러한
인식은 조선족 여성 디아스포라에 대한 문학적 담론형성에서 전형화되
고 있다고 볼 수 있다.

> "제가 살던 용정에는 사과배라는 게 있슴다. 그 사과배라는 게 저희 중
> 국의 조선족들과 똑같단 말임다. 왜서 같은가 하면 조선에서 이주해오면서
> 사과 묘목을 갖고 온 사람이 그걸 연변 참배나무에 접목시키지 않았겠슴
> 까. 모두 세 그루였는데 그중 용케 한 그루가 살아남았답다. 그래서 열린
> 거이 모양은 사과 비슷하고 맛은 배 비슷한 희한한 과일이 나왔단 말임다.
> 그것이 이젠 용정의 특산물이 되었지 않았슴까."58)

위에서 언급한 소설 속의 조선족 여성 디아스포라는 '사과배', '서커
스 여인'(잘 가라, 서커스), '나비'(바다와 나비) 등으로 상징화되고 있다. 경계
인인 그녀들의 운명은 아슬아슬한 서커스 여인으로, 조선의 사과와 연변
의 배나무를 접목시켜 만든, 용정의 특산물인 사과배처럼 안정적인 정착
을 소망하는 혼종적 특성을 지닌 이미지로, 그리고 바다를 건너는 여린
나비 등으로 표현된다. 또한 국경을 넘는 순간 몸 자체가 화폐가치로 환
산되어 성 상품으로 만들어져 비인간적 취급을 받는 그녀들은 섹슈얼리
티의 자기결정권을 갖지 못한 채 낯설고 먼 이국땅에서 불행하고 비극
적인 삶을 영위하고 있다.59)

---

58) 전게서, 천운영, 60쪽.
59) 이미림, 「집시와 심청(바리)의 환생, 21세기 이주여성」, 『중한인문학연구』, 중한인문학회,
2012, 325-326쪽.

그럼에도 불구하고 『잘 가라, 서커스』에서는 많은 연변 조선족을 등장시켰을 뿐만 아니라 그들의 사회적 위치를 다양하게 '맥락화'하여 쉽게 하나의 경향으로 종합하기는 힘드나, 연변 조선족들이 집중적인 관심의 대상이 되는 것은 그녀들은 사과배 같은 생명력을 가졌기 때문[60]인 것으로 류보선 문학평론가가 말한 바 있다.

> "그래? 사과배는 도대체 어떤 맛이냐?"
> "그거이 겉은 사과같이 생겼는데, 껍질은 더 단단하고 속살은 꺼끌꺼끌하지 않아 부드럽슴다. 한입 베어물면 시원하면서도 단맛이 싸악 도는 것이 아주 맛남다. 나중에 함께 가서서 맛도 보고 그럼 좋겠슴다.(후략)"[61]

> 그녀들은, 단단한 껍질과 같은 강인함으로, 특히 여성·이국인·노동자들을 상품으로만 전유하는 자본주의적 메커니즘과 맞서고, 사과배의 속살과 같은 부드러움으로 자기보다 하위 계층들의 목소리를 들어주고 또 그들만의 고유한 실존을 철처하게 자기화한다. (중략)
> 아마도 『잘 가라, 서커스』는 수많은 억압과 희생 속에서 인간으로서의 자존을 지켜온 그녀들의 역사지리지를 이 시대의 의미 있는 삶의 방식으로 설정하고 있는지도 모를 일이다.[62]

이외에도 박찬순의 「가리봉 양꼬치」[63]에서는 한국에 거주한 조선족들이 자신의 삶의 위치를 찾아가며 정체성을 고민하는 모습을 보여주면서 문화중개자로서의 경계인 역할과 가능성을 제시하였다.

「가리봉 양꼬치」의 주인공 임파는 흑룡강성 영안시(宁安市)에서 태어난

---

60) 류보선, 「하나이지 않은 그녀들」, 천운영, 『잘 가라, 서커스』, 서울: 문학동네, 2005, 279쪽.
61) 전게서, 천운영, 61쪽.
62) 전게서, 류보선, 279쪽.
63) 박찬순, 「가리봉 양꼬치」, 『발해풍의 정원』, 서울: 문학과지성사, 2009(2006).

조선족 청년이다. 그는 한국 내 조선족 밀집지역인 가리봉동의 한 식당
에서 양꼬치의 노린내를 제거하는 레시피를 개발하여 경계인의 위상과
역할을 찾고자 한다. 하지만 사랑하는 연인의 배신과 함께 조선족 조폭
들에게 죽임을 당한다.

> 내 18번은 추이지엔이 부른 「일무소유(一无所有)」였다. 그의 록이 유달
> 리 흐벅진 느낌이 드는 것은 서양 악기인 트럼펫곽 전자 오르간, 색소폰에
> 다 얼후와 대금, 거문고 같은 동양 악기를 혼합해서 쓰기 때문이라고 하는
> 기사를 어디선가 읽은 적이 있었다. 가사도 마음에 들었다. *발아래 땅이 움*
> *직이고, 주위에 저 물은 흐르고 있는데/넌 줄곧 비웃었지, 내가 가진 것이*
> *없다고.* 내 귀엔 악기의 음색까지 구별돼서 들리진 않았지만 뭔가 꽉 찬
> 느낌이었고, 거침없이 외치는 힘찬 목소리는 마음속 깊은 곳까지 후련하게
> 뚫어주는 듯했다.64)

임파가 가장 좋아한 노래는 '중국 록(rock)의 대부'로 일컬어지는 조선
족 가수 추이지엔(崔健)이 부른 「일무소유(一无所有)」였다. 이 노래의 제목
은 '아무것도 가진 것이 없다'는 뜻으로 빈부격차에 따른 상실감과 다른
한편으로는 자유와 희망을 표현한 곡이였지만 소설에서 임파는 이 노래
가 동서양의 악기를 잘 혼합해서 만들어졌기 때문에 좋아하게 되었던
것이다. 임파는 이질적인 것들이 어우러지면서 개인에게 없는 가치를 창
조해내는 것을 긍정하고 또 그런 삶을 지향한 조선족 청년이었다. 중국
의 대표음식 양꼬치의 양고기 냄새를 제거하는 레시피를 개발하여 한국
인의 입맛에 맞게 함으로써 음식문화의 중개자로서의 역할을 하고자 한
국에서 '발해풍의 정원'을 만들려고 한 것이다.

---

64) 상게서, 77쪽.

할아버지와 아버지가 꿈꾸던 정원. 아무도 배고프지 않고 아무도 남의 나라에 얹혀산다는 쭈뼛거림 없이 당당하게 살 수 있는 곳. 거기에다 한국 사람들 입맛에 꼭 맞는 가리봉 양꼬치도 준비되어 있었다. 부모님 생각을 하면 가슴이 미어지지만 나를 믿고 가게를 맡기는 주인 아저씨와 또 내가 좋아하는 분희가 있어 가리봉동은 언제나 등을 부빌 수 있는 따스한 언덕이었다. 내 양꼬치로 해서 가리봉, 내 누나 같은 가리봉은 이제 유명해질 것이었다. 그러면 나는 닝안에서도 서울에서도 찾을 수 없는 발해풍의 정원을 만들 수 있을지도 몰랐다.[65]

「가리봉 양꼬치」에서 중국의 조선족 마을 민속촌에 재현된 발해풍의 정원은 조선족 디아스포라인 임파의 기억과 망각 속에 복원된 이상향이다. 임파는 가리봉 식당에 조선족 록 가수 추이지엔의 테이프를 틀고 고향 영안에서 보았던 경박호(鏡泊湖)의 파란 물결과 발해성터를 그린 그림을 붙이며 양꼬치를 만든다. 이렇게 한국인들에게 자신이 지향하고 있는 유토피아를 느끼게 하고 조선족 출신 가수의 음악을 공유하며 중국 음식의 맛을 반하게 만드는 일이 곧 한·중 사이에 낀 경계인의 역할임을 가리봉동에서 실천하고자 하는 것이다.

그러면서 아버지는 그런 이들이야말로 상대방의 아픔을 어루만져줄 수 있고, 양쪽을 이어줄 수 있는 사람들이라고 덧붙였다. 안종된 교원 자리를 버리고 한국에 온 것도 어머니를 찾고 나서 중국 동포와 한국인들 사이에서 뭔가 할 일을 찾기 위해서였다.(중략)
어머니와 아버지를 삼켜버린 동네였지만 나는 점점 가리봉동에 정이 들었다. 요즘에는 공단의 이름마저 디지털산업단지로 바뀌면서 시장 건너편에는 고층 건물들이 빽빽하게 들어서고 컴퓨터와 전자 부품 회사들이 들어찼지만, 나는 가리봉동이란 이름이 훨씬 마음에 들었다. 손바닥만 하긴 해도 보증금 없이 월 10만원이면 몸을 편히 누일 수 있는 쪽방이 있고, 불법

---

65) 상게서, 95쪽.

체류자임을 훤히 알면서도 교포들을 받아주는 가게 주인들이 있기 때문이었다. 무엇보다도 '가리봉'이라고 말할 때 울리는 소리에는 시골 누나처럼 등을 기대고 싶은 따사로움이 있었다.66)

소설을 통해 알 수 있듯이, 가리봉동은 비록 한국인들에게 더 이상 거주지로서의 의미를 잃어버린 열악한 곳이기는 하지만 임파는 같은 조선 민족이 조화롭게 살 수 있는 공간, "아무도 배고프지 않고 아무도 남의 나라에 얹혀산다는 쭈뼛거림 없이 당당하게 살 수 있는 곳"이 되길 꿈꾼다. 소설은 다문화 경계인으로서의 가능성과 역할에 초점을 두고 있어 임파가 한국에서 "상대방의 아픔을 어루만져줄 수 있고, 양쪽을 이어줄 수 있는 사람"이 되려는 모습을 보인다. 작가 박찬순은 이중 언어, 이중 문화를 지닌 조선족 이주자야말로 중한 양국의 음식문화에 맞게 양고기의 노린내를 제거하는 레시피를 개발하여 중한문화를 잇는 교량의 역할을 할 수 있음을 포착하고 있다. 따라서 소설은 조선족 디아스포라가 지닌 민족적 정체성과 노마드적 정체성 등의 이중 정체성은 이것도 저것도 될 수 없는 매우 불안한 존재가 아니라 오히려 창의적인 사유로 새로운 문화를 창조하는 잠재력을 지니고 있음을 제시하였다.

한국 다문화 사회를 살아가는 하나의 해법으로 「가리봉 양꼬치」는 조선족 청년 임파가 가리봉동에서 '발해풍의 정원'을 꿈꾸는 것처럼 같은 민족이라는 동질성을 갖고, 그 안에서 서로가 함께 즐길 수 있는 문화를 만들어 향유하는 것이 다문화시대에 조선족과 한국인들이 공존할 수 있는 길임을 보여준다. 하지만 그러면서도 소설에서 임파는 부모의 행방불명, 연인의 배신과 함께 조선족 조폭의 손에 칼을 맞고 쓰러져 모든 노력의 실패로 끝나는 것을 보여주면서 이중문화를 지닌 경계인이자 문화

66) 상게서, 81-88쪽.

전수자로서의 트랜스내셔널 탐구의 과정이 순탄치 않을 것임을 예고하기도 한다.

2. '슈퍼차이나'의 굴기

1992년에 중한수교를 맺음으로써 새로운 중한 관계가 수립되면서 반공 이데올로기에 세뇌된 한국인들은 사회주의 중국의 실상을 알게 되었고, '대국 굴기(大国崛起)'라는 중국의 공식적인 레토릭은 중국의 실제적인 천지개벽의 변화로 국내외에 설득력을 확보했다. 그리고 중국의 비약과 발전을 바라보면서 한국의 언론매체와 민간에서는 그것을 '슈퍼차이나'로 명명하고 '전유(专有)'67)하기도 하였다.

> "세계를 진동시킨 중국의 힘, 2020년 미국을 넘어서 세계 1위 경제대국이 될 것으로 보이는 중국, 새로운 슈퍼파워 중국을 가능케 할 요소들은 무엇일까? 중국이 가진 가능성의 원천을 6가지 힘의 프레임으로 조명한다. 또한 끊임없이 제기되는 중국위기론의 실체는 무엇이며 초대국으로 부상하는 과정에서 중국이 직면한 과제는 무엇인지 취재한다. 슈퍼파워 중국과의 밀접한 관계 속에서, 지난 20여년 중국의 부상을 경제적 기회로 활용했던 한국. 우리 앞에 다가올 슈퍼 차이나는 여전히 기회인가? 새로운 위협인가? 프로그램은 역동적으로 성장하는 중국의 면모를 가장 잘 보여줄 상징적인 현장에서 큰 스케일의 화면으로 담아낸다. 또한 한국이나 중국의 시각을 뛰어넘는 글로벌 관점에서 중국의 부상을 역사적 맥락에서 조망하고자 한다. 또한 세계가 알고 싶어하는 중국, 중국인들도 몰랐던 중국의 실체와 미래 모습을 균형잡힌 시선으로 분석하고자 한다."68)

---

67) 임춘성, 「문명 전환 시대 한국인의 중국 인식」, 『중국현대문학(79)』, 한국중국현대문학학회, 2016, 139쪽.
68) KBS 다큐멘터리. 슈퍼차이나. 2015.01.15-2015.01.24.

2015년 한국의 KBS 특별기획 다큐멘터리 「슈퍼차이나」는 슈퍼파워로 떠오른 중국의 부상을 경제, 군사, 정치, 문화 등 다양한 프레임을 통해 보여주면서 한국에서 뜨거운 반응을 불러일으켰을 뿐만 아니라, 중국에서도 많은 관심을 보이고 있다. 프로그램의 소개와 같이, 「슈퍼차이나」는 중국의 파워에 초점을 두고 한국인들이 잘 모르는 중국 실체의 팩트들을 취재하여 다큐임에도 불구하고 12%의 최고시청률을 기록했다는 사실은 한국인들의 중국에 대한 관심의 정도를 가늠할 수 있다.

그리고 비슷한 시기에 한국에서 대중적 호응을 일궈낸 베스트셀러인 조정래의 장편소설 『정글만리』는 G2로 부상한 중국을 한국은 어떻게 인식하고 있는지, 중국이 한국에게 어떤 의미를 가지는지, 중국의 미래가 어떠한지를 독자들에게 전해주었다. 『정글만리』는 2015년 한국에서 유일하게 100만부 넘게 팔린 책으로 알려지고 있는데,[69] 급성장하는 중국을 무대로 한국, 미국, 일본, 프랑스 등 나라의 비즈니스맨들이 벌이는 각축전을 그렸다.

> 그런데 지금 중국의 인구는 14억에 이르렀고, 중국은 G2가 되었다. 이 느닷없는 사실에 세계인늘이 놀라고, 숭국 스스로노 놀라고 있다. 예상을 40년이나 앞당겼기 때문이다. 그러나 그건 흔히 말하는 '기적'이 아니다. 중국 전 인민들이 30여 년 동안 흘린 피땀의 결실이다. 우리의 지난날이 그렇듯이.
> 이제 머지않아 중국이 G1이 되리라는 것을 부인하는 사람은 아무도 없다. 그런데, 중국이 강대해지는 것은 21세기의 전 지구적인 문제인 동시에 수천 년 동안 국경을 맞대온 우리 한반도와 직결된 문제이다.
> 중국인들이 오늘을 이루어내는 동안 겪은 삶의 애환과 고달픔도 우리의 경험과 다를 게 무어랴. 그 이야기를 두루 엮어보고자 했다.(작가의 말, 5쪽)

---

69) 김민철, 『문학이 사랑한 꽃 들』, 서울: 샘터, 2015, 270쪽.

소설은 3인칭 시점에서 글로벌화와 지역화의 충돌을 겪고 있는 중국을 이야기 한 작품으로, 글로벌화와 지역화가 서로 부딪쳤을 때 발생하는 문화충돌에 대해 윤리적으로 탐구했다는 데 작품의 의의가 있다. 그리고 긴 세월의 진영 모순으로 인한 사회주의 중국에 대해 무지했던 한국인들에게 개혁개방 이후 중국의 발전과 '굴기의 시대', 더 나아가 '신 아시아 시대(the new Asian age)'를 소개하였고, '중국의 부상을 어떻게 인식할 것인가'라는 질문에 대한 '시의적절한 답변'70)이라 할 수 있다.

『정글만리』에 등장하는 전대광, 김현곤 등과 같은 한국 비즈니스맨들의 활약은 중국 시장과 더불어 성장하는 한국의 상징이라고 할 수 있다. 소설에서의 중국은, 한국에서 실패한 성형의사도 중국에서 성공할 수 있는 가능성을 지녔으며 하나만 잘 팔아도 엄청난 돈을 벌 수 있는 기회의 땅으로 묘사된다.71) 뿐만 아니라 소설은 글로벌화에서 파생된 '서양 중심주의'에 대해서도 역시 심도 있게 피력하였다.

> 중국, 일본, 한국 그 세 나라는 얼굴만 구별할 수 없도록 비슷한 게 아니었다. 닮은 게 너무나 많아 마치 일란성 쌍생아가 아닐까 싶을 정도였다. 그중에서도 유난한 공통점이 백인 선호였다. 물론 백인 좋아하는 거야 세계적인 현상이지만, 그 세 나라는 이해가 안될 정도로 특히 유별났다.
> (중략)
> 오래전부터 서양에서 일본을 '동양 속의 서양'이라고 한 것은 괜히 나온 말이 아니었다. 일본사람들이 서양을 선호하다 못해 흠모하고, 흠모하다 못해 스스로를 서양인이라고 착각하는 만큼 같은 동양인은 경멸하고 천시했다. 그러니 중국과 한국에 대해 저지른 잘못을 사죄할 리가 없었다.
> (중략)

---

70) 전게서, 임춘성, 146쪽.
71) 이욱연, 「『정글만리』 신드롬을 어떻게 볼 것인가?」, 『중국학보』, 한국중국학회, 2014, 221쪽.

한국도 서양과 백인에 대한 선호는 일본에 뒤지면 안된다는 듯 열렬하다. 그들도 일본과 똑같이 모든 것을 서양식으로 바꾸려고 노력했다. 특히 옷과 집은 그들의 것을 완전하게 버렸다.(제3권, 39-42쪽)

일본인들이 자신들은 서양에 속해있다고 생각하는 것, 한국인들이 중국에서 돈을 벌지만 미국의 파워에 의존해 자기 국가를 발전시키는 것, 중국인이 미국인을 싫어하면서도 미국인을 반기는 것, 서양 사람처럼 생기고 싶은 갈망으로 성형수술을 하는 것, 외국기업에 많이 취직하려고 하는 것 등이다. 이렇듯 소위 말하는 '서양 중심주의'는 지금도 여전히 뿌리 깊게 박혀 있다.

'서양 중심주의'란 우매와 독재의 동양문명과는 달리 서양문명은 우월적이고 그 주류는 이성과 민주로서 최고급의 인류문명을 상징하는 관점을 말한다. 즉 서양의 모든 것은 정확하고 서양과 다른 내용은 무조건 그릇된 것으로서 서양의 방식대로 발전해야만 서양사회에 접근하여 그들과 융합할 수 있다는 것이다. 최근에 중국과 손을 잡아야 기회를 얻을 수 있다는 '중국 기회론'이 주목을 받는가 하면, 중국을 조심하고 경계해야 힌다는 '중국 위협론'도 주목받고 있는데, '서양 중심주의'에서 근원을 찾을 수 있다고 본다. 하지만 중국의 신속한 대국굴기는 중국으로 하여금 객관적으로 '서양 중심주의'의 한계를 지적하여 중국의 제도적, 이론적, 문화적 자신감을 확립하게 한다. 소설 『정글만리』에서는 중국 G2 성장 요인을 싼 인건비 외에도 기술력 보유, 중국인 고유의 상술, 내수시장의 확대 등을 꼽고 있다. 뿐만 아니라 서양과 상이한 중국특색의 사회주의체제도 여기에 포함되어야 하는데, 한국의 정치 이데올로기의 편향성에 의해 소설에서는 언급되지 않고 있다.

꽌시, 이런 일을 따내줄 만큼 영향력 실한 **꽌시** 아닌가. 거대한 우리 회사에 6천만 원 더 보태는 건 그야말로 조족지혈이고 벼룩의 간일 뿐이지 않은가. 이 **꽌시**를 잘 모시면 앞으로 그 열 배, 백 배, 아니 천 배, 만 배 덕을 볼 수 있지 않을까. 사업의 성패는 투자로 결정된다. 판매망 구축이란 곧 사람 관리고, 사람 관리는 자본에 버금가는 투자 아닌가. 더구나 중국처럼 **연줄**이 모든 것을 지배하는 사회에서. 좋아! 미래 투자다!(1권, 113쪽)

대국이라고 뻐기는 것과 **몐쯔(체면)** 세우는 것은 중국 사람들이 유별나게 좋아하는 것이다. (1권, 11쪽)
자동차는 **체면** 중시하는 그들에게 편리한 이동수단이기 이전에 **과시욕**을 충족시켜 주는 부의 상징이었던 것이다.(1권, 212쪽)
"일본인은 중국인의 **체면**을 존중할 줄 알아야 한다. 왜냐하면 중국인에게 '**체면**'은 가끔은 돈보다 더 중요하기 때문이다. **체면**은 중국에서는 화폐처럼 유통된다."(1권, 403쪽)

축의금 접수대가 가까워져 있었다. 전대광은 양복 속주머니에서 봉투를 꺼냈다. 새빨간색이었다. 설날 세뱃돈도, 생일날 축하금도, 개업식날 격려금도 다 **새빨간 봉투**에 넣는 것이 중국 격식이었다.(1권, 387쪽)
그런데 그 **빨간 봉투**는 특이했다. 까만 붓글씨로 두 자가 적혀 있었는데, 아래 글자가 뒤집어져 있었다. 그 뒤집어진 글자는 '복(福)'자였고, 그 위의 글자는 '수(壽)'자였다. '오래오래 사시면서 복 많이 많이 받으시라'는 뜻이었다. 복 자가 거꾸로 되어 있는 것은 '거꾸로'라는 뜻의 도(倒)자와 '온다'는 뜻의 도(到)자가 발음이 같아서 복 자를 거꾸로 쓰면 '하늘에서 복이 쏟아져 내린다'고 믿는 중국의 오랜 풍습이었다. (3권, 94쪽)

"그렇게 몇십 년 동안 막혔던 것이 한꺼번에 봇물 터지듯 한게 뭐요? 덩샤오핑이 주도한 개혁개방이오. 개혁개방의 깃발을 들어올리며 그가 인민들을 향해서 드높이 외친 3대 구호가 있소. 첫째 검은 고양이든 흰 고양이든 쥐만 잘 잡으면 최고다 하는 **흑묘백묘론(黑猫白猫论)**이고, 셋째 부자가 되는 것은 영광스러운 일이라고 한 성부광영론(成富光荣论)이오."(3권, 266쪽)

소설은 또한 중국사회의 각종 '문화'를 상세하게 분석하였다. '꽌시'문화[关系文化], '몐쯔'문화[面子文化], '훙바오'문화[红包文化], 그리고 '흑묘백묘론[黑猫白猫论] 등등의 소위 말하는 '문화'를 다루고 있다. 이러한 '문화'현상들은 물질만능주의와 매우 밀접한 관계를 갖고 있다.

소설은 중국에서 이화(梨花)가 '돈이 벌리다', '돈이 불어나다'라는 뜻의 '利发(리파)'의 발음과 너무 닮아 부귀와 번영을 상징하는 '돈꽃'이라고 한다. 그런 배꽃을 중국인이 좋아하는 새빨간 바탕에 황금빛으로 역시 중국에서 돈을 뜻하는 여덟[八] 송이를 옆으로 누운 8자로 그려 넣자 중국인이 열광한 것이다. 하지만 작가 조정래는 한 인터뷰에서 "돈지갑, 배꽃, 이화 등은 다 제 아이디어"72)라고 말했듯이, 돈을 좋아하는 중국인의 욕망을 파고든 소설화한 상술들은 작가의 상상이자 설정이며 중국의 실상과 일정한 거리가 있다고 본다. 이와 같은 대목들은 『정글만리』가 중국의 경제성장을 배경으로 이야기 전체를 이끌어나가는 한편, 경제성장 과정에서의 각종 윤리적 위기와 무한경제의 사회시스템 간의 밀접한 상관성을 두드러지게 묘사하기 위한 설정으로 볼 수 있다. 글로벌 시장화의 진행 과정 중에 중국뿐만 아니라 세계 모든 곳에서 사람과 사람 사이, 기업과 기업 간에 자본을 얻기 위해 끝없는 경쟁을 하고 있다. 그리고 자본주의의 급격한 성장은 개인생활 환경과 생태환경의 파괴를 일으킨다. 이러한 현실에 맞서서, 작가는 경제성장 이후의 중국의 모습과 새로 형성된 시대윤리 등의 문제에 대해 전망하였다. 즉 중국사회는 전통문화 유산을 바탕으로 한 글로벌화 문화 및 윤리 가치관을 세워야 한다는 것이다.

---

72) 전게서, 김민철, 272쪽.

전대광은 또다시 새로운 것을 알게 된 중국에 탄복하지 않을 수가 없었다. 중국이라는 나라는 새로운 사실들로 가득찬 수천 페이지짜리 백과사전을 한 장, 한 장 넘겨가는 기분이었다. 살아갈수록 끝도 없이 새로운 것이 나타나는 나라, 그래서 살아갈수록 그 실체가 알쏭달쏭 모호해지는 대상. 그래서 중국 생활 6개월이면 중국 전체에 대해서 아는 척하고, 1년이면 자기 분야에 대해서만 아는 척하고, 10년이 넘으면 아무 말도 안 한다는 말이 생겨났는지도 모른다.(2권, 302쪽)

소설의 마지막에 3명의 한국인이 등장하는데, 중국 고용주로부터 버려진 후 새로운 파트너를 찾아 재기를 하는 성형외과의사 서하원, 그리고 전대광, 김현곤은 비록 각자 좌절을 경험했지만 계속해서 중국에서 자리를 잡으려고 한다. 소설에서 전체적으로 보여주는 것은 세 사람이 모두 신용을 중시하고 타인을 존중하며 도덕을 준수하고 자신의 욕망을 자제할 수 있는 사람들이라는 것이다. "중요한 것은 딱 한 가지요. 중국과 중국 사람들을 진심으로 사랑하려는 마음가짐이오."(제3권, 283쪽) 전대광의 이 말은 글로벌화의 중국에 대해 진심을 다해 사랑해야 거대한 문화차이를 융합할 수 있다고 해석할 수 있다. 이는 소설이 융통과 화합의 윤리에 중점을 뒀음을 의미하며 이러한 윤리는 물질만능주의에서 벗어나 인류 본성의 자각을 근거로 삼는 것이다.

이외에도 소설에서 두 청년 송재형과 리엔링은 이러한 융통과 화합의 가치원칙을 보여준다. 송재형은 모친의 금전만능주의를 없애고, 리엔링은 부친의 졸부문화를 극복하였다. 이렇게 보면 이 두 청년의 만남은 미래의 긍정적인 중한관계를 보여줌과 동시에 독자들로 하여금 글로벌화 경제와 지역화 전통을 상생, 화합의 길로 나갈 수 있다는 꿈을 꾸게 한다고 본다.

인문학적 연구의 관점에서 볼 때, 소설 『정글만리』의 중국에 대한 묘사는 현재 한국의 '한풍(漢風)'과 조응하고 있다. 하지만 땅이 넓고 인구가 세계적으로 가장 많은 다민족 국가, 그것도 한국과 서로 다른 사회체제를 갖고 있는 사회주의 중국을 소설화하는 것은 쉽지 않은 일이다. 그리고 기타 문체와 다르게 특색 있는 중국의 사회, 문화 및 이데올로기 분야에 대한 소설적·허구적 내용이 요구되기 때문에, 작가 조정래는 향후 중국이 G2에서 G1이 될 것이라 예상하면서 당대중국을 묘사함과 동시에 상상 속 미래의 중국을 그렸다. 소설이 전달하는 정보로 글로벌화와 지역화의 결합은 새로운 미래 형태의 중국의 길이며, 그 길에서 독자들은 당대 한국작가가 어떻게 당대중국을 바라보고 묘사하는지를 이해할 수 있다.

소설은 글로벌 시장경제에서 두각을 나타내 G2국가가 된 중국을 무대로 앞서 언급한 각종 인물들의 이야기를 전개하고, 서로 다른 역할과 서로 다른 장면에서 현저한 문화적 차이와 윤리적 모순을 밝혔다. 소설은 서로 다른 국적의 인물, 그리고 그들의 생활과 도덕적 태도를 묘사하였다. 그들은 자국의 윤리를 대표하고 있다. 소설에서 드러난 풍경은 중국의 과거와 현재의 모습임과 동시에 G2 자리에 오른 중국이 짊어져야 할 역사적 의의를 수차례 강조하고, 중국이 글로벌화 과정에서 반드시 거쳐야 할 것을 암시하였다.

그럼에도 불구하고 글로벌화는 국제기준이 만든 사상적 체계이며 일종의 공동화된 행위규범을 모색하는 힘이라고 할 수 있다. 그리고 글로벌 시장경제는 세계 각지에 물질만능주의를 키웠고 계속해서 심화 확대시키고 있다는 것이다.

세상은 스티브 잡스를 향해 21세기의 위대한 과학자라는 칭송을 아낌없이 보내지만, 그는 어찌 보면 그 누구보다도 돈을 숭배한 저급한 상업주의

자인지도 모를 일이었다.(제2권, 253쪽)

소설에서는 중국이 G2성장의 첫째 요인을 싼 인건비에서 찾고 있으며, 기업윤리는 단지 글로벌화의 포장 아래 노동 가치를 착취하는 것일 뿐이라고 제시한다. 자본주의 사회에서 노동자들은 생계를 유지하기 위해 자신의 노동력을 자본가에게 임대함으로 인간의 노동력은 일종의 상품인 것이다. 소설에 의하면 중국 농민공들의 비참한 삶, 공해문제, 계층 간의 극심한 빈부격차 등 문제점들이 두드러지게 나타나고 있어, 자본주의의 팽창은 비윤리성의 확대를 의미한다고 볼 수 있다. 따라서 값싼 노동력을 바탕으로 한 'Made in China' 시대에서 'Made for China' 시대로 전환하는 것은 한국의 대 중국 진출 전략에 주는 계시뿐만 아니라 중국 백성들의 전반적인 구매력과 생활수준을 제고하는 표현이자 민생문제를 해결하는 목표가 될 것이다.

총체적으로 볼 때, 소설 『정글만리』에 나타난 중국의 부상에 대한 한국의 대처는 비교적 성공적이다. 전대광 등 주요 인물들이 모두 중국과의 관계를 잘 처리해가는 것으로 묘사되고 있다. 칭다오[青島]의 하경만도 성공적이고 모범적인 사업을 펼쳐가고 있는데 소설에서는 그 가장 중요한 요인을 중국에 뿌리를 내리려는 적극적인 태도에서 찾고 있다. 또한 한국 유학생인 송재형과 중국 여자 친구 리엔링의 결혼을 암시하는 것으로 소설이 마무리되고 있는 것도 중한관계에 대한 낙관적인 전망 혹은 기대를 보여준다.

3. 민족해방운동의 재현

주지하다시피, 1910년에 조선이 일제의 독점식민지로 전락된 이후 수많은 재중(在中) 조선인들은 중국의 동북지역[73]을 활동무대로 삼아 반일 민족독립해방운동을 활발히 전개하였다. 중국 공산당의 영도 하에 중·조 민족은 긴밀한 항일통일전선을 형성하고 전후 무장투쟁을 장기간 견지하였다. 중·조의 공동한 피침략운명과 민족해방의 사명, 그리고 이것에 기초한 중조민족의 공동한 항일무장투쟁과 상호협력은 이 시기의 기본주류임은 모두가 공인하는 바이다.

하지만, 동북에서 중·조의 장기간의 항일무장투쟁 과정이 시종일관 순리롭게 발전한 것은 결코 아니다. 일제를 반대하는 통일무장전선의 형성과 발전과정에는 불가피하게 많은 곡절과 복잡한 문제들이 나타났다. 여기에는 일제의 동북침략음모와 식민통치간계, 항일유격전쟁의 복잡성과 잔혹성 등이 복합적으로 작용하였는바, 시기와 지역에 따라서 문제와 갈등도 어느 정도 존재하였다. 1930년대 초반 길림성 연변지역의 항일혁명대오내부에서 발생한 반'민생단'투쟁이야말로 당시의 '역사비극'[74]이라고 할 수 있다.

'민생단'은 1932년 2월 15일 용정에서 만들어졌으며, 이 조직은 "한인자치"를 구호로 친일반공을 공개적으로 선전하였지만 5개월 후 해산하였다. 그럼에도 불구하고 그해 3월부터 시작된 반'민생단'투쟁은 중공연길성위원회에서 시작되어 점차 퍼져나갔고, 왕청, 화룡, 훈춘으로 확산되어 수많은 인민혁명군, 농공유격대, 지도자간부들의 혹독한 고문으로

---

73) 중국 동북은 역사상 '만주'라고 불러왔다. 지금 '만주'라는 명칭이 별로 사용되고 있지 않지만, 본문은 자료내용과 서술편의에 따라 '동북'과 '만주'를 혼용하고자 한다.

74) 김성호, 『1930년대 연변 민생단사건 연구』, 서울: 백산자료원, 1999, 1-3쪽.

자백을 받아내거나 무고한 사람에게 죄를 뒤집어씌우는 방법으로 인해 항일조직에 거대한 손실을 입혔다.

중공동만특위(中共東滿特委)는 복잡한 대적투쟁 중에 당내 좌파의 잘못된 노선의 영향을 받아 반공숙청이 확대되었고, '민생단사건'은 조선동지들을 대상으로 박해를 가해 일정 부분 중국과 조선민족 간의 감정을 분열시켰으며, 항일민족의 통일된 역량을 약화시켜 침통했다고 볼 수 있다.[75]

> 민생단이라는 어마어마한 감투를 쓰고 처형된 항일혁명가들의 혐의는 참으로 어처구니없는 것이었다. 그래도 초기에 처형된 사람들은 '조선혁명' '조선독립'을 주장한다는 정치적인 이유로 숙청되었지만, 시간이 지나면서 사정은 달라졌다. 일제에 체포되었다가 구사일생 탈출하거나 처형장에서 중상을 입고 살아 돌아오면 가차 없이 민생단으로 처형되었다. 일을 열심히 하면 정체를 감추려 한다고 민생단으로 몰렸고, 일을 게을리 하면 민생단의 지령으로 태업을 한다고 처형되었다. 밥을 흘리면 어렵게 구한 식량을 허비한다고 민생단, 밥을 설익게 하거나 태워도 민생단, 밥을 물에 말아 먹어도 용변을 자주 보느라 혁명과업을 게을리 하게 된다고 민생단, 고향이 그립다고 말하면 민족주의적 향수를 조장한다고 민생단, 동지의 죽음 앞에 눈물을 흘려도 패배주의를 조장한다고 민생단, 가족 중에 민생단 혐의자가 나와도 민생단이 되는 등 간첩의 꼬리표는 끝이 없었다.[76]

역사학자 한홍구는 "어디서부터 어떻게 이야기를 풀어가야 할지 모를 얽히고설킨 복잡함과 혼돈이 민생단 사건의 특징이다."라고 민생단 사건의 복잡한 성격에 대해 언급하고 있는데, 이러한 특징은 한국 당대 소설가 김연수의 장편소설 『밤은 노래한다』[77])에서도 그대로 나타난다. 소

---

75) 郭淵, 「東滿特委与"民生団事件"」, 『东疆学刊』第25卷第4期, 2008.
76) 한홍구, 「그 긴밤, 우리는 부르지 못한 노래, 밤이 부른 노래」, 『밤은 노래한다』해제, 서울: 문학과지성사, 2008.

설은 1930년대 중국 동북지역에서 발생한 반일민족독립해방운동 중의
반'민생단' 투쟁을 배경으로 쓰여졌다. 혁명을 꿈꾸는 4명의 중학생 박
도만, 최도식, 안세훈, 박길룡, 그들의 친구 이정희, 그리고 이정희를 사
랑한 측량기사 김해연 등이 주요 인물로 등장하고, 당시 '간도'78)에서
조선인들의 처참한 동족상잔의 역사를 폭로하였다.

만철의 직원으로 대련에서 일하다가 용정으로 파견된 김해연은 측량
작업을 하면서 간도임시파견대의 중대장인 나카지마 타츠키 중위와 친
해지게 되고, 박길룡의 소개로 이정희를 알게 된 뒤, 나카지마, 이정희
등과 종종 술자리를 가졌다. 혁명조직의 일원이었던 이정희는 이 모임을
통해 토벌대의 정보를 수집하여 조직에 보내다가 발각되자 김해연에게
어서 피하라는 메시지를 숨긴 편지를 남기고 스스로 목숨을 끊었다. 김
해연은 일본경찰에 연행되어 조사를 받으면서 과거 공산주의운동을 하
다 전향하여 영사관 경찰보조원으로 있던 최도식을 만나게 된다. 조사를
받고 풀려난 김해연은 대련으로 돌아갔으나 충격을 이기지 못하고 아편
에 빠져들게 되고, 다시 용정으로 돌아와 이정희가 목을 맨 나무에 자신
도 목을 매어 자살을 시도한다. 김해연은 죽지 않고 살아났으나 그 심리
적 후유증으로 말문이 막히고 만다. 그는 용정의 한 사진관에서 일하게
되는데 하필 그 사진관 역시 혁명조직과 연결된 곳이었다. 그곳에서 심
부름하던 여옥이는 조직의 연락원으로 일했는데 김해연과 사랑에 빠지
면서 함께 경성으로 떠나기로 한다. 경성행을 얼마 앞둔 어느날, 김해연
과 여옥, 그리고 사진관 식구들은 여옥의 언니 결혼식에 참석하러 유정

---

77) 김연수, 『밤은 노래한다』, 서울: 문학과지성사, 2008. 이하 이 책의 인용은 본문에 쪽수
　　만 표시한다.
78) 지역 명칭으로서의 '간도'는 중국의 해란강 이남, 도문강 이북 지역으로, 현재 중국에서
　　길림성 연변조선족자치주라고 부른다.

촌에 가다가 운명처럼 토벌대의 습격을 받아 여옥은 오른쪽 다리를 잃고, 다른 사람들은 다 죽고, 김해연만 살아남게 된다. 다리를 잃은 여옥은 혁명조직의 재봉대에서 일하게 되고 김해연 역시 유격근거지에 남아 혁명의 격랑에 휩쓸리게 된다.

중국공산당은 김해연의 입당을 승인하고, 그를 대련으로 다시 보내 사업을 시키려 한다. 대련으로 떠나기 전, 여옥에게 인사를 하러 가는 도중에 토벌에 대한 정보를 입수하고 방향을 바꿔 어랑촌 소비에트에 이 사실을 알리러 갔다가 민생단 혐의자로 체포된다. 그 과정에서 박길룡이 박도만을 사살하고, 살아남은 김해연은 혼미한 정신으로 용정의 총영사관으로 찾아가 최도식을 죽이려 한다. 그러나 총영사관 앞에서 조직의 일원인 서일남에게 발견된 김해연은 최도식을 죽일 수 없었다. 대신 그는 간도임시파견대의 중대장 나카지마를 납치하여 어랑촌 근거지에 고립된 주민들을 빠져나가게 하는 것을 나카지마의 석방 조건으로 내건다. 지팔이를 짚은 여옥도, 중국공산당과 결별한 박길룡도 이때 포위를 빠져나온다. 그러나 한 발 총성이 울리고, 박길룡은 죽고 만다. 몇 년의 세월이 흐른 후, 김해연은 다시 용정으로 가, 총영사관 경찰을 그만두고 만주중앙은행 용정사무처에서 일하고 있는 최도식을 찾아가 그 혼돈의 진원지가 된 정희의 마지막 모습과 정희의 편지가 전해진 사연을 듣는다.

작가 김연수는 『밤은 노래한다』의 "작가의 말"에서 소설을 쓰게 된 동기와 과정을 밝혔다. 1995년 초고가 완성되었을 때 '민생단사건'에 대해 정론을 내릴 수 없어서 그 후 몇 년이 지난 뒤 2008년 5월 31일 민중시위가 있을 당시 '민생단사건'의 실마리를 찾아 그 해 9월에 소설을 완성할 수 있었다고 하였다.

이렇게 이야기가 끝이 나면 좋은데, 나중에 이 두 단체는 일본군이 아니라 서로를 향해 총을 드는 일이 생겨났다. 심지어 지난날 한국을 독립시키겠다는 일념으로 함께 만주로 떠난 친구들끼리 서로 총을 쏘기도 했다. 도대체 왜 이런 일이 벌어지는가? 그게 내 최초의 의문이었다.(340쪽)

"작가의 말"에서 알 수 있듯이 『밤은 노래한다』에서 '민생단사건'이란 역사사실이야말로 소설을 구성하는 결정적인 요소로서 작가의 목적은 문학작품을 통해 역사를 재현하려는 것이다. 따라서 일기체 형식의 소제목과 일본군 토벌의 시간과 장소 등 플롯의 사실(史実)성에서 소설과 역사의 상호텍스트성을 어느 정도 확인할 수 있다.

상호텍스트성(Intertextuality)은 텍스트 간의 유기적 관련성을 강조하는데, 기본적인 의미로 상호텍스트성은 하나의 텍스트와 또 다른 텍스트 간의 상호적 관계를 가리키며, 이 이론은 수많은 학자들에 의해 다양한 방법으로 문학 연구에 응용되어 왔다.

좁은 의미에서의 상호텍스트성은 주어진 텍스트 안에 다른 텍스트가 인용문이나 언급의 형태로 명시적으로 드러나 있는 것을 말하며 넓은 의미에서 상호텍스트성은 텍스트와 텍스트, 혹은 주체와 주체 사이에서 발생하는 모든 지식을 총체적으로 상징하는 것이다.

저명한 프랑스 기호학자 줄리아 크리스테바(Julia Kristeva)는 상호텍스트성을 텍스트와 텍스트 또는 비문학 텍스트를 문학 텍스트로 기호를 전이하는 과정이며, 텍스트들은 모두 기타 텍스트의 전환과 흡수라고 주장한다.[79]

상호텍스트성 이론에 따르면 문학창작은 '독자'인 작가가 수많은 독

---

79) Julia Kristeva, "Word, Dialogye and Novel", in The Kristeva Reader, Toril moied. Oxford: Blackwell Piblisher Ltd., 1986, p36. 王瑾, 『互文性』, 桂林 : 广西师范大学出版社, 2005.

서를 한 후, 어떤 정보를 문학작품에 담아내는 과정인 것이다. 따라서 상호텍스트성 연구는 하나의 텍스트가 어떻게 다른 텍스트의 영향을 받았는지를 상세히 분석해 언어 간의 관계를 강조하고, 양자 간의 등급을 나누는 것을 거부한다고 할 수 있다.

일기는 텍스트로 사실을 기록하는 것이며, 르포에 가장 부합하는 텍스트 중 하나로 여겨지고 있다. 일기의 기본 형식 및 요소는 시간, 장소, 인물, 사건, 그리고 보고 들은, 직접 경험한 사실을 기록하는 것이며 희노애락이 담겨있다. 일기는 이를 통해 과거에 발생했던 사건을 다시 되돌아보는 기능을 한다. 소설에는 대부분 표제가 없지만 『밤은 노래한다』 중 '일기화'된 다섯 개의 표제는 일기의 중요한 요소를 보여주고 있다. 즉 시간과 장소를 통해 소설의 기록성을 보여주고 있다. 다섯 개의 시간과 장소는 사회의 중대한 사건을 기록한 것이 아닌 주인공 일상생활의 디테일한 부분을 기록한 것이지만 소설은 생활의 디테일한 부분을 통해 감정을 나타내기 때문에 아주 중요하게 다루어지고 있다.

이 외에도 소설에서 수많은 디테일한 장면을 묘사한 것 역시 허구가 아니라 역사 사실을 근거로 한 것이다. 예를 들어 소설은 1932년 일본군의 대성촌 토벌에서 일본군이 저지른 만행을 세세하게 표현하였다. 바로 이 때 여옥은 오른쪽 다리를 잃어 혁명조직의 근거지에서 일하면서 김해연과 이별하게 된다. 또한 소설에서 1933년 중공 만주성위가 전달한 중국공산당 중앙위원회의 '1·26지시서한' 정신에 의해 항일민족통일전선의 결성 과정을 묘사하였다.

얼마 뒤에야 사람들은 그 모든 일이 훈춘현 대왕구 유격근거지에서 일어난 끔찍한 사건에서 비롯했다는 것을 알게 됐다. 1933년 6월부터 중공 만주성위의 대표단으로 조선인인 반경우와 양파가 중공중앙의 1·26지시서

한과 이 지시서한을 만주성위에서 접수한 결의를 지니고 동만을 순시하기
시작했다. 1·26지시서한은 동만에 팽배했던 좌경 노선 착오의 시정에 대
한 내용을 담고 있어 당이 이립삼의 좌경 노선에서 벗어나 정책을 옳게 잡
았다는 사실을 보여줬다.(202쪽)

　소설을 통해 당시 중국인과 조선인은 너나 할 것 없이 하나로 뭉쳤음
을 알 수 있었으나 혁명의 길에 장애물인 '민생단사건'이 나타난 것이다.
'민생단'은 단순히 일제에 협력했던 변절한 조선인 공산주의자들을 일컫
는 말이 아니라 만주에 조선인 자치구를 세워 준다는 핑계로 일본인이
만든 유령 단체이다. 그것은 잠복해 있기에 더욱 중국인들에게 자기 땅
을 빼앗으려 한다는 의심을 갖게 만들고, 만주에 사는 조선인 공산주의
자들에게 서로 화합할 수 없는 바이러스를 퍼뜨린다.[80) 소설 『밤은 노
래한다』는 당시 조선 혁명가들이 동지를 믿을 수 없게 되어 동족상잔의
비극적인 역사의 현장을 리얼하게 묘사하였다.
　한홍구[81)의 연구에 의하면, '민생단'으로 인해 조선공산주의자들이 떼
죽음을 당한 것은 단순이 중국공산당이 조선공산주의자들을 학살한 것
이라 보기도 어렵고, 가해자 대 피해자, 중국이 대 조선이 이런 대결구
도로 이루어진 것도 아니었다. 조선인을 가장 직접적으로 총살시켰던 이
들이 바로 조선인이었기 때문이고, 조선인의 대다수가 '민생단'같은 밀
정이 뿌리뽑혀야 자신들이 살 수 있다고 믿었기 때문에 이웃을, 가족을,
친구를 고발하는데 앞장섰다가 그 다음날은 자신도 '민생단'이라 의심받
는 지경에 처했던 것이다. 즉 단순한 중·조 간의 민족 갈등이 아니며,

---

80) 김인호, 「텍스트에서 현실로 이어진 통로 찾기」, 『현대비평과 이론』봄·여름호, 2009,
　　228쪽.
81) 한홍구, 「민생단 사건의 비교사적 연구」, 『한국문화 제25집』, 서울대학교 규장각 한국학
　　연구원, 2000.

수많은 조선인이 가해자로, 고발자로 숙청에 참여하였다는 것이다.

> 이런 질문을 던질 수 있다. 1933년 여름, 유격구에 있던 조선인 공산주의자들은 누구인가? 하지만 이 물음의 정답은 없다. 그들은 조선혁명을 이루기 위해 중국혁명에 나선 이중 임무의 소유자들이었다. 그들은 중국 구국군이 일본군에 패퇴한 뒤에도 끝까지 투쟁한 가장 견결하고 용맹스런 공산주의자이자 국제주의자였던 동시에, 한편으로 일단 민생단으로 몰리게 되면 제아무리 고문해도 절대로 자신의 정체를 밝히지 않던 일제의 앞잡이들이었다. 누구도, 심지어는 그들 자신도 자신의 정체를 알지 못했다.(213쪽)

역사적 서사의 초점이 진실성이라면 문학서사의 초점은 작가의 상상력이라고 할 수 있다. 소설은 역사사건에서 소재를 찾을 수 있지만 사실을 그대로 모방해야 하는 의무는 없기 때문에 작가는 자의적으로 그것을 가공할 수 있으며, 독자에게 어떠한 시각을 제공할 수 있는가가 가장 중요하다는 것이다.

『밤은 노래한다』의 작가 김연수는 예전에 발생했던 이야기를 서술하기 위해 수차례 답사 또는 관련 자료를 수집[82]했지만 소설의 구성은 작가가 직접 체험해보지 못한 과거의 역사사건을 배경으로 했기 때문에 반드시 작가의 상상력이 발휘되어야만 하였다.

문학서술의 언어는 일정한 예술성, 창작성을 가지고 있으며 문학에서의 과장, 상상 등의 표현수법에 그 매력이 있다고 할 수 있다. 또한 문학창작은 진실성을 기반으로 하지만 인물, 줄거리, 플롯 등 문학적 수단을

---

82) 작가 김연수는 20030-2004년에 연변조선족자치구에 가서 현지답사를 하였다. 그의 참고문헌은 아래와 같다.
  신주백,『만주 지역 한인의 민족운동사』, 서울: 아세아문화사, 1999.
  김성호,『1930년대 연변 민생단 사건 연구』, 서울: 백산자료원, 1999.
  한홍구,『상처받은 민족주의——1930년대 간도에서의 민생단 사건과 김일성』, University of Washington 박사학위논문, 1999.

통해 역사를 재구성한다. 소설에서 만철의 조선인 측량사 김해연이 민생단에 가입하는 것을 만류한 '민족주의 창도자'인 박길룡은 수많은 조선 동지들을 민생단조직원으로 판단해 죽이고, 유격대원 박도만은 박길룡이 민생단 스파이라 생각한 것이다. 하지만 아이러니하게도 소설의 마지막에 박도만은 민생단이라는 죄명으로 박길룡에게 죽임을 당한다. 이외에도 소설의 결말이 이정희가 김해연에게 보낸 문학적이며 센티멘털리즘적인 편지로 구성되어 있다는 점이 주목된다.

> 그걸 알겠어요. 이미 너무 늦었지만. 그러기에 말했잖아요. 지금까지 내게는 아무런 일도 일어나지 않았다고. 지금까지. 그러니까 당신과 그렇게 않아서 이야기를 시작하기 전까지. 그때, 이 세상은 막 태어났고, 송어들처럼 힘이 넘치는 평안 속으로 나는 막 들어가고 있다고. 사랑이라는 게 우리가 함께 봄의 언덕에 나란히 앉아 있을 수 있는 것이라면, 죽음이라는 건 이제 더 이상 그렇게 할 수 없다는 뜻이겠네요. 그런 뜻일 뿐이겠네요.(324-325쪽)

위의 인용문과 같이 종결되는 『밤은 노래한다』의 마지막 대목은 수많은 사람의 죽음을 몰고 온 처절한 역사의 굴곡보다 한 개인의 사적인 사랑에 더욱 커다란 비중을 부여하는 공산주의자 김해연과 이정희의 내면 풍경을 인상적으로 보여준다.[83] 이처럼 소설은 '민생단사건'이란 역사적 텍스트를 효과적으로 수용했을 뿐만 아니라 공적인 역사의 객관적 서술이 아닌 역사 이면에 남아있는 서로 다른 역할들의 개인사를 묘사하였다. 민생단이라는 누명을 쓰고 희생된 원혼들의 이야기는 우리의 역사를 다시 읽게 만든다. 작가 김연수는 지나간 역사를 복원하기 위해 소설을

---

83) 권성우, 「민생단 사건의 소설화, 혹은 타자의 발견-김연수의 『밤은 노래한다』론」, 『한민족문화연구』제28집, 한민족문학학회, 2009, 268쪽.

비극의 장대한 민족 서사로 만들지 않고, 거대서사의 자장에서 벗어나 상상적 개인들의 다양한 미시적 역사 서사를 추구하는 방식을 취한다. 즉 역사의 진실 규명보다 개개인의 삶이 가진 미시적인 면모를 보여주는 것이다.[84]

소설가는 역사사건 및 자신의 상상력을 통해 문학작품을 창작한다. 따라서 문학텍스트는 역사와 겹겹이 교차된 하나의 네트워크를 형성하고, 문학텍스트와 역사텍스트의 상호성을 통해 문학작품을 분석하면 작가의 태도를 더욱 잘 이해할 수 있다.

일반적으로 실제발생한 사건을 소재로 창작된 소설은 독자에게 불안감을 느끼게 한다. 독자는 쉽게 소설에 묘사된 역사사건을 사실로 믿게 되거나 소설의 허구성에 의문을 갖고 그 진실성을 왜곡하기도 하는데 이는 역사사실과 소설의 허구성의 경계에서 오는 것이다.

하지만 중요한 것은 허구적 소설은 역사사실과 일치할 필요는 없지만 작가는 적어도 역사의 진실을 명백하게 밝혀야 한다. 현대문단에서 역사 소재 소설은 무수히 많고, 이러한 소설들은 독자에게 역사적 지식을 전해줄 뿐만 아니라 심지어 독자가 가졌던 역사 지식을 바꾸게 해준다. 따라서 어떻게 역사와 역사소설 간의 관계를 이해할 것인가는 매우 중요한 문제가 되는데, 김연수는 『밤은 노래한다』에서 '민생단사건'을 역사적 배경으로 서로 다른 역할들의 개인사를 묘사하였다. 그는 각종 사례를 두루 섭렵하고, 광범위한 현장답사를 통해 소설의 내용을 생동감 있고 풍부하게 표현하였으며 역사성과 문학성의 유기적 결합을 이뤄냈다.

역사학자의 기록은 이미 발생한 구체적인 개별사건이지만 소설가는

---

84) 이재은, 「김연수 소설에 나타난 해체적 역사 인식 연구」, 명지대학교 석사학위논문, 2013, 54쪽.

발생할 만한 보편적인 사건을 만들어 낸다. 따라서 소설은 역사보다 철학에 가깝다고 할 수 있으며, 소설에서 생활에 필연적이고 보편적인 문제에 대한 생각을 표현하고, 삶의 본질을 보다 풍요롭게 표현하기 위해 작가는 자유로운 상상과 허구의 권리를 가지고 있다. '민생단사건'의 본질을 살펴보면 공공의 적인 일본에 대항할 때 중조 양국 의사들은 하나로 단결하여 적개심을 불태우고 있었는데, 일본의 부추김 및 선동으로 일부 조선인들은 중국 혁명에 앞서 민족의 독립을 하려는 생각 때문에 통일 전선에서 동족상잔의 결과를 초래하게 되었다.

　중국 동북지역에서 '민생단사건'이 발생한 역사적 맥락은 아주 특수한 것이었지만 작가 김연수는 중국항일혁명에서 나타난 숙청확대문제와 조선민족독립해방운동에서 나타난 내부의 갈등을 직설적으로 비판하는 것이 아니라 그 속에 나타난 인간 본성의 보편성을 표현하였다. 다시 말해 소설 『밤은 노래한다』는 '민생단사건'이란 역사를 대함에 있어 무력감을 초월해 문제의식이 심화되어 역사적 사건의 근원인 타인에 대한 믿음과 인간성의 약점에까지 닿았고, 역사담론에서 허구성의 문학본질을 찾았다고 할 수 있다.

제3부
중국 이미지의 변화 과정

제1장

소설에 나타난 한국인의 내면의식

　'타자'에 대한 각종 정의 중 비교적 대표적인 것은 '자아' 내부의 하나의 변이, 혹은 종족상, 성별상, 등급상 또는 민족에서 '자아'와 다른 것을 '타자'로 분석하거나 다른 사회, 다른 문화에 언급된 논제로 정의한다. 저자는 어떤 정의든 간에 적어도 두 가지 공통된 인식이 포함해 있다고 생각한다. 첫째, 타자는 자아와 같이 독립적인 존재로서 각자의 독특한 개성이 있다는 것이다. 둘째, 타자는 만들어진 것이며 만든 이의 주관적인 의지가 담겨 있어, 타자에 대한 관심이 자아의 원인에 있으며 타자를 통해 자아를 되돌아볼 수 있다.

　여기서 언급된 '자아'에 대해 이해해보면, '자아'는 한 사람일 수도 있고 한 민족, 하나의 성별, 하나의 사회계층, 심지어 자연적인 사회상태일 수도 있다. 소설에 나오는 '자아'는 작가 자신일 뿐만 아니라 서술자 혹은 소설에서의 주요 임무일 수도 있다. 이렇듯, 자아신분의 불확실성으로 인해 '타자'의 범위는 자아 이외의 모든 것으로 바뀔 수도 있으며 자아로 만들어진 것의 대립면을 포함할 수도 있다.

타자는 반드시 자아와 다른 특성을 가져야 하며 이를 '타성(他性)'이라 한다. 문화심리 측면에서 보면 '타성'은 보편적으로 환영받지 못하는 것으로 소설 창작 중에 '타성'을 대하는 일반적인 방법은 두 종류로 나누어 볼 수 있는데, 첫째로 타자를 자아가 충분히 이해할 수 있는 대상으로 환원시키는 것으로 사상 및 감정에 있어서 자아와 통일된 하나의 형상이다. 다른 한 종류는 '탈 타자화'이다. 즉 어떠한 강제성을 가지고 심지어 폭력적인 행동으로 자아가 용납할 수 없는 타자의 '타성'을 버리는 것이다.

한국 당대소설에서 중국 이미지의 변화과정은 근본적으로 중국이란 '타자'에 대한 한국의 관념사(觀念史)인데, '자아'의 태도 및 인식과 정보의 한계 때문에 언제나 주관적이고 부분적이다. 따라서 '타자'에 대한 인식은 보편성이나 객관성의 문제가 될 수 없고, 보편성이나 객관성은 사실상 '타자'를 인식하는 '자아'의 태도와 관련될 뿐이다.

'자아'가 '타자'를 인식하는 태도에는 사실적 태도, 배타적 태도, 융합적 태도가 있을 수 있다. 이러한 분류는 질베르 뒤랑의 저서『상상계의 인류학적 구조들』에서 주장하는 상상작용의 세 구조의 특성[1]을 타자에 대한 인식과 관련하여 잠정적으로 명명한 것이다.

이 세 가지 태도는 관심 항목에 따라, 관찰 시점이나 장소나 방식에 따라, 또는 조언자에 따라 단 하나의 주체 속에 모두 나타날 수 있다. 그런데 주체가 어떤 태도를 취하고 있는지 최종 결론을 내리기 위해서는 어떤 태도가 가장 지배적이었는지를 확인해야 할 것이다. 물론 지배적인 태도는 단지 빈도수에 의해서 확인되는 것이 아니라, 주체의 표현 속에

---

1) 뒤랑은『Les structures anthropologiques de l'imaginaire』에서 생물학적 반사학과 심리학 및 정신분석학의 이론과 결부하여 상상작용의 세 구조를 설명하였다. 김성택, 이은숙, 기귀원 외,『프랑스인의 눈에 비친 한국』, 대구: 경북대학교출판부, 2010, 13쪽.

나타난 타자성의 맥락에 의해 확인되어야 할 것이다. 아래 한국 당대 중국소재소설에 대한 구체적인 작품 분석을 통해 이 세 가지 분류기준에 따라 소설에 나타난 한국인의 내면의식을 연구하고자 한다.

1. 타자에 대한 사실적 태도

사실적 태도는 타자를 인식함에 있어 끊임없이 사실에 대한 정보를 주고받으며 기존의 인식을 수정하는 방식을 견지한다. 이 경우 객관성이나 보편성을 인식의 목표로 삼는다.

앞장에서 언급했던 장편소설 『정글만리』는 중국에 대한 다른 나라의 오해와 편견에 다양한 목소리로 대응하여 대체로 낙관적인 입장을 표현하고 있다. 아래는 미국 비즈니스맨 앤디 박이 중국을 비난할 때 한국 비즈니스맨인 김현곤의 반응과 생각에 대한 묘사이다.

> "당신은 당신의 미국 이름처럼 너무나 미국의 시각에서 말하고 있다. 모든 걸 미국 기준과 수준에 맞춰놓고, 그것과 같지 않으면 미개하고 야만이라고 취급해 버리는 것 말이다…… 자기와 생활습관이 다르고, 인식이 다르고, 가치관이 다르다고 해서 무조건 미개함이나 야만으로 매도하고 비난하는 건, 그런 행위야말로 미개하고 야만적인 문화폭력이 아닌가. 서양인들의 자기중심적 일방주의, 자기들만이 옳고, 모두는 자기네를 따라야 한다는 우월주의는 이제 그만 삼가야 되지 않겠느냐. 21세기의 동양은 20세기의 동양이 아니다."[2]

위의 김현곤의 말과 생각에 대한 묘사에서 중국 사회의 부정적인 측

---

2) 조정래, 『정글만리』2권, 서울: 해냄출판사, 2013, 226-231쪽.

면으로 현재의 발전이 지속되기 어려울 것이라는 앤디 박의 생각은 편견에 불과하며 야만적인 문화폭력이라고 비판하고 있다. 중국과 한국은 동일한 유교문화권 혹은 한자문화권 속에서 오랫동안 교류해왔다는 친근감이 근원으로 작용하고 있기 때문에 서구가 보는 중국에 대한 편견과 오해를 동양의 시각으로 반박함으로써 서양 중심주의에서 탈출하려는 작가의 태도를 직설적으로 표현하였다.

그리고 『정글만리』 제3권의 「어머니의 백기」에서는 현재 중한 양국의 교육 문제에 주목한다. 한국 유학생 송재형이 여자 친구 리옌링에게 이런저런 불만을 얘기하면서 사교육 열풍의 순환고리를 끊을 수 없는 질긴 이유와 '공교육 파괴'에 대한 생각들을 이야기한다. 송재형의 말에 의하면 한국 엄마들은 자식들의 의사를 무시하면서 자기들이 목표를 정해놓고는 자식들을 몰아댄다. 자식들은 엄마들한테 떠밀려 학원에도 가야하고, 매일 새벽 2시까지 잠 못 자고 공부해야 한다. 작가는 이와 같은 학습방법이 타당하지 않다고 보고 있다.

> "우리 중국엄마들은 한국엄마들보다 더 했으면 더 했지 덜하지 않을 거야. 모두 자식들이 하나씩밖에 없으니 내 자식은 잘되어야 한다 하는 생각으로 모두 눈에 불을 켜고 덤비는 거야."(189쪽)

> "어느 텔레비전 방송에서 입시교육 특집을 꾸몄어. 소위 선진국이라는 대여섯 나라를 골라 하루에 한 나라씩 보여주는 대형특집이었지. 그 특집의 공통점은 하나였어. 그 나라들은 사교육이 없었고, 고3인데도 하루 평균 7-8시간씩 잔다는 사실이야. 그리고 또 한가지는, 전문의사가 '인간의 몸은 하루 7-8시간을 자도록 되어 있다. 그 시간을 자지 못하면 다음 날 반드시 그 부족함을 보충하게 되어 있다'고 말했어. 그랬는데도 그 특집은 아무 효과도 없이 학원들은 계속 번창했어. 한국엄마들 그 극성이 무시무시하고 징글징글해. 방법은 딱 하나, 국가에서 강제로 사설학원들을 일시에

다 없애버리는 거야. 허나 그건 민주주의 국가에서는 할 수 없는 일이라는 어쩌겠어."(191쪽)

"공부한다는데. 그것도 영어 공부를. 우리나라 엄마들, 영어 공부한다면 자기네 피를 팔아서라도 돈 대."
"그건 우리 중국엄마들도 똑같아. 다들 미국 귀신이 들린 모양이야. 엄마가 되면 다들 그렇게 바보가 되나 몰라."(325쪽)[3]

소설에서 한국 어머니인 전유숙은 송재형이 경제학으로부터 중국사로 전공을 바꾸는 것을 반대했고 중국 아버지인 리완싱은 리옌링이 한국인 송재형과 결혼하는 것을 반대하였다. 소설은 전유숙과 리완싱 두 인물을 통해 자식의 미래를 부모가 결정하려하는 중한의 서로 비슷한 부모 형상을 부각했으며 더 나아가서 양국에서 유사하게 존재하고 있는 사교육에 과도한 투자와 공교육 파괴 등과 같은 교육문제에 대하여 예리하게 비판하고 있다. 자식교육에 올인하는 것은 한국과 중국이 같은데, 공통적으로 바라보는 나라는 미국으로서 학생들에게 요구하는 영어의 수준이 비정상적으로 매우 높다는 것이다. 이렇다보니 비효율적이고 비경제적인 사교육 시장만 과열되어 소설에서 언급한 것처럼 중국에서는 영어학원 억만장자가 생겼으며 한국도 20조를 영어 배우는데 쓰고 있다.

아이들의 학교생활과 미래가 성공적이기를 바라는 학부모들이 자식을 아주 어릴 때부터 여러 가지 과외를 받도록 하는 현상이 중한 양국에서 증가되고 있다. 자녀가 수학이나 외국어 등 특정 과목에 어려움을 겪거나 고등학교, 대학교 입시를 대비하도록 하기 위해 사교육을 선택하는 학부모들도 있으나, 자녀를 여러 면에서 더 발전시키기 위한 경우가 더

---

3) 조정래, 『정글만리』1권, 서울: 해냄출판사, 2013, 189-325쪽.

많다. 한국의 경우, 학부모 10명 중 7명은 사교육 강박증을 지닌 것으로 조사됐다.

과도한 사교육은 많은 문제점을 내포하고 있어, 소설에서 제시한 바와 같이 정상적인 공교육을 마비시키고 가정의 사교육비 부담을 가중시킬 수 있다. 그리고 사교육에 과도한 투자는 아이들의 취업이나 진로에 대한 과도한 기대로 이어진다. 하나뿐인 자식들이 모두 왕쯔청룽[望子成龙: 자식이 용처럼 크게 되기를 바람]하는 중국 부모들의 마음 못지않게 한국 엄마들의 극성이 무한경쟁을 일으킬 수 있다는 것이다. 작가 조정래는 중국 체험을 통해 본국의 현실과 비슷한 사교육 현상을 묘사하면서 자기비판의식을 갖고 집단적 성찰을 실현하도록 한다.

이외에도 앞장에서 분석했듯이, 소설 「감옥의 뜰」에서 주인공인 규상은 1997년 한국의 금융위기 때문에 파산하여 중국의 하얼빈에 이주하게 되는데, 하얼빈에서의 삶은 한국이란 '감옥'의 뜰에 불과하여 외롭고 타락한 양상을 보이고 있다. 감옥 같은 현실에서 벗어나 넓은 '뜰'로 나가보려고 시도하는 규상과 화선에게 있어서 정신적 감옥은 어디를 가나 존재하고 여전히 삶을 구속하고 있기 때문이다.

> 「감옥의 뜰」에서 김인숙은 등장인물들 개인의 삶을 한국과 일본의 근대사, 그리고 중국 역사와 긴밀하게 병치시킴으로써, 인간의 존재와 고뇌를 보다 더 큰 사회적, 정치적 구도에서 파악하고 그 조감도를 펼쳐 보여주고 있다. 작가가 관광이나 관광 안내, 또는 박물관이나 구리거울 같은 상징적 모티프를 통해 제시하고자 하는 것도 바로 그런 역사 인식과 자아 성찰처럼 보인다. 중국을 관광하거나 안내하면서, 또 박물관에 보관된 역사적 유물들을 돌아보거나 흐릿한 옛 거울에 비친 자신의 모습을 바라보면서, 김인숙의 주인공들은 다시 한 번 스스로의 삶을 돌이켜보고, 부단히 자신들을 억누르고 있는 과거의 짐과 불만족스러운 현실로부터의 탈출을 시도한다.4)

제12회 이수문학상 수상작 선정 이유에 의하면, 「감옥의 뜰」은 한국을 벗어나 중국에 살면서 한국인들의 관광 안내를 하고 있는 교포들의 삶과, 관광객으로서 중국에 가는 한국 여행객들의 삶을 대비시켜 '떠남'이 당대의 새로운 형상이라는 것을 보여주는 데 성공하고 있다. 각박한 현실 속에서 부대끼다가 새로운 가능성을 찾아 어디론가 떠나는데, 그 '떠남'은 때로는 또 다른 벽에 부딪히기도 한다. 그들이 기구(祈求)하는 것의 실체는 결국 감옥에서 내다보는 '뜰'일 뿐, 결코 완벽하게 자유로운 목가적 전원은 아니다.

그리고 「바다와 나비」에서 1인칭 화자는 가족에게 무관심한 남편이 직장에 재취직하면서 보여준 일련의 작태에 절망하여 남편으로부터 떠나기 위해 아이를 세계인으로 만들겠다는 핑계를 대고 아이와 중국으로 떠나오게 된다. 하지만 중국에 와서 만난 조선족 처녀 이채금을 만나게 되면서 자본주의 충격에 소박함과 성실함을 잃어버린 조선족의 '믿는 건 돈뿐'인, 한국에 대한 터무니없는 꿈을 꾸고 있는 것을 알게 된다. 요컨대 김인숙은 중국 체험을 통해 「감옥의 뜰」과 「바다와 나비」 등 작품에서 중국과 한국에서 공동으로 존재하고 있는, 자본주의의 독소에 중독되어버린 인간의 모습을 부각하면서 작가의 현실인식을 표현하였다.

2. 타자에 대한 배타적 태도

타자에 대한 배타적 태도는 일종의 흑백논리로 표현될 가능성이 많으

---

4) 김성곤, 「떠남, 우리 시대의 새로운 형상」, 『제12회 이수문학상 수상작품집』, 서울: 홍영사, 2005, 10쪽.

며 주체와 다른 부분을 모두 '타자성'의 대표적인 기표로서 '흑'에 가두어 둔다. 차이에 대한 부정적인 가치평가를 강조하기 위해 과장하는 경우가 많고 선택적으로 받아들인 자료를 이용하여 편집증적인 묘사나 설명을 감행한다. 결국, 주체는 부정적으로 판단하는 범주 속에 타자성을 편입한다.

장편소설『바리데기』5)는 황석영이 2004년 이래 해외체류를 통해 목격한 생생한 세계사의 흐름을 소설이란 형식으로 독자들에게 전달하려는 작품이다. 소설은 조선 소녀 바리가 가정의 변고와 국가의 기근으로 인해 가족을 잃고 중국과 영국을 전전하는 내용이다.

소설의 전반부는 바리가족의 탈북과정을 통해 그들이 겪는 시련과 중국대륙을 유랑하면서 중국 어느 한 지역 변두리에 편입되는 과정을 담은 이야기이다. 후반부에서는 영국 런던의 주변부로 보내진 소녀 바리가 다양한 인종집단과 섞여 생활하며, 무슬림 남자와 결혼까지 하는 등 9·11 테러와 이라크 전쟁 같은 각종 사건이 바리의 삶에 끼어든다.

소설은 바리의 고향인 조선 청진 이후의 장면부터 바리가족의 해체와 두만강을 건너 중국으로 이주하는 과정을 서술하는데, 이 과정에서 바리는 중국 연길의 어느 한 안마방에서 한족 여자 샹 언니를 만나게 된다. 샹 언니는 바리를 친동생처럼 사랑하고 감싸주면서 그들은 대련(大連)으로 이사하게 되었다. 샹 언니의 남편인 쩌우 형부가 마사지 업소를 개업하는 친구와 동업을 하려고 했으나 친구 첸에게 사기를 당해 샹 언니와 바리는 할 수 없이 영국으로 가는 밀항선을 타게 되었다. 영국으로 밀항한 바리는 식당으로 팔리고, 샹은 사창가에 팔려 매춘을 강요받는다. 샹 언니는 온갖 고난을 겪은 후 마약중독 때문에 동생 같은 주인공 바리의

---

5) 황석영,『바리데기』, 창비, 2007.

돈을 훔치고, 그의 아이를 죽게 만들며, 나중에는 자살하게 되는 부정적 인물로 부각되었다.

> 우리는 참으로 오랜만에 나란히 누웠다. 불을 끄고 누워서 잠들기 전까지 그동안 이 도시에서 살아온 일들을 앞뒤없이 얘기했다. 아시아 러시아 동유럽에서 흘러들어온 인근 업소의 소녀들 얘기. 가족이 천신만고 끝에 찾아와 데려가고 나면 반년도 못되어서 되돌아오는 여자들. 사랑하는 사람도 없이 그냥 아무하고나 잠자고 돈 받고, 소개업소 조직의 사내를 애인이라고 믿고 의지하며 살아가는 얘기들. 세상 어느 도시에서나 벌어지는 일들.6)

소설에서 샹 언니라는 인물은 작가의 배타적인 태도와 피해의식을 나타내고 있다. 이러한 피해의식은 중국에 대한 헤게모니 고정관념의 영향을 받는 것 외에도 한국인의 민족성과 관련이 있다고 본다. 많은 사회심리학자, 민속학자, 정신과 전문가들은 한국문화의 가장 기본적인 심리적 특징이 '한(恨)'이라고 한다. 한 사람이 좌절을 겪거나 또는 소원이 이뤄질 수 없을 때 능력이 부족해 모순을 해결하지 못하면 고통을 환기시켜 슬픔, 원한, 자책, 절망 등의 정서를 일으키다. 이러한 정서를 가슴에 사무치는 것을 '한'이라 한다.

> 샹 나쁜 년, 널 죽여버릴 거야.
> 내 가슴속에 감추고 있던 것을 샹이 건드렸을 뿐, 그것은 먼 길을 거쳐 오는 동안 나를 괴롭히던 모든 것들에 대한 원한이었음을 나는 나중에 알게 된다.7)

---

6) 황석영, 『바리데기』, 서울: 창비, 2007, 255쪽.
7) 상게서, 262쪽.

소설 속 주인공 바리는 끊임없이 호의를 받지만 그의 환상은 깨지게 된다. 처음에 샹 언니와 바리의 관계는 매우 좋았지만 어려움을 겪고 나서 샹 언니는 인성을 잃고, 자괴감에 자살한다. 이 이야기는 부득이한 부분이 많지만 대련에서 중국인의 사기(쩌우 형부의 친구가 마사지 업소의 보증금을 편취함), 샹 언니가 간접적으로 관여해 바리의 아이를 죽게 한 것은 중국인이 간교하고 간사하며, 자신의 이익을 위해서라면 무엇이든 가리지 않는다는 것을 폭로하였다.

명나라 이후의 중한수교 역사를 돌이켜보면 한국인의 중국관은 아주 큰 변화가 생겼고, 수차례 오르막과 내리막의 반복을 경험하였다. 6·25전쟁 중 중한 양국은 서로 싸웠고, 냉전 중 한국인은 중국과 관련된 정보를 얻는 것이 제한적이었으며, 반공이데올로기로 인해 중국을 적대시하였다. 따라서 중국에 대한 '적국'이란 이미지는 한동안 한국에 뿌리 깊게 박혀 있었다고 할 수 있다.

1992년 수교 이후, 중한 양국은 우호적 협력관계를 구축하여 적대관계가 완화되었다. 또한 1997년 금융위기 이후 한국 경제는 느린 속도로 회복하였으나, 중국경제는 줄곧 빠른 성장을 유지하였다. 이처럼 한국과의 격차는 점점 줄어들었고, 한국의 중국에 대한 경제 의존도는 늘어났으며 양국 관계의 발전이라는 큰 배경 하에서 한국은 여전히 중국을 '정치적 반체제'로 보지만, 중국을 받아들이고 중시하며 중국의 경제성과를 공유하려는 것이 한국사회에서 중국관의 주류가 되었다. 중국의 신속한 성장에 대해 한국인의 경계심과 마음 속 깊이 쌓여 있던 '한'이 자극받아 중국을 볼 때 피해정서가 위안되거나 해소되길 바라고 있음을 소설을 통해 추측할 수 있다.

소설 『바리데기』에서 조선인 바리가 영국에서 다른 나라 사람들과 잘 어울리면서 행복을 느끼는 것과 달리 중국인 샹언니는 문화적으로 세계의 주류사회에 들어설 수 없으며 문화 지배구조의 주변부에 위치하여 있다. 이와 같은 중국인에 대한 한국 작가의 배타적 태도는 경제적, 정치적 편견과 갈등이 서로 뒤엉켜 있던 당대의 사회 및 문화적 틀 속에서 이해되어야 한다. '문화적 헤게모니'라는 개념에 의하면, 어느 사회에서나 상이하고 다양한 가치들이 권력의 쟁취를 위해 끊임없는 협상을 하고 있으며, 이러한 과정을 통해 권력을 얻게 된 지배 집단은 자신의 위상을 정당화하기 위한 수단으로 타자에 대한 통제를 온당하고 공정한 것으로 정의한다. 즉 지배 집단이 자신들의 이데올로기를 강화시키고, 그 이데올로기의 보편타당성을 주장하며 나아가 그 이데올로기에 대한 사회적 동의를 이끌어 냄으로써 타자에 대한 그들 자신의 지배를 합법화하고 영구화하려는 과정으로 볼 수 있다.[8] 비록 한국과 중국의 실제적 관계는 지배자와 피지배자의 관계가 아니지만 문학창작에 있어서 작가는 작중인물을 지배하는 위치에 처해있다고 할 수 있다. 이러한 견지에서 중국인에 대한 배타적인 태도는 한국의 자본주의 문화에 의해 가해진 중국의 사회주의 이데올로기의 타자성에 대한 합리화의 대표적인 실례로 볼 수 있다.

3. 타자에 대한 융합적 태도

융합적 태도는 타자에 매혹되어 타자성을 향유한다. 주체는 타자성과

---

8) 박정만, 「반 중국인 감정과 '타자'의 역사」, 『현대영미드라마17』, 한국현대영미드라마학회, 2004, 99쪽.

가능한 한 일치하고자 하며 따라서 타자를 찬양하고 미화한다. 주체는 자신의 내부에서는 타자성을 표현할 기표들을 찾지 못하여 새로운 개념과 효과를 창출하고자 한다.

> 그러나 이들 세편은 7년 동안에 걸쳐 써 놓았음에도 불구하고, 또 의도적이지 않았음에도 불구하고 결과적으로 하나의 뚜렷한 맥락 아래 있다는 사실에 스스로 놀랄 수밖에 없었다. 즉, 그것은 오늘 이 땅에 발붙이고 사는 '나'라는 삶이 저 서역 땅을 꿈꾸며 사랑을 찾는 이야기인 것이다. 자화자찬이 될테지만 자질구레하고 구차한 오늘의 삶 속에서 보다 원대한 사랑의 뿌리를 찾아 헤매는 이야기라고 해도 좋겠다. 어쨌든 이것은 옛 비단길로 오는 오늘에의 사랑-삶 이야기, 하나의 이야기였다.9)

윤후명의 「돈황의 사랑」과 「누란의 사랑」은 중한수교 전에 창작한 작품으로서 당시 중국과 한국의 각기 다른 정치체제와 국교단절로 인해 20세기 80년대 독재정권 시기의 강압적인 시대적 환경에 직면한 작가는 몽환적인 수법으로 중국의 서역 이미지를 부각함으로써 중국, 더 나아가 세계로 통한 길을 상상할 수밖에 없었다. 하지만 이제 중국은 한국에게 가까운 나라에서 한국의 국익에 막대한 영향을 끼치는 몇 안 되는 나라가 되었다. 중한 양국은 적대관계를 청산한 만큼 향후의 관계를 호혜평등과 선린우호적인 틀 속에서 모색해야 한다는 데에 이견의 여지가 없을 것이다.

윤후명의 중국소재소설에서 중국이란 타자에 대한 융합적 태도의 기미가 보인다면 조정래의 『정글만리』는 본격적으로 한국독자들에게 중국에 관한 수많은 정보를 제공하면서 향후 대중국관계의 실리적인 효과를

---

9) 윤후명, 「독자를 위하여: 사랑의 뿌리를 찾아서」, 『비단길로 오는 사랑』, 서울: 문학아카데미사, 1991, 1-2쪽.

도모하고자 창작한 작품이라고 할 수 있다. 『정글만리』의 '작가의 말'에 의하면, "우리는 분단 현실 때문에 작가들의 의식에도 울타리가 쳐져 휴전선 이남을 벗어나 다른 곳을 소설 무대로 삼아본적이 거의 없다." 조정래는 중국대륙을 무대로 소설을 창작하면서 과거의 피상적이고 편향적인 중국 이해방식의 한계를 극복하고자 하였다.

> "예, 초창기인 20여 년 전에는 주로 이태리나 프랑스 설계에 독일 기술들이 동원됐지요. 그런데 10년쯤 지나면서부터는 전부 중국사람들 손으로 바뀌었어요. 그동안에 기술 습득을 다 해버린 거지요. 그러니까 이게 지은 지 5년도 안 됐으니까, 100퍼센트 메이드 인 차이나인 거지요."(중략)
> "이까짓 건물 짓는 건 아무것도 아닙니다. 합작으로 시작한 독일 기술을 습득해서 고속철을 손수 만들어내고 있는게 중국입니다. 그 고속철은 우리의 KTX보다 훨씬 더 빠릅니다."(중략)
> "우리나라 사람들은 대부분 중국 하면 싼 인건비, 짝퉁, 불량식품 같은 것만 생각하지 초스피드의 경제성장에 발맞추어 모든 분야의 기술이 세계적 수준에 도달하고 있다는 생각은 안 해요. 상대방을 얕잡아 보는 선입관도 있고, 발전이나 변화를 인정하고 싶지 않은 인간의 심사도 작용하고 그런 거지요. 살아가면서 이런 것, 저런 것 알아가면 중국은 참 흥미롭고 재미있는 나랍니다."[10]

주지하다시피 동북아시아는 상당히 복잡한 지역이다. 미국과 일본이 있고 신흥의 중국이 있으므로 중미관계, 중일관계 등이 아주 복잡하게 얽혀있기 때문에 한국은 잘못하면 '줄 서기'라는 선택을 강요받을 수 있다는 전문가들의 발언도 없지 않다. 따라서 중국의 부상을 어떻게 이해하고 수용할 것인가, 중국과 미국 사이의 한국의 입장이 중요한 문제로 등장했다. 소설 『정글만리』는 당장 이 문제를 정면으로 다루고 그에 대

---

10) 조정래, 『정글만리』1권, 서울: 해냄출판사, 2013, 32쪽.

한 답을 찾기보다는 중국의 부상이 피할 수 없는 현실이라는 점을 전면
에 부각시킨 데 이어 바로 한국이 이에 어떻게 대응해야 하는가라는 둘
째 질문을 던진다. 소설에 나타난 중국의 부상에 대한 한국의 대처는 비
교적 성공적이다. 전대광 등 주요 인물들이 모두 중국과의 관계를 잘 처
리해가는 것으로 묘사되고 있다.

또한 미래 지향의 관점에서 젊은 대학생들의 시각이 중요함으로 소설
에서 대학생 연인 송재형과 리옌링은 상당한 비중을 차지하고 있다. 작
가는 두 사람의 연애를 양념으로 삼아 상호 호감의 시선으로 상대국을
바라보게 설정한다.11) 그리고 소설 전반 스토리는 이들이 노력 끝에 양
가 부모님의 결혼 허락을 받게 되는 해피엔딩으로 끝난다. 이러한 국제
결혼은 어떤 측면에서 보면 '차별적 세계체제를 극복하는 새로운 차원
의 초국가성을 실험하고 확장하고 있다'12)고 할 수 있다. 한국은 이제
글로벌 이주와 다문화 공존의 시대를 맞이하게 되어 한국인의 다문화
인식은 탈냉전의 역사적 과제를 안고 있다는 것이다.

그리고 앞장에서 언급했듯이 박찬순의 「가리봉 양꼬치」에서는 한국
에 거주한 조선족들이 중·한 문화중개자로서의 역할을 발휘하고자 하
는 노력을 보여주면서 작가의 '녹색 세계에 대한 그리움'을 표현하였다.
이외에도 박찬순의 「지하 삼림을 가다」13)에서 주인공 '나'는 중국 연길
에서 열린 다중언어정보처리 세미나에 참석하게 되는데 영어 대신 한글
로 입력하는 방법을 중국인들에게 가르쳐주는 것이다. 남편의 간호로 육
신이 피폐해진 '나'는 한국문화를 사랑하며 한국을 동경하는, 밝고 긍정

---

11) 임춘성, 「조정래의 『정글만리』를 '네 번' 읽고」, 『성균관차이나브리프(Sungkyun China
　　Brief)』, 서울: 성균관대학교 동아시아지역연구소, 2014, 104-109쪽.
12) 정병호, 송도영 엮음, 『한국의 다문화 공간』, 서울: 현음사, 2011, 7쪽.
13) 박찬순, 「지하삼림에 가다」, 『발해풍의 정원』, 서울: 문학과지성사, 2009.

적인 에너지를 소유하고 있는 중국인 소년 수아에게서 '푸근한' 친화감
을 느끼게 된다. 이는 서로의 문화에 대한 융합적인 태도와 이해, 존중,
그리고 상호 믿음에서 기인한 것이다.

한국 당대 문학작품에서 오정희의 「중국인 거리」, 황석영의 『바리데
기』, 박찬순의 「가리봉 양꼬치」, 「지하 삼림을 가다」, 그리고 조정래의
『정글만리』를 비교해보면 중국인에 대한 한국의 다문화 인식의 진화 과
정과 문학적 단면을 살펴볼 수 있다. 1979년에 발표한 오정희의 「중국
인 거리」에서는 9살 여자아이의 눈에 비친 신비로운 젊은 중국남자 이
미지를 부각하고 있었다면, 2007년에 발표한 황석영의 『바리데기』에서
는 샹 언니를 온갖 고난을 겪은 후 마약중독 때문에 동생 같은 주인공
바리의 돈을 훔치고 그의 아이를 죽게 만들며, 나중에는 자살하게 되는
부정적인 인물로 부각하였다. 중한양국의 외교정책에 따라 이해관계가
소설에 일정한 영향을 미칠 수도 있지만 한국의 경제발전과 국제화 정
도가 높아짐에 따라 한국사회가 점차적으로 오픈마인드로 중국인을 포
함한 외국인을 받아들이기 시작하고 있다. 따라서 독자들은 한국현대문
학에 나타난 중국인 이미지의 변화양상 및 그 문화적 의미를 확인할 수
있는 것이다. 한국에 거주하는 외국인은 2001년의 20만으로부터 2011
년에는 140만 명까지 증가되었다. 그중 절반은 중국인이 차지하고 있다.
그리고 2000년에 한국의 국제결혼 비율은 3.5%밖에 되지 않았으나
2008년에는 2000년의 3.5배로 많아졌다.[14] 소설 『정글만리』에서도 확
인할 수 있듯이 한국의 젊은 세대는 전반적으로 외래문화를 받아들일
수 있어, 한국은 국민국가의 국경을 넘어 더 넓은 지역 공동체, 인류 공

---

14) 丹尼尔·图德[英]著, 于至堂, 江月译, 『太极虎韩国－－一个不可能的国家』, 重庆：重庆
    出版社, 2015, p.243.

동체를 앞서서 더 많은 꿈을 꿀 수 있게 되었다.

　『정글만리』에서 리옌링과 송재형의 만남은 중한 미래에 대한 낙관적인 전망을 밝히고 있다고 본다. 그리고 중국의 막강해진 경제력, 과학기술력과 어마어마한 내수시장에 대한 묘사는 중국이 엄청난 기회의 땅이기 때문에 중국과 손잡아야만 세계시장이란 정글에서 살아남을 수 있다는 주장을 내세운 부분에서 한국 당대문학이 중국에 대한 관심의 정도를 가늠할 수도 있다.

제2장

'타자'에 대한 표현 방식
-묘사대상의 이미지화

'타자'에 대한 태도는 그 자체로 드러날 수 없음으로 언어나 문자와 같은 표현으로 연결된다. 소설에서 묘사대상에 대한 인식 및 표현은 작가가 간접적 표현 수단인 텍스트를 사용하고 있는 한 객관성과 보편성을 목표로 삼을 수 있으나 완전히 실현할 수 없다고 본다. 언어나 문자보다 작가가 소설에서 부각한 이미지가 실제적 묘사대상에 더 근접하더라도 이미지 역시 대상 그 자체가 될 수 없으며 묘사대상을 인식하는 간접적인 표현일 뿐이다. 즉 창작주체는 묘사대상을 이해하여 분류하고 명명할 때 주체가 이해하는 체계 속에 편입시키고자 노력한다.

중국 이미지는 형성될 때 한국소설 속에 어떻게 편입되는가에 따라 그 의미와 가치가 달라질 수 있다. 왜냐하면 묘사대상인 중국이 이미지화되는 순간, '중국'은 이미 창작주체인 한국작가의 세계 속에 분류되어 재배치되면서 구조화되기 때문이다. 즉 묘사대상은 창작주체의 세계관과 지식체계에 맞춰 이해되고 변형되면서 독특한 이미지가 형성되는데,

이때 텍스트로 옮겨진 이미지는 마치 시인이 처음 사물을 묘사할 때처럼 비유와 일정한 의미부여를 통해서 만들어진 것이다.

비유는 언어 표현을 풍부하게 하고 활발하게 하여 구상적 직관성을 높이는 효과가 있어서 특히 문학에 많이 쓰인다. 이런 비유는 오랫동안 기본적으로 언어의 장식이라고 기술되어 왔었으나 이제 그것은 언어의 기능 수행에 절대 필요불가결한 간접표현의 대표적인 방식이 되었다. 비유적 언어(Figurative Language)[15]는 어떤 특별한 의미나 효과를 성취하기 위해서 한 언어의 화자들이 일상적 혹은 표준적이라고 생각하는 단어들의 의미와 그 단어 연결체들로부터 벗어나 새롭게 사용하는 비표준적이고 일탈된 언어를 말한다. 비유적 언어는 대개 서술적이며, 이에 관련된 전이가 문학에서는 '심상(心象)이나 '이미지'로 귀착된다고 보고 있다. 그러나 비유 중에는 누구나 금방 그 의미나 화자의 의도를 쉽게 이해할 수 있는 것도 있고 조금 난해한 것도 있으며, 매우 난해해서 그 말의 의미나 화자·저자의 의도를 이해하기 어려운 것도 있다. 그것은 비유는 창조적 사고력에 의해 생성되며 사회적인 문맥에 따라 사회언어학적 규칙도 적용받기 때문에 비유적인 표현의 사회적 수용성도 달라진데서 이유를 찾을 수 있을 것이다.

비유는 크게 은유와 환유로 구분되는데, 전자는 유사성에, 후자는 인접성에 기초하는 것으로 이해된다.[16] 그리고 환유적인 경우 전체적인 속성이 인접한 것으로 체계화된 이미지로 대상을 옮겨 놓는 환유와, 대상의 부분적인 속성을 확대하여 일반화하는 제유로 세분화될 수 있다.

---

15) 여기서 말하는 "비유적 언어"는 "비문자적 의미 언어"를 말하는 것이다. 단순히 유사성을 가진 두 사물 간에 A를 B로 표현하는 것만을 나타내던 종래의 개념에서 좀 더 확대되고 개방된 의미로 사용되는 말이다.

16) 박영순, 『한국어 은유 연구』, 서울: 고려대학교출판부, 2000, 55-268쪽.

  그리고 은유, 환유, 제유적 관계는 주체가 갖고 있는 대상과 이미지 간의 상상적 거리와 어느 정도 연관되는데, 상상적 거리가 클수록 둘의 관계는 은유적이다. 반대로 상상적 거리가 작은 경우, 즉 주체가 보기에 이미지가 묘사대상과 인접하다고 판단했을 때 그 관계는 환유적이다.

  고도의 창조정신과 문학적 메커니즘을 통하여 직조된 소설에서의 비유는, 언어사용법이 모든 작가에게 있어 상이한 것처럼 비유형태도 각각 다양성을 띠게 되는 것이다. 특히 한국 당대 중국소재소설에서는 한국 작가들의 중국이란 이국에 대한 지식체계를 통해 작가의 상상력을 발동시켜 다양한 이국 이미지를 형성한다. 이러한 작품들은 가시적인 중국을 '사상(寫像)화하는 언어기능의 세계'[17])로서 은유, 환유, 제유는 중국소재소설에서 단순한 수사법이 아니라 한국이라는 주체가 묘사대상인 중국을 인식하는 태도, 자세 혹은 방법과 연관될 수 있다. 따라서 묘사대상의 이미지화, 즉 묘사대상과 이미지의 은유적, 환유적, 제유적 관계에 대한 연구를 통하여 중국에 대한 한국의 자아인식의 본질을 규명해 볼 수도 있고, 한국 당대 문학의 상상력과 창조력의 실체도 어느 정도 이해할 수 있을 것이다. 아래 은유, 환유, 제유의 분류법을 활용하여 한국이라는 창작주체가 갖고 있는, 묘사대상인 중국과 소설에 부각된 구체적인 이미지 간의 상상적 거리를 고찰해보고자 한다.

1. 묘사대상과 이미지의 은유적 관계

  묘사대상에 대한 이미지 형성은 주체의 내적 요인과 외적 요인이 동

---

17) 상게서, 268쪽.

시에 작용하여 해석의 결과가 의식의 표면으로 떠오르게 하는 과정이다. 한국 당대 중국소재소설에서 중국에 대한 여러 이미지들은 이와 같은 해석의 결과이며 따라서 이러한 이미지에는 관찰하거나 서술하는 주체의 몫이 상당 부분을 차지한다고 말할 수 있다.

한국 당대 소설 속의 중국 이미지는 한국 작가가 중국에 직접 와 보지 못한 시기부터 형성되어 왔다. 1992년 한국과 중국의 수교는 1906년 이래 단절된 양국관계의 회복이었지만[18] 장기간의 냉전적 대립으로 인해 중한 양국의 국교정상화가 개시되자마자 빈번한 민간교류를 회복하기 어려웠다. 따라서 중한 수교 전과 수교 초기의 한국소설에 나타난 중국의 이미지는 바로 이데올로기적 대립으로 인해 지리적으로는 가깝지만 먼 나라라는 인식의 출발점에서 형성되었다. 또한 잘 모르기 때문에 더욱 자유롭게 의미를 부여하고 해석할 수 있는 대상이기도 했다.

이렇듯 묘사대상과 직접적인 접촉을 하지 않고 형성된 이미지는 '자아'의 상상력을 자극하여, 묘사대상이 갖는 몇 가지 지향적 특성을 제외한다면 문학 작품 속의 이미지는 거의 대부분 '자아'의 내적 요인의 결과로 나타나게 된다. 그렇게 형성된 이미지들은 다양한 양상으로 나타나고 있다.

중한 국교단절로 인해 중국체험이 불가능했던 시기에 발표된 윤후명의 소설 「돈황의 사랑」과 「누란의 사랑」에서 작가는 중국의 서역이란 공간에 대한 상상을 통해 자아 정체성에 대한 성찰을 실현한다. 중국 서

---

18) 중한 양국 간의 근대외교, 곧 국제법에 따라 상주 외교사절을 파견하여 진행하는 외교는 여러 요인에 의해 지연되었고 그것마저 극히 단명으로 끝났다. 1899-1905년 대한제국과 청나라의 한청통상조약에 의거한 6년이 전부인 것이다. 조선과 동맹관계였던 중국은 1950년 조선반도의 남북전쟁에 참전하여 한국과는 그로 인해 적대관계를 지속하다가 냉전체제의 완화와 소련 붕괴의 격변을 타고 1992년 비로소 수교에 이르렀다. 유용태 엮음, 『중한관계의 역사와 현실』, 서울: 도서출판 한울, 2013, 9-10쪽.

역에 가보지도 못한 채 앞질러 쓴 돈황, 누란의 사랑 이야기는 불행한 현실을 부정하고 새로운 존재의 의미를 추적하는 작가의 정신적 유랑과정의 기록이다. 소설은 전망이 부재하는 현실에 대한 환멸을 보여 주고 현실과의 거리 두기를 통해 중국의 돈황과 누란이란 공간적 이미지를 빌어 현실을 새롭게 조망하거나 전망 없는 현실에 대한 대안을 제시하려고 한다.[19]

> 그 방에서의 동거 생활은 지지부진한 가운데 하루하루가 지나가고 있었다. 그런 가운데서도 나는 돈황과 누란과 사자에 대한 어떤 생각에 줄곧 사로잡혀 있었다. 누란은 돈황과 같은 서역 지방의, 폐허가 된 옛 오아시스 도시국가의 이름이었다.[20]

'나'와 여자친구의 지지부진한 동거생활이 일상의 남루함으로 해석될 수 있다면 중국의 서역 도시 누란에 대한 집착은 남루한 일상 저 너머를 그리워하는 노스탤지어의 꿈으로 해석될 수 있다.[21] 이런 몽환적인 공간적 이미지는 다분히 작가의 해석이 작용한 결과라고 본다. 작가의 시선은 차단되어 있는 정보 속에서 자신이 욕망하는 중국이란 '타자'를 표현하는 것이다. 중국 서역의 실크로드는 동서 문명의 만남의 장소이며 작가 윤후명에게 있어서 자아와 세계에 대한 영원한 탐구를 꿈꾸게 한다. 즉 잔혹했던 한국 독재정권 통치 시기, 작가 윤후명은 중국의 서역이란 공간적 이미지를 부각함으로써 자아 정체성에 대한 성찰을 실현함과 동시에 중국 내지 세계로 통한 길을 찾는 것이다.

---

19) 최현주, 「윤후명 소설의 '정체성' 탐색 양상」, 『한국문학이론과 비평』, 한국문학이론과비평학회, 2000, 300쪽.
20) 윤후명, 「누란의 사랑」, 『비단길로 오는 사랑』, 문학아카데미사, 1991, 106쪽.
21) 이웅석, 「시와 소설의 화해, 그 가능성의 모색」, 『동국어문학』, 동국어문학회, 1997, 309쪽.

이렇듯 대상과의 직접적인 접촉 없이 이미지를 형성하는 경우에 실제 대상과 이미지 사이의 간격은 클 수밖에 없다. 이 커다란 간격으로 인해 묘사대상은 주체의 욕망을 투사하기 좋은 백지에 가까운 상태의 상상 공간을 형성한다. 따라서 주체의 태도와 인식은 묘사대상에 창조적 해석을 가하면서 묘사대상과 이미지 사이에 '은유적 관계'가 형성되는 것이다.

묘사대상과 이미지의 은유적 관계에서는 주체가 묘사대상의 실체를 모르거나 무시하고 있기 때문에, 언급할 대상을 그와 유사하기를 원하는 다른 이미지에 중첩시키는 일이 빈번히 발생한다. 이는 특히 주체가 묘사대상을 동질화하는 경우인데, 이렇게 형성된 묘사대상의 이미지는 사실상 주체의 바깥에 있는 것이 아니라 주체의 욕망이 만들어 낸 상상의 결과물이다. 예를 들면 유토피아나 낙원과 같은 이미지들이다.[22]

중한 양국 간의 민간무역은 중국의 개혁개방이 시작된 1979년 이래 초기에는 홍콩을 거치는 방식으로, 나중에는 직접적으로 이루어졌다. 중국은 개혁개방 정책을 뒷받침하기 위해 한국의 자본과 기술, 그리고 산업화 경험이 필요하다고 보아 1982년 한국과의 수교 방침을 결정하였다. 그럼에도 실제 양국의 수교협상은 조선과 한국의 분단 문제 때문에 지체되어 새로운 조건의 도래를 기다려야 했다.

중한무역의 급성장은 협상 개시를 위한 여건을 빠르게 조성해주었다. 88서울올림픽을 전후하여 중한 무역이 급증하였고 기대감에 부푼 한국의 기업들은 1990년 베이징 아시안게임 경비의 20%를 지원하였다. 그러다가 1991년 9월에 남북 동시 UN가입으로 조선-한국 분단문제가 풀려 1992년에 중한수교가 이루어질 수 있었다.[23] 따라서 중한 수교 전과

---

22) 김성택, 이은숙 외, 『프랑스인의 눈에 비친 한국』, 대구: 경북대학교출판부, 2010, 44쪽.
23) 전게서, 유용태 , 41쪽.

수교 후 초기 한국 당대 소설에서의 중국은 당시 이국취향에 젖어 있는 한국인들이 꿈꾸던 상징적 이미지들과 겹쳐져 묘사된다.

윤후명은 「돈황의 사랑」과 「누란의 사랑」 외에도 단편소설 「구름의 향기」[24]에서 소설 주인공이 중국의 티베트로 떠나 소설의 중심적 이야기는 여행지에서 자신의 현실과 과거를 돌아봄으로써 떠오른 기억과 회상의 부분들로 이루어진다.

「구름의 향기」에서 '나'는 중국 티베트의 어떤 소녀네 집을 주목한다. 한국 인사동의 한 골동품 가게에서 본 티베트 사원의 벽화라는 목판화의 그림 속에서 "초록색 바탕 색조에 둥둥 떠 있는 솜사탕 같은 구름송이들"(178쪽)이 여행길에서 본 소녀네 집을 통해 되살아나 "어릴 적에 팔베개하고 누워 하늘을 쳐다보던 시절"(179쪽)을 환기시켰던 것이다. '나'는 그림 속의 구름이 동기가 되어 티베트의 풍경을 동경하다가 그곳에서 "드디어 돌아온 머나먼 고향"(197쪽)을 확인한 것이므로 그가 티베트로 여행한 것은 결국 어린 시절의 고향과 '잃어버린 시간'을 찾기 위해서라고 말할 수 있다.

> "저 구름 좀 봐요. 눈부셔."
> 일행 중 누군가도 손을 들어 가리켰다. 나는 그 구름들이 티베트의 하늘에 떠 있는 게 신기해서 오랫동안 묘한 향수에 젖어 들었다. 그리고 아래쪽에 있는 소녀네 집은 인사동의 그 목판화 속에 그려져 있는 듯 초록색을 배경으로 고즈넉하게 자리 잡고 있었다. 그렇다고 해서 내가 그 둘에서 어떤 동질감을 느끼고 있었다고 말하는 것은 섣부르기만 하다. 하지만 나는 소녀네 집을 보면서, 인사동에서 구하지 못한 목판화의 의미가 드넓은 풀밭과 흰 뭉게구름으로 하여금 나를 어릴 적에 팔베개하고 누워 하늘을 쳐다보던 시절로 데려가고 있음을 깨닫게 한다고 말하고 싶었다.(중략)

---

24) 윤후명, 「구름의 향기」, 『새의 말을 듣다』, 서울: 문학과지성사, 2007.

물레방아도, 좌판도, 소녀네 집도, 소녀도 사라졌다. 그때, 나는 그 마을
위 어디쯤일 하늘에 떠 있는 솜사탕 같은 하얀 구름을 보았다. 예전에 동
산에 팔베개를 하고 누워서 보았던 구름하고 꼭 닮았다고, 순간 나는 생각
했던 것 같았다.25)

소설에서 작가 윤후명은 "뒷동산 풀밭에 팔베개를 하고 누우면 언제
나 어김없이 흘러가던 그 구름들"이 보이지 않게 된 현실을 아쉬워한다.
그 구름들이 보이지 않게 된 것은 대기 오염과 환경 파괴 때문이겠지만,
그러한 자연현상과 함께 인간의 꿈꾸는 능력도 잊어지게 되었다는 것을
작가는 더욱 우려한다. 구름을 바라보면서 존재의 근원을 돌아볼 수 있
고 인간의 삶과 죽음을 생각할 수도 있으며 삶의 덧없음과 우주의 신비
를 명상할 수도 있다. 그러나 오늘날의 도시는 생각과 명상에 잠길 수
있는 환경과 시간을 끊임없이 빼앗는 도시가 되었고, 이 도시의 학교들
은 학생들에게 꿈을 가르쳐주기보다 지식을 주입하고, 경쟁에서 이기는
방법과 그것의 효율성만을 강조할 뿐이다. 윤후명의 소설 「구름의 향기」
는 이처럼 속도와 경쟁이 중시되는 현실에서 진정한 삶 혹은 느리게 살
아가는 삶의 가치를 '구름의 향기'를 통해 보여주고 있다.26)

묘사대상에 관한 많지 않은 정보 속에서 그것을 명명하는 언어들은
작가의 창조적 상상력에 의해 만들어진다. 설사 중국에 관하여 어느 정
도의 지식이 있다 하더라도 실제 묘사대상인 중국과 이미지 사이의 상
상적 간격을 메울 수 있는 정도는 아니기에, 그래서 사실 더 커다란 상
상의 폭이 필요한 것이다. 따라서 묘사대상이 이미지와 은유적 관계를
갖기 위해서는 작가 윤후명의 경우처럼 묘사대상에 던지는 주체의 내밀

---

25) 윤후명, 「구름의 향기」, 『새의 말을 듣다』, 서울: 문학과지성사, 2007, 179-195쪽.
26) 상게서, 314-323쪽.

한 시선, 즉 욕망하는 시선이 무엇보다도 앞서야 했다.[27] 이 시기 소설에 나타난 '돈황의 사랑', '누란의 사랑', '구름의 향기' 등은 중국을 대신하는 은유적 이미지들이다. 이렇게 작가의 상상력은 은유적 이미지를 통해서 묘사대상에 생기를 불어넣는다.

2. 묘사대상과 이미지의 환유적 관계

중국과 교류를 확대해가면서 한국인들은 중국에 대한 정보를 점차적으로 많이 얻게 된다. 그러나 이때 얻게 되는 많은 정보들은 사실 그들에게 생소한 것들이다. 이것에 이름을 붙이고 묘사하고 설명하면서 결국 주체의 해석이 이루어지는데, 이 와중에 주체는 묘사대상을 주체의 내밀한 욕망이 만들어 내는 이미지가 아니라, 주체가 자신과 대립되는 이질적인 세계로 규정한, 말하자면 타자화한 것들과 끊임없이 일치시키려는 경향이 보인다.

묘사대상이 주체에 의해 타자화 될 때 묘사대상과 이미지의 관계는 '환유적'이다. 그것은 알지 못하는 대상을 속성 상 인접한 것들과 비교하면서 주체 자신이 분류한 질서 속에 재배치하는 데에서 대상의 이미지가 형성되기 때문이다. 이러한 재배치 작업은 결국 대상으로서는 주체의 이데올로기적 해석으로 나타나는 경우가 대부분이다.[28]

앞에서 살펴보았듯이, 소설 『바리데기』에서 중국인인 샹 언니는 독자들에게 인성을 잃어 간접적으로 바리의 아이를 죽게 한 간교하고 간사

---

27) 전게서, 김성택, 50-51쪽.
28) 전게서, 김성택, 51쪽.

하며, 자신의 이익을 위해서라면 무엇이든 가리지 않는 악의 인물로 받아들여졌다. 그리고 「가리봉 연가」에서 중국의 조선족 여성 장명화에 대한 언급도 역시 부정적인 시선 속에서 이루어진다. 장명화는 돈 때문에 마음에 들지 않는 한국남자와 결혼하고 지루한 결혼생활을 견디지 못해 가출하여 노래방에서 도우미로 일하다가 무참하게 죽는다. 어쨌든 묘사대상과 환유적 관계를 갖는 중국의 이미지들은 선과 악, 긍정과 부정이라는 이분법 속에서 악과 부정의 세계 속에 재배치되어 형성된다. 이러한 이미지화 작업은 이후에도 많은 작품 속에서 찾아볼 수 있으며, 결국 상당히 오랫동안 중국의 이미지를 주도해 온 구조적 틀이라 할 수 있다.

김연수의 단편소설 「뿌넝쉬[不能说]」[29]는 중국 연변의 중국인 점쟁이가 한국 소설가를 만나 6·25전쟁 지평리 전투에 참전했을 때 겪은 자신의 사연을 회고하는 이야기이다. 소설은 중국인 노인의 '말해질 수 없는 삶'[30]을 말하기 위하여 "그럼 어디서부터 이야기를 시작해볼까?"로 서두를 뗀다.

1950년 6월 25일, 조선반도에 대규모 전쟁이 일어났으며, 미국은 16개 국가의 군대를 연합하여 연합군을 조성해 병력을 늘려가며 조선반도의 내정을 간섭하였다. 또한 1950년 9월 15일, 미연합군은 인천상륙작전에 성공해 조선인민군의 후방을 공격하여 전면적인 공격을 대대적으로 추진해 38선 이남을 모두 점령하였다.

조선민주주의인민공화국의 요청을 받은 중국 중앙정부는 지원군이란 명분으로 군대를 파견하여 조선인민군을 지원하기로 결정하면서 6·25

---

29) 김연수, 「뿌넝쉬」, 『나는 유령작가입니다』, 서울: 창비, 2005.
30) 상게서, 251쪽.

전쟁을 항미원조(抗美援朝)전쟁이라고도 칭하였다. 경기도 양평군 지평리
에서 벌어진 지평리전투(1951.2.13.-2.16)는 연합군과 중국인민지원군이 참
전했으나 중국인민지원군이 철수하는 상황에 놓이게 되었다.

> "역사라는 건 책이나 기념비에 기록되는 게 아니야. 인간의 역사는 인간
> 의 몸에 기록되는 거야"[31]

소설 제목에서 알 수 있듯이 '뿌넝숴'는 결코 말할 수 없다는 뜻으로,
역사의 공식화된 기록은 인류의 미시적인 이야기들을 제대로 반영할 수
없다는 것을 작가가 말하고 싶은 것이다. 즉 '뿌넝숴'는 역사적 기록에
대한 부정의 환유라고 볼 수 있다. 중국인 노전사의 목소리로 전개되는
이 소설에서 6·25전쟁이라는 거대한 역사는 위엄을 잃고, 역사의 진실
은 참전했던 사람들의 몸에 각인된 기억일 뿐이라는 것을 강조한다.

말할 수 없음을 말하기 위한 '뿌넝숴'의 진실은 6·25전쟁에 참전한
중국인민지원군 출신의 화자에게 여러 경우로 사용된다. 그가 자기를 치
료해준 조선인 간호사로부터 "지평리에서 무엇을 보았는가"의 질문에
대한 대답으로 받은 '뿌닝숴'는 처참한 전투와 그 속에서 살아남은 우연
의 역사에 대해 더 이상 긍정할 수 없음의 고백이다.[32] 이 두 남녀가 부
상당한 몸으로 절망적인 육체관계를 맺을 때 "살아 있다는 건 그토록
부끄럽고도 황홀하고도, 무엇보다도 아픈 일"(71쪽)로 기억되는 한, 전쟁
이란 "정말 말할 수 없다"(74쪽) 이상의 대답을 할 수 없었던 것이다.

소설에서 '나'는 살았지만 '나'에게 수혈해준 조선 간호사는 과다수혈
로 인해 생명을 잃게 된다. 그리고 '나'는 한국 수사대에 발각되어 전쟁

---

31) 상게서, 70쪽.
32) 상게서, 김병익, 「해설」, 257쪽.

이 끝나 중국에 송환되었다. 조국으로 돌아온 후 어떤 이는 노인의 잘린 손가락은 전투에 참전하지 않기 위한 수단이라 말하지만 그는 항일전쟁, 해방전쟁, 조선전쟁까지 세 번의 전쟁을 겪었다고 한다. 작가 김연수는 이러한 플롯을 통해 사람과 사람 간의 소통불가능, 이해의 원천적 차단은 현대적 삶의 근원적 부정임을 환유한 것이라고 본다.

「뿌넝쉬」는 국가와 국민의 이익의 필요에 의해 지워지거나 누락되는 중국인 노전사라는 개인의 존재를 복원함으로써 역사가 계급, 민족, 국가라는 거대 주체에 있지 않고 그 속에서 소외된 개인의 경험 속에 존재한다는 것[33]을 밝히고 있다. 소설은 국가에게 있어서 중요할지 몰라도 개개인에게는 자신이 겪은 진실보다 중요하지 않은 역사가 어떻게 이해해야 하는지 중국인 노인의 '잘린 손가락'으로 역설하고 있는 것이다.

3. 묘사대상과 이미지의 제유적 관계

직접 중국에 입국하여 일정기간 체류하거나 한국에서 살고 있는 중국인들에게 접근하면서 중국·중국인과 정서적 교감을 갖게 되면, 묘사대상과 이미지의 관계는 위의 '환유적' 관계에서 묘사대상의 구체적인 사실과의 접촉으로 인해 점차 '제유적' 관계로 변화된다. 환유적 관계와 유사한 방식으로 묘사대상은 주체에 의해 세계관 속에서 비교되고 해석되기는 하지만, 제유적 관계는 대상의 구체성 속에서 파악한 부분적인 사항에서 얻은 인상을 강조하면서 그것을 대상의 대표적인 이미지로 확

---

33) 이재은, 「김연수 소설에 나타난 해체적 역사 인식 연구」, 명지대학교 석사학위논문, 2013, 56-57쪽.

대해석하는 경향을 띤다.

제유적 관계는 주체가 묘사대상의 실체를 파악하려는 시도가 시작되었음을 알려 주는 지표이기도 하다. 주체의 관심이 묘사대상의 세부적인 사실들에 놓이고 그것들이 재해석되는 과정에서 묘사대상의 구체적인 사실들이 갖는 다양성, 따라서 하나의 틀 속에 묶어 둘 수 없는 다양성은 주체가 행하는 재배치 작업과 해석의 일관성을 무너뜨릴 수밖에 없다.34)

한국문학에서 많은 작품의 공간적 이미지는 단지 배경으로서의 역할을 발휘하는 일관성을 유지하였다. 이러한 일관성을 잃은 제유적 관계는 김인숙의 소설 「감옥의 뜰」에서 부각된 다양한 의미를 갖고 있는 하얼빈의 이미지에서 잘 나타난다. 앞장에서 살펴보았듯이, 「감옥의 뜰」에서 부각된 하얼빈은 우선 먼저 강인하고 용감한 도시정신을 갖고 있다. 따라서 안중근 의사의 '위대한 죽음'과 같은 역사적 이야기는 소설 주인공 규상에게 긍정적인 에너지를 주면서 삶의 희망을 갖게 한다. 하지만 사회의 변함에 따라 물질주의와 금전주의가 보편화되며 향락과 돈만을 추구하는 인간들은 하얼빈의 태양도처럼 차가운 고독의 섬으로 타락한 것이다. 즉 소설은 그물 말리던 곳의 소박한 특징과 차가운 빙설의 도시, 외로운 섬인 태양도, 731부대, 감옥의 뜰 등과 같은 다양한 모티프로 하얼빈이란 공간을 보다 적극적으로 소설 문맥 속에서 활용하고 있는 양상을 보인다.

그리고 박찬순의 「가리봉 양꼬치」는 서울시 조선족 밀집지인 가리봉동의 게토(ghetto)화, 슬럼화, 이너시티(inner city)화 등 특징을 보여주면서 그 전 작품에 나타난 일관성 있는 중국 조선족 이미지35)와는 달리 다양

---

34) 전게서, 김성택, 57쪽.

한 중국 조선족 이미지를 부각하였다. 주인공 임파의 스토리를 통해 소설 작가는 중국 조선족의 노동 이주와 가족의 해체문제를 피력했을 뿐만 아니라, 한국사회에 양고기 요리의 냄새를 제거하는 레시피로 음식문화를 소개하는 문화중개자로서의 경계인 역할에도 초점을 두고 있다. 또한 조선족 이주민들의 삶에 있어서 부정적인 영향을 미치는 조선족 조폭의 암약과 임파의 애인인 조선족 여성 분희의 배신 등과 같은 플롯을 설정하였다.

특별한 경우를 제외하고는 환유에서 제유로 이행하는 것은 묘사대상에 대한 정보가 증가하면서 일어나는 변화이다. 말하자면 묘사대상에 대한 정보의 양이 질적 변화를 낳는 것이다. 중한 양국은 1992년 수교 이래 세계외교사에 유례가 없을 만큼 정치 경제와 사회문화 제반 분야에서 비약적인 발전을 이루어냈다. 중한관계에서 경제통상 분야의 협력이 가장 활발하게 발전되어 왔으며 사회문화적으로 관광객과 유학생 규모도 해마다 늘고 있어 상대나라에 대한 관심도 고조되고 있다. 따라서 중국소재소설의 묘사대상인 중국에 대한 한국 작가들의 정보의 경로와 양도 증가하였다. 그 대표적인 예가 바로 중국에 대한 많은 정보가 담겨 있는 조정래의 장편소설 『정글만리』이다. 중국의 눈부신 발전상과 함께 빈부 격차, 관리들의 부정부패, 환경오염 등 어두운 면들도 볼 수 있다. 이와 동시에 국경을 넘어선 베이징대 유학생 송재형과 중국 신세대 지식여성인 리엔링의 국제적 사랑의 해피엔딩은 중한 양국 협력의 밝은 미래를 제시한다. 요컨대, 소설은 부상하는 중국과 급변하는 국제 정세 하에서 중한 동반자관계가 앞으로 더욱 협력하여 격상하기는 바라는 염

---

35) 앞장에서 언급했던 천운영의 『잘 가라, 서커스』, 김인숙의 「바다와 나비」, 공선옥의 「가리봉 연가」, 김연수의 「이등박문을 쏘지 못하다」 등 작품에서는 모두 한국 남성과 결혼한 중국 조선족 여성 디아스포라의 문제를 부각하였다.

원을 나타내고 있다.

그러나 이러한 묘사대상과 이미지의 관계들이 반드시 정보의 축적에 따라 은유, 환유, 제유의 순으로 배열되어 나타나는 것은 아니다. 앞에서 언급했듯이 은유와 환유의 차이는 묘사대상에 대한 정보의 양보다는 주체의 태도에 더 많이 연관되어 있기 때문이다. 다시 말하면 묘사대상에 대한 정보가 많더라도 주체가 묘사대상을 내밀한 욕망 혹은 시선으로 동질화하면 묘사대상과 이미지는 은유적 관계에 가까워지고, 주체가 묘사대상을 자신의 세계관 속에서 이질적인 것으로 간주하면 묘사대상과 이미지는 환유적 관계에 가까워진다. 제유적 관계는 경우에 따라 은유적 관계에 다가갈 수도 환유적 관계에 가까워질 수도 있는 것이다.

한국 당대 중국소재소설에서 중국이란 '타자'에 대한 인식은 그 자체로 드러날 수 없어 표현으로 연결된다. 제1절에서 제기한 타자에 대한 배타적, 사실적, 융합적 등 세 가지 태도에 따라 표현도 은유, 환유, 제유 등 세 가지 유형으로 분류할 수 있다. 이 개념들은 단순히 수사학이나 언어학의 차원에만 머무는 것이 아니라 사유 작용과 연관된 것이다. 다음과 같이 주체인 한국, 묘사대상인 중국, 그리고 소설에 나타난 이미지의 관계를 정리하면서 이 장을 마무리하고자 한다.

주체와 묘사대상의 직접적인 접촉이 상승하면 그만큼 묘사대상과 이미지의 상상적 거리는 좁혀지며 묘사대상과 이미지의 관계는 은유적 관계에서 환유적 관계로, 그리고 환유적 관계에서 제유적 관계로 나아간다.

그러나 주체와 묘사대상의 직접적인 접촉이 어느 정도 있더라도 주체의 태도가 묘사대상과 이미지의 관계를 형성하는 데에 더 크게 작용한다. 은유적 관계는 묘사대상과 연관성이 희박한 상태에서 주체가 이상화한 묘사대상 이미지를 창출하고, 환유적 관계는 주체가 자신의 세계관에 맞춰 묘사대상을 타자화하면서 이미지를 재배치하며, 제유적 관계는 묘사대상의 세부적인 항목을 주체의 주도아래 일반화하면서 묘사대상 이미지로 만든다. 그러나 제유적 관계에 놓이면 묘사대상의 사실성이 끊임없이 이미지의 일반화를 간섭하면서 주체의 세계가 갖는 일관성을 깨뜨린다.[36]

한국 당대 소설에 투영된 중국은 시대적으로 고대, 근대, 그리고 현대에 이르기까지 다양하다. 뿐만 아니라 공간적으로는 중국 동북 삼성을 비롯하여 중부지역인 실크로드가 펼쳐진 서역과 티베트가 있는 서남지역으로까지 확장된다. 구체적으로 살펴보면, 중한 수교 전과 수교 초기의 중국을 작품의 공간으로 삼았던 작가들은 주로 선인들의 문헌자료를 토대로 작가의 상상 속에서 중국의 모습을 형상화하였다. 윤후명의 「돈황의 사랑」, 「누란의 사랑」, 「구름의 향기」 등 작품들이 여기에 속한다. 그러다가 중한 수교 이후 한국 작가들은 중국체험을 하면서 직접 경험하게 된 중국을 작품 속에 형상화하기 시작한다. 여기에 속한 작가들은 황석영, 김연수, 김인숙, 조정래 등이 있다.

은유, 환유, 제유의 근본적인 차이는 바로 묘사대상과 이미지 사이의 상상적 거리에서 생겨나는 것이다. 묘사대상과 이미지 사이의 상상적 거리가 클수록 둘의 관계는 은유적이며, 이때 묘사대상의 이미지는 주체의 욕망과 내밀하게 결합하면서 형성된다. 이는 주체가 묘사대상을 동질화한 결과이다. 반대로 묘사대상과 이미지 사이의 상상적 거리가 작은 경우, 즉 묘사대상의 이미지가 주체가 보기에 묘사대상과 인접하다고 판단한 것으로 전위된 경우에 묘사대상과 이미지의 관계는 환유적이고, 이는 주체가 묘사대상을 달리 말하면 타자화한 결과이다.

---

36) 상게서, 62-63쪽.

이미지는 단지 묘사대상에만 연관되어 있는 것이 아니라 이미지를 만들어 낸 주체와도 관련된다. 다시 말해 이미지에는 전체적인 윤곽이나 속성, 세부적인 사항 등과 같은 묘사대상의 일부분이 결합되어 있지만, 그 이상으로 주체의 욕망과 세계관 등이 작용하여 이루어진 해석이 결부되어 있다.

한국 당대 중국소재소설에서 중국이란 '타자'에 대한 인식은 절대적으로 외재하는 '타자' 자체를 이해하기 위한 것이 아니라 궁극적으로 한국이란 '자아'를 위한 것이다. 때문에 소설에서 중국 이미지의 형성은 중국 현실에 의해 결정되는 것이라기보다 한국문화 자체의 특징 및 중한관계의 변화를 우선적으로 의식의 차원에서 설정한다. 그러므로 한국 당대 중국소재소설에서 부각된 중국 이미지는 중국 현실에 대한 한국의 상상과 인지, 중한관계에 대한 한국의 인식과 기대, 그리고 한국문화에 대한 자아인정 혹은 자아비판 등 세 가지 의미를 포함하고 있다고 할 수 있다.

요컨대, 한국 당대 중국소재소설에서 중국이란 '타자'에 대한 인식은 자체로 드러날 수 없어 표현으로 연결된다. 타자에 대한 사실적, 배타적, 융합적 등 세 가지 태도에 따라 표현도 은유, 환유, 제유 등 세 가지 유형으로 분류할 수 있고, 대응 관계가 아니라 서로 융합되어 나타내고 있다.

제3장

중국 이미지의 변천

1. 중국 이미지의 부각

　오천년의 찬란한 문명사를 지닌 중국은 세계 인류사에서도 손꼽히는 문명국으로 오랫동안 자리매김해왔다. 그러나 근대를 변곡점으로 급속한 하락세를 보였고 나중에는 "동아병부", "동방의 잠든 사자"라는 외세의 조롱까지 받게 되는 아픔의 역사가 있었다. 신중국의 건립은 중국인민이 또 한 번 고난을 딛고 당당히 세계무대에 우뚝 섰음을 선언했고 개혁개방을 통한 눈부신 경제성장은 국제사회의 광범위한 찬사를 받아냈다. 하지만 이 같은 찬사의 뒷면을 살펴보면, 대개는 경제적 성과에 대한 긍정이었을 뿐 국가 이미지에 대한 인식의 전환이라고 보기엔 거리가 있어 보인다. 그 이유를 살펴볼 때 두 가지를 고려해볼 수 있다. 첫째, 중국은 서방국가들이 추종하는 기성 제도와 이론을 온전히 따르지 않았다. 제도적 이질성은 종종 서방국가들의 오해와 오판을 불러오기도 했고 때로는 악의적인 왜곡과 공격을 받게 하였다. 둘째, 국내 문제에서 찾아볼 수 있다. 압축적 성장과 함께 잇따른 일련의 사회적 문제들, 이를테면 공동체적 신뢰관계에 악영향을 끼친 몇몇 불미스러운 사건들을 비롯해 해외여행에서 부분적 자국민들이 보여준 비문명적 행각 등은 문명하고 성숙한 국가 이미지를 부각하는 데 부정적인 요소로 작용했다. 이런 까닭에 그동안 중국의 내부현실과 국제의 외부평가 사이에는 항상 괴리가 존재해 왔고 중국을 방문해본 사람과 그렇지 않은 자 간의 평가에는 판이한 양상을 보여 왔다.

수십 년간의 고속성장을 이어온 중국은 이제 세계 제2의 경제규모를 자랑하는 국가로 거듭났고 갈수록 국제사회에서 독보적인 존재감을 드러내고 있다. 오늘의 중국은 그동안 목표해왔던 "중화민족의 위대한 부흥"에 한층 다가가고 있다. 현재 세계 일체화는 갈수록 빨라지고 있으며 디지털 기술에 기반한 신매체의 출현은 이러한 추세를 더욱 앞당겨주고 있다. 이런 배경 속에서 신뢰적이고도 문명하며 성숙한 국가이미지의 부각은 여느 때보다 중요한 역사적 과제로 목전에 놓여 있다.

국가 이미지란 한 국가의 제도와 행위 및 활동에 대한 내외부적인 종합평가를 가리킨다. 이는 민족정신의 체현이자 종합국력의 상징이며 가장 중요한 무형자산이라고 할 수 있다. 여기엔 두 가지 측면이 포함된다. 하나는 내국인들의 조국에 대한 총체적 평가이고 다른 하나는 외국인들의 본국에 대한 종합적 인식이다. 전자는 자아에 입각한 "자국 이미지"로서 이는 국내 언론과 민중들의 총체적인 인상이자 집단적 소속감과 자긍심 형성에 직결되는 중요한 문제이다. 이에 반해 후자는 타자를 중심으로 하는 "타국 이미지"로서 여기엔 해외 언론과 민중의 특정국가에 대한 종합적 인식을 내포함으로 해당 국가에 대한 전체 평가에 직접적인 영향을 끼친다. 일반적인 경우 "국가 이미지"라 함은 대부분 후자에 해당한다. 한국 당대소설에서 묘사되는 중국 이미지는 여러 가지 요소들을 동원한 입체적인 구성을 이루었지만 대체로 중국인 이미지, 공간적 이미지, 시대적 이미지라는 세 가지 척도에서 전개되고 있다. 한국 소설가들은 섬세한 필치로 다각적이고도 입체감 있는 중국 이미지를 그려냈고 한국독자들의 내면의 심부에 깊이 뿌리내리게 하였다.

본 저서에서 살펴본 바에 따르면, 중국을 소재로 한 한국 소설작품은 1992년을 분기점으로 하여 두 가지 발전양상을 띠었다. 1945년부터 1992년까지는 소량의 작품에만 중국 관련 서사를 찾아볼 수 있었고 대체로 신비주의적 색채가 주조를 이루었다고 할 수 있다. 그러다가 1992년 중한수교를 기점으로 하여 중국을 소재로 하는 소설작품은 점차 많아지기 시작했고 과거의 단일하고 딱딱한 이미지에서부터 입체적이고도 다양한 형상으로 변주해갔다. 게다가 이 시기부터 한국 당대소설가들은 중국의 문화적 기호에도 많은 관심을 보이기 시작했다.

국가 이미지는 내면의 주관적 산물로서 특정한 국가와 국민에 대한 일종의 심리적 투영이라고 할 수 있다. 부정적인 국가 이미지는 해당 국가와 국민에 대해서 의식적 또는 무의식적인 배척심 내지는 적대감을 드러내게 하는 반면, 긍정적인 국가 이미지의 부각은 해당 국가에 대해서 친화감을 느끼면서 더욱 적극적인 포용력과 수용의 자세를 취하게 한다. 따라서 국가 이미지를 부각한다는 것은 사실상 특정국가 및 국민들에 대한 인식의 패러다임을 형성하는 것이라 해도 무방할 듯싶다.

거시적인 시선으로 볼 때, 신문매체를 통하여 전달되는 정부, 기관, 기업, 공민의 정보들은 국가 이미지를 형성하는 데 가장 직접적이라고 하겠으나 이에 비해서 허구성을 특징으로 하는 문학예술은 국가 이미지를 부각함에 있어서 유연한 특징을 보인다. 이런 "유연성"은 효과적 측면에서 볼 때 부드럽고 점진적이며 불지불식간에 옷 적시는 가랑비처럼 서서히 독자들의 마음을 감화시키는 힘을 발휘한다. 이처럼 문학은 정보와 확연히 구별되는 것으로 국가형상의 수립에 있어서 자기만의 독특한 방식을 지니고 있다. 때문에 정보로 퇴적된 한 국가의 실체형상과 문학으로 묘사된 문화형상은 한 국가의 이미지를 형성하는 두 가지 축에 해당되며 양자는 불가분의 관계이자 공생공영의 관계라고 할 수 있다.

굴기하고 있는 중국의 눈부신 "성장성"은 자연히 세계 각국의 광범위하고 지속적인 주목을 받게 되었다. 근년 들어서 "중국", "중국인", "중국 요소", "중국 제조", "중국 창조", "중국풍", "중국 기호" 등은 해외언론을 통해 빈번히 언급되고 있고 이를 통해 세계인들은 중국의 과거와 현재, 자연과 인문, 생활방식과 가치관 등을 자세히 접할 수 있는 기회를 얻었지만, 급속한 발전 과정에서 불가피하게 나타난 성장의 진통과 새로운 난점들도 이 기회에 고스란히 노출시키게 되었다. 게다가 중국은 문화전통이나 정치제도 등 방면에 있어서 서방국가들과 뚜렷한 차이성을 보유하고 있는 까닭에 중국 이미지에서의 "부정적인 면"은 종종 서방국가들의 자신의 문화적, 경제적, 제도적 우월성을 체현하는 용도로 집중 조명이 되곤 하였다. 이에 반해서 국내 언론들은 자국 발전의 문제점보다는 이뤄낸 성취들을 더욱 비중 있게 다루다보니 중국 언론에 비춰진 "미화된 중국"과 해외 언론 속의 "폄하된 중국"은 상호 대립하고 충돌하는 양상을 보였다.

이런 상황에서 두 가지 방향의 노력이 필요하다. "개혁개방"을 통해 더욱 문명하고 진보된 성숙한 국가로 거듭나서 좀더 "현실적"인 중국 이미지를 부각하는 것이 그 첫 번째이고, 두 번째는 중국문화와 세계문화 간의 교류를 심화시켜 평화로운 대화와 융합 속에서 긍정적이고 정면적인 국가 이미지를 구축해나가는 것이다. 이 과정에 문화는 나라간의 경직된 문화장벽을 우회하여 감성적인 접근을 통해 감동과 감화로 변화를 이끌어낼 수 있다. 이 같은 문화의 부드러운 힘은 딱딱한 정보들로 쌓아올린 국가 이미지보다 더욱 효과적이게 내면의 심부를 파고들어 깊은 인상과 오랜 여운을 남겨줄 수 있다.

덧붙이자면 국가 이미지는 다음과 같은 역할을 한다. 첫째, 대국 이미지는 소프트파워의 외적 체현이자 국익과 국력에 관련된 중요한 문제이다. 둘째, 대국 이미지의 "위상"은 고무적 역할을 발휘할 수 있다. 셋째, 대국 이미지의 "특징"은 국가적 신분을 보여주는 중요한 징표가 될 것이다. 정리하면, 합리적이고 포용력 있는 국가 이미지는 오랜 시간의 노력을 거쳐야 완성될 수 있다. 이 과정에 개인은 결코 타인의 인식구조를 결정할 수는 없지만 스스로 노력하여 희망하는 국가 이미지를 만들어나갈 수 있으며 나중에는 중국의 국제 이미지까지 영향 줄 수 있다.

2. 중국 이미지의 전파

여러 문화양식에서 문학은 뛰어난 표현력과 훌륭한 접근성을 지니고 있다. 독자들은 문학 작품을 통하여 특정국가에 대한 무한한 상상의 공간을 획득하게 된다. 이처럼 문학은 국가 이미지를 부각하고 전파하는 데 있어서 독특한 위치를 점하고 있다. 문학의 허구성, 서사성, 종합성 그리고 미학적 특성은 국가 이미지를 부각하는 과정에서 나타나는 이해의 대립을 완화하고 점진적이고도 부드러운 방식으로 한 국가에 대한 문화형상을 심어줄 수 있다. 한국 당대소설에 나타난 중국형상들은 간혹

"편파성"과 "영합(迎合)성"의 문제가 여전히 존재하지만, 국가 이미지를 부각하는 면에서의 중요성만은 결코 간과할 수 없다. 문학의 추동이 있었기에 한국을 비롯한 여러 나라에서 중국을 더욱 주목하게 만들었고 적잖은 한국인들이 중국인과 중국문화에 깊은 관심을 보이기 시작했으며 중국을 공부하고 싶은 향학열(向學熱)을 자극했다. 하지만 그동안 국가 이미지의 전파매체 중에서 문학의 역할과 중요성은 종종 소홀히 하는 문제가 존재해 왔다.

한국문학에서 나타난 중국 이미지는 여러 요소가 혼재된 복잡한 지식 체계를 이루었지만 전파 측면에서 볼 때 결코 부동한 문화체계 안에서의 유통이라고 볼 수 없다. 문화는 마땅히 활력적이고 개방적인 공간을 상비해야 하며 수시로 본토문화의 본질주의 속박에서 벗어나 타국 문화와 적극적으로 대화하고 포용하는 의지를 보여야 한다. 그래야만 서로에게 "타자"였던 문화가 종국엔 "또 다른 자아"로 화합을 이룰 수 있다.

세계적으로 문화대립과 문화수용이 병행되고 있는 지금, 인류가 이종 문화(異種文化)를 접하게 되었을 때 보이게 되는 반응은 대체로 배척론, 포용론, 평행론, 상호 수용론, 다원론 등 다섯 가지로 분류할 수 있다.37) 그중에서도 상호 수용론과 다원론이 가장 이상적인 상태에 근접했다고 볼 수 있겠으나 현실은 종종 이와 상반되는 양상을 보인다. 융합과 공존을 주장하는 상호 수용론은 비록 이론적 구상은 좋으나 두 문화지간의 본질적 차이성은 여전히 제약으로 작용하기에 실천적 측면에서 현실성이 부족하다. 다원론일 경우 그것이 가능케 하려면 우선 일원론의 관용적 태도가 전제되어야 한다. 현재 세계적으로 지배적 지위를 점하고 있는 것은 여전히 서방의 현대과학기술문화이다. 이는 외견상 합리적이고

---

37) 周宁, 『世界之中国――域外中国形象研究』, 南京：南京大学出版社, 2007, p.11.

다원화를 포용하는 입장을 보이고 있어서 미국, 캐나다, 호주와 같은 국가에서 적극 도입하여 자국의 종족문제 해결에 활용하고 있지만, 이처럼 다원론의 번영 배후에는 사실상 여전히 서방 현대과학기술문화라는 구심력이 작동하고 있으며 세계화의 진척이 가속화될수록 이슬람문화, 인도문화, 마오리족 문화, 중국문화 등을 이 자장 속으로 끌어들이고 있다. 따라서 이 상황을 타개하는 유일한 해법은 "문화적 간성(Intersex)"[38]에 있다. 이는 "타자의 문화"를 "또 다른 자아"로 인식하는 방법으로 서로 대화하고 이해하며 수용함으로써 각자의 문화적 창조력을 촉진할 수 있다.

"간성 철학"은 다국적 문화 연구의 이론적 초석이다. 그동안의 비교문학이 영향연구와 평행연구라는 두 가지 발전단계를 거쳤다면 그 뒤를 잇는 세 번째 단계가 "간성 연구"라고 할 수 있다. 다국적 문화 연구에서 동원되는 "간성 연구"는 상이한 문학과 문화 지간의 교류와 대화를 이끌어내고 관습과 전통에 대한 깊은 성찰을 통해 건설적인 방향으로 나아가는 초석을 마련할 수 있다. 또한 부동한 문화들 간의 "간성 공간"을 확장하여 대화의 장을 넓힘으로써 문화의 언어적 문제에 주목하게 만든다. 요약하자면, 문학을 도경으로 삼아 문화 "간성"의 언어를 사유하는 것은 다문화연구의 가장 중요한 사명 중의 하나라고 할 수 있다.

서구 사회에서의 중국 이미지는 "타지역의 타자문화"라는 이론적 가설 위에 세워진 것으로 서방 현대성 중심주의를 기반으로 한 자아확립과 자아성찰 및 자아적법성과 자아비판이라는 구조 속에서 동태적으로 국가 이미지를 해독한 것이다. 하지만 아시아국가라는 공통분모를 지닌 한국의 문학에 나타난 중국 이미지에는 비단 중국과 한국이라는 문화적 이중관계가 있을 뿐 아니라 동일한 동방국가로서의 중한 양국과 서방

---

38) (西)雷蒙・潘尼卡, 『宗教内对话』, 王志成、思竹译, 北京 : 宗教文化出版社, 2001. p.11.

현대성 기준 지간의 삼중관계를 동시에 내포하고 있다. 중국과 한국은 "상호 동방화"하면서도 또 동시에 피차를 서방 현대성 기준에서의 타자로 위치시킴으로써 동방의 중국 이미지를 결국엔 서방의 중국 이미지 서사 속에서 재생산하는 결과를 낳게 한다.

비교문학은 "영향 연구"에서부터 "평행 연구"와 "간성 연구"에까지 일련의 단계를 거듭하였지만 매 한 단계의 발전은 모두 심각한 현실문제에 대한 고민에서 비롯된 것이다. "간성 연구"가 탄생하게 된 배경에는 세계화가 진행되는 과정에 나타난 문화적 곤경이 있었다. 500년 전 신대륙을 발견하면서부터 인류는 불가피하게 세계화의 길에 들어서게 되었고 이 물결 속에서 어떠한 문화주체도 고립된 존재로서 살아갈 수 없게 되었다. 이로부터 부동한 문화권 지간에는 오해와 충돌, 이해와 융화가 시작되었고 일제히 서방 현대문화에서 오는 충격과 도전을 직면해야 하였다. 그럼으로 이런 상황을 극복하는 유일한 해법은 "나"와 "너"를 함께 문화적 "간성"라는 창조적 공간에 요청하여 "지역적 협의"라는 심층적 대화를 통해 함께 공영 및 공생할 수 있는 미래를 개척하는 것이다.

현대 중국의 문화자각 문제는 반드시 세계화와 다원주의라는 배경 하에서 사유되어야 한다. 중요한 것은 이상화된 이론적 담론에만 안주하지 말며 항상 현실 문제를 직시하고 문화다원주의 배후에 있는 서방 현대화 일원주의의 충격과 도전에 적극 대응하여 자국의 문화 창조력을 발굴해야 한다는 점이다. 그러나 이를 위해 중국 고대사상에서 자원과 영감을 찾거나 기존의 서방중심주의에서 대국굴기의 동방중심주의로 이행할 게 아니라 자국의 문화를 적극 개방하여 문화의 "간성 공간"을 쟁취함으로써 그것을 자기 문화의 일원으로 소화한 후 자체 창조력을 높여야 한다. 인류 역사상 문화적 창조력이 가장 높았던 시기는 모두 문화적

"간성 공간"이 가장 개방적이었던 시기였다. 유럽의 르네상스, 계몽운동이 그러했고 중국의 춘추전국시대와 성당(盛唐)시기도 마찬가지였다. "너"와 "나" 사이의 다문화의 심층 대화는 서로가 서로를 "또 다른 자아"로 인정하고 수용하는 과정이다. 중국의 문화자각은 그 자원과 영감을 자신의 과거 전통에서 찾을 것이 아니라 이처럼 다문화 "간성 공간"에 존재하는 유토피아에서 발굴해야 한다.

중한 양국 학계에서 그동안 진행된 중국 이미지 관련 연구를 보면 현재까지 초보적 단계에 머물러 있고 특히 비교문학에서의 형상학 연구에 집중된 것으로 보인다. 과학과 마찬가지로 문학도 인류사회의 발전방향을 제시하는 중요한 척도이다. 문학가와 문학유파는 계승과 발전을 거듭하면서 부단히 우수한 문학작품을 생산하고 예술의 생명력을 이어가고 있다. 해외문학에서 나타난 중국 이미지 연구와 국가 이미지 부각과 전파 중에 문학이 발휘하는 중요성에 대해 보다 많은 관심을 불러일으켜야 하며 그에 마땅한 연구적 지위를 보장하고 적절한 학계 정의를 부여해야 한다. 또한 기존의 비교문학 형상학 연구의 패러다임을 적극 타파하고 중국 이미지 변천사를 비롯해 서방중심주의 질서 속에서의 자아확립의 문제를 집중 탐구하여 현 중국의 문화자각의 문제에 직접적인 해답을 내놓아야 한다.

3. 중국 이미지의 발전

중국을 소재로 한 한국 당대소설들을 살펴본 결과, 최근의 40년은 중국 이미지가 역사적 변천을 경험하게 한 중요한 단계였음을 알 수 있다.

과거의 "폄하된 중국"이나 "신비주의 중국"에 비하면 세계적인 상황은 큰 변화를 가져왔다. 중국의 굴기는 세계 정치와 경제 판도를 크게 바꿔놓았고 중국 이미지는 이 속에서 새롭게 탈바꿈하였다. 첫째, 종합국력의 상승은 세계인들이 중국의 경제, 정치, 문화 그리고 가치관에 깊은 관심을 갖게끔 추동하였다. 둘째, 중국의 여러 지역 간의 발전 불균형과 사회 계층 간의 빈부격차, 그리고 국내외의 복잡한 국제정세는 국가 이미지의 다원화를 촉진시켰다. 게다가 국제 교류는 갈수록 빈번해지고 미디어 기술은 날을 거듭할수록 혁신되면서 중국 이미지는 지속적으로 '자아 부각'과 '타자 부각'의 병행을 하고 있었다. 이런 요소들의 복합작용 하에 "타자"로서의 한국은 더는 기존의 편협한 인식에만 머물지 않고 중국을 형상화함에 있어서 점차 객관적이고 다양적인 추세를 보여주었다.

경제는 중국 이미지를 부각하는 과정에서 무엇보다 관건적인 역할을 담당했다. 경제의 급격한 성장은 국가의 하드파워의 상승을 의미하고 중국의 국제적 영향력을 한층 높여주었다. 목전 국제 여론은 여전히 "중국 굴기"를 중심으로 돌아가고 있고 대체로 "중국 경제"를 주축으로 중국 이미지를 형성해나가고 있다. 『정글만리』를 보더라도 작가 조정래는 중국의 상업계를 착안점으로 하여 거대한 편폭 속에 중국의 경제 상황을 독자들에게 펼쳐보였는데 바로 이 점을 특징적으로 보여준 사례이라고 할 수 있다.

『정글만리』에서는 중국의 넘쳐나는 활력을 보여주는 한편 현존하는 갖가지 모순들도 고스란히 보여주고 있다. 소설에서 비춰진 중국은 놀라운 속도로 경제성장을 하고 있는 국가, 세계적으로 존재감을 드러내는 국가, 그리고 발전과정에 갖은 불확실성이 공존하는 국가로 묘사되고 있다. 요약하자면, 자유개방적인 시장경제와 권위적인 정체체제가 함께 어우러진 국가였던 것이다.

작품 속의 중국 정치의 모습은 여전히 권위주의적이고 인권 보장에 미흡하며 민주화가 제대로 이루어지지 않고 종교와 언론이 자유롭지 못하며 이분자(異分子)나 이에 관련된 신문과 출판물들을 탄압하는 형상으로 그려지고 있다. 이 같은 정치적 이미지와 경제적 이미지의 차이는 비단 이데올로기적인 측면도 있겠지만 한국 대중들이 중국 정치상황에 대한 부족한 인식도 작용한 것으로 보인다. 이를테면『중공에서 온 손님』과『정글만리』를 보면 중국공산당과 중국정부를 자주 혼동하여 사용하고 있으며 정부에서 실행하고 있는 많은 정책을 공산당의 정치로 해석하고 있다는 점에서도 알 수 있다.

하지만 한국 당대 중국소재소설들은 중국의 정치적 이미지에 대해서 비판 일색인 것은 아니었다.

> 자크 카방은 서둘러 손발을 씻고 잠자리에 들었다. 그는 G2다운 중국의 변화를 다시금 실감하고 있었다. 자정이 다 된 한밤중에도 급박한 항공권 예약이 해결되는 중국. 20여 년 전에는 상상할 수 없는 일이었다. 그즈음만 해도 사회주의식 근무 습관이 그대로 남아 있어서 퇴근시간이 지나면 거의 모든 업무가 마비상태에 빠졌다. 거기다가 서비스라는 개념 자체가 없어서 자본주의 사회에 길들여진 사람들에게는 그 불편하기가 지옥이 따로 없었다. 그런데 초고속 경제발전을 따라 중국은 급격하게 국제적 위상을 갖추는 변화를 계속하고 있었다. 24시간 근무 체제를 갖춘 항공사의 서비스도 그 좋은 예였다. 중국은 치밀하고 세련된 서비스가 곧 경제 동력이고 글로벌 시대에 국가의 품위를 높이는 길이라는 사실을 확실히 인식한 것이었다. 그렇게 발 빠르게 변모해 가는 모습을 지켜보는 것도 중국의 매력 중의 하나였다.[39]

39) 조정래,『정글만리』(3), 서울: 해냄출판사, 2013, 29-30쪽.

작품에서 보여주듯, 작가는 중국정치에 대해서 비판적인 자세를 취하기도 했지만 그와 동시에 중국 사회에서 벌어지고 있는 여러 가지 긍정적인 변화에도 적극 눈길을 돌리고 있었다. 이로부터 우리는 중국 굴기에 대한 한국 민중의 복잡한 애증의 심리를 간접적으로 보아낼 수 있다.

중한교류가 지속적으로 심화되고 양국 지간의 방문, 전시, 스포츠 경기 등 활동이 활성화되면서 중국 이미지도 갈수록 입체적이고 다원화되고 있다. 게다가 근년 들어 인민의 소질은 눈에 뜨이게 제고되고 있고 청년층의 사상은 갈수록 개방적이고 활력이 넘쳤다. 이처럼 교류가 심화되는 배경 속에서 대중과 개인의 이미지는 더욱 빈번하게 타자들의 시선에 포착되면서 점차 국가 이미지를 형성하는 가장 주관적이고도 직접적인 전파 도경이 되었다. 따라서 민중과 개인의 이미지는 국가 이미지 부각의 기초적인 요소로 작용하고 있다.

한국 당대소설에서 보여준 중국 이미지 변천의 배후에는 대국의 굴기와 깊은 연관이 있다. 중국이 '문화 수출' 전략을 실행하면서부터 한국 당대문학에서는 중국 관련 소설이 대폭 증가하는 양상이 나타났고 아울러 중국의 국제적 지위가 부단히 향상되면서 중국을 향한 한국 소설가들의 관심도가 전례 없이 상승되었으며 이 과정에 한국 독자들도 중국 관련 문학작품을 접하면서 중국에 대한 이해를 넓혀가게 되었다.

세계화와 정보화가 빠르게 진행되고 있는 지금의 중국은 중요한 전략적 전환기이자 굴기의 관건적 시기에 놓여 있다. 따라서 양호한 국가 이미지는 과거에 비해서 훨씬 현실적이고도 중요한 의의를 지니게 되었다. 그리고 국가 이미지에 대한 심도 있는 연구와 총체적 기획이 필요한 시점이다. 세계적 범위에서 중국 이미지를 부각한다는 것은 더욱 자신감 있게 주동적으로 자국의 소프트파워를 드러내고 국제적 발언권을 쟁취하는 이미지 혁신의 새 시대에 접어들었음을 의미한다.

글로벌 시대에 양호한 국가 이미지를 부각하는 것은 각국 정부의 전략적 목표이자 국익과 관련된 중요한 사항이다. "베이징 컨센서스"를 제기하면서 유명세를 탔던 미국의 학자 조슈아 쿠퍼 라모(Joshua Cooper Ramo)는 "양호한 국가 이미지를 갖추게 되면 국가 지간에 큰 마찰을 빚을 때 발생하는 대가비용을 최소화할 수 있지만, 부정적인 국가 이미지는 작은 충돌에도 대가비용을 몇 배로 증폭시키게 된다. 국내외 평가가 불일치한 국가 역시 유사한 결과를 초래할 수 있으며 잇따른 위험성을 높여줄 수 있다"고 지적한 바 있다. 이처럼 한 국가의 국제적 이미지는 자국 이익에 직접적인 충격을 줄 수 있다. 특히 현존하는 국제질서, 각국의 발전상황, 신매체의 속출 등 복잡한 환경 속에서 빠르게 부상 중에 있고 서방국가들과 이념과 제도적 측면에서 상이하며 민족의 위대한 부흥을 목표로 하는 사회주의 대국인 중국에게는 국가 이미지의 목표 설정과 실행, 전파 등은 가장 중요한 문제라고 할 수 있겠다. 라모는 이와 관련하여 "국가 이미지는 현재 중국에게 있어서 가장 근본적인 문제이다. 만약 이 문제를 제대로 해결할 수만 있다면 기타 연관된 문제점들은 자연히 해결될 것이다"라고 예언하기까지 하였다.

그렇다면 목전 세계인들에게 비춰진 중국의 이미지는 어떠할까. 여기서 반드시 주의해야 할 점은, 중국의 이미지는 그동안 눈에 뜨이게 많은 개선을 가져왔지만 이러한 진보는 근본적으로는 눈부신 경제적 성장과 사회적 안정의 혜택을 입었다는 것이다. 하지만 이런 객관적인 요소들을 제거하여 본다면 실제 상황은 낙관적이라고 볼 수는 없다. 중국의 국가 이미지는 단순히 "좋음"과 "나쁨"과 같은 호불호적인 이중판단을 넘어서 극도로 복잡다단한 양상을 보이고 있다. 이런 복잡한 관계 속에서의 문제의 핵심은 중국인들의 자기인식과 외국인들의 타자인식 지간의 벌어진 간극에 있지 않을까 싶다. 말하자면 중국의 국가 이미지는 시대적 변화와 정확한 보조를 맞추지 못하는 문제를 보이는데, 해외 국가들이 인식하는 중국의 이미지는 아직도 과거의 진부한 인식에서 답보하고 있다. 여기에는 중국에 대한 삐딱한 시선과 두려운 시선이 공존하고 있었다. 이에 비해 중국인의 자기인식은 자부심과 열등감 사이를 배회하고 있는데, 때로는 과열된 자신감에 젖어있다가도 때론 최소한의 자신감마저 상실한 모습을 보인다. 이러한 내외적 인식의 차이는 중국에 대한 편견을 가중시키고 중국의 발전을 저애할 뿐만 아니라 종국에는 타국에게도 불리하게 작용된다. 그러므로 국제사회는 중국에 대한 인식 수준을 부단히 높이고 객관사실에 더욱 주목해야 할 뿐 아니라 동시에 중국은 보다 건설적이고 투명도 높은 발전 전략을 제시함으로써 자국의 이미지 부각에 힘써야 한다. 이 또한 시대가 중국에게 부여한 역사적 사명이기도 하다.

제4부
중국소재소설의 특성 및 의의

제1장

중국 서사의 특징

1. 작가의 중국체험 및 내면풍경

한국 당대소설에서의 중국 이미지 연구는 어떠한 새로운 시각 또는 새로운 관념 및 방법을 통해 진행하던 간에 작품들과 긴밀하게 연결된 시대 상황 및 사회생활을 떼어놓을 수 없다. 또한 '당대'라는 복잡하고 독특한 환경을 벗어날 수 없음과 동시에 직가의 중국체험과 그 문희권을 탐구하지 않을 수 없다.

중국 이미지를 제한하는 시대상황은 주요하게 한국의 시대상황을 말하지만 같은 시기 중국의 시대상황 또한 역시 고려해야 하는 부분이다. 즉 '한국을 중심으로 한 중한상호관계'로부터 출발해 시대환경과 중국 이미지의 관계를 이해해야 한다.

그럼에도 불구하고 시대는 오직 특정시기의 중국 이미지를 덧칠한 바탕색일 뿐이며, 수많은 개체화된 중국의 이미지는 특정한 작가들에 의해 부각된 것이다. 물론 모든 작가는 일정한 사회 역사 환경 속에 살고 있어 타국에 대한 생각은 여러 가지 사회적 조건의 제약을 받는다. 하지만 인간이라는 개인적 요소가 타국 이미지를 형성하는 과정 중 능동적인 작용을 한다는 것은 등한시할 수 없다.

'모든 사회관계의 종합'인 개인 작가로서 많은 신분속성이 중국 이미지 형성에 영향을 미칠 수 있다. 그중에서도 한국 당대 사회적 상황과 중한관계라는 큰 배경 하에 작가의 중국체험, 문학관 및 작가가 속한 사회계층과 정치성향 등이 관건적 요소라고 생각한다.

한국 당대문학 중 중국 이미지의 변화 과정에 있어 오정희의「중국인 거리」는 아주 중요한 작품이다.

한국 근·현대 문학작품에서는 이미 수많은 중국 이미지를 형성해왔었다. 하지만 대부분 작품에서 중국인은 조롱, 풍자, 부정적인 대상으로 표현되었으며, 기괴하고 냉정하며 예측 불가능한 것으로 중국의 이미지가 그려졌다. 최서해의 단편소설「홍염」[1]에서 중국인은 '부모도 모르는 뙤놈', '뙤놈이란 오랑캐', '인륜이 없는 뙤놈'으로 정의되면서 중국인 지주 인가의 이미지를 부정적으로 그린다. 또한 강경애의 단편소설「소금」[2]에 등장하는 중국인 지주 형상도 마찬가지로 단순한 착취자일 뿐이며, 이외에도 김동인의「감자」,[3] 이인직의「혈의누」[4] 등의 작품에서도 부정적인 중국인 형상을 부각하였다.

하지만 오정희는 이와 반대로「중국인 거리」에서 인천 차이나타운에 살고 있는 중국인 남자를 순박하고 착한 이미지로 묘사했으며, 중국인을

1) 최원식, 임규찬 외 엮음, 최서해 지음,「홍염」,『20세기 한국소설』, 서울: 창비, 2005 (1927).
2) 상게서, 강경애,「소금」, 2005(1934).
3) 상게서, 김동인,「감자」, 2005(1925).
4) 이인직,『한국대표신소설』, 서울: 金子堂, 1976.

진정으로 이해하려는 작가의 내면세계를 보여주었다.

1953년 6·25전쟁이 끝나고 1992년 중한수교 전까지 한국과 중국은 각각 세계 양대 국제정치 진영에 속해 있었고, 그 당시 국제정치 상황은 냉전국면에 있었으며, 역사상 교류가 가장 많았던 이 두 국가는 낯선 관계가 되었다. 따라서 한국에서 '중국'을 언급하면 이는 자신이 '빨갱이'라는 것을 의미하였으므로 그 시기 한국 문학작품에서 중국인 이미지는 극히 드물었다. 하지만 1979년에 발표된 「중국인 거리」는 제목에서부터 한국문학이 금기해 왔던 부분을 타파하여 오정희는 한국 당대문학에서 처음으로 중국 서사를 시도한 사람이 되었던 것이다.

20세기는 다양한 정치성향들이 서로 경쟁하는 실험장과 같았다. 이 때문에 작가의 정치성향이 중국소재소설에서 부각된 중국 이미지에 있어 매우 큰 영향을 미쳤다.

「중국인 거리」에서 중국인과 한국인이 한 곳에서 살지만 그들 간의 정서적인 거리감은 완전히 해소할 수 없었고, 한국인의 눈에 비친 중국인은 여전히 신비한 이방인이었다. 그럼에도 불구하고 소설에 나타난 중국인은 그 전 다른 작품에서 부각된 완전히 부정적인 이미지보다 발전하여 소설의 결말에서 소녀 주인공은 젊은 중국인 남자를 마주치면서 중국남자가 준 선물을 받게 된다. 이는 작가가 두 나라 간의 모순과 거리감을 허물고, 더 나아가 서로의 문화와 생활을 이해하고자 하는 갈망을 표현한 것으로 해석된다.

윤후명의 「돈황의 사랑」은 역시 비슷한 시기에 중한 국교단절로 인하여 한국인의 중국행은 현실적으로 불가능했기 때문에 작가 윤후명은 심상지리를 통해 '돈황'이란 상징적 지점을 향한 자아탐색, 더 나아가 세계에 대한 탐구의 여행을 표현한 작품이다. 그리고 1991년 여름, 윤후명은 중국 현지 체험을 하면서 「누란의 사랑」, 「외뿔 짐승」, 「구름의 향기」 등 중국 관련 작품들을 창작하였다.

여행은 현실을 '타자화'함으로써 세계에 편재된 무의미성을 견디고, 현실에 대한 인식지평의 확장을 모색할 수 있는 어떤 새로운 것을 향한 욕망이다. 그 새로운 것이란 일상성 속에는 존재하지 않는 부재의 영역이다. 그러므로 새로운 존재의 의미를 추적하고자 하는 이들의 여행은 속악한 현실의 존재에 대한 부정을 끊임없이 감행해야 하는 불행한 의식의 정신적 표랑과정에 대한 기록이다.

윤후명의 소설 속에 중국 여행의 장면은 많지만 여행지의 풍경과 여행에서의 색다른 체험을 그린 장면은 별로 많지 않은데, 그 이유는 작가가 여행의 주제보다 여행을 통해 떠오른 생각과 삶에 대한 반성을 글쓰기의 주제로 삼았기 때문으로 이해된다. 그의 여로형 소설들은 전망이 부재하는 현실에 대한 환멸을 보여 주고 현실과의 거리 두기를 통해 현실을 새롭게 조망하거나 전망 없는 현실에 대한 대안을 제시하려고 한다.5) 예를 들면 「구름의 향기」는 '뿌리 뽑힌 삶'의 현실에서 어린 시절의 고향과 진정한 삶에 대한 향수를 절실하게 표현하였다. 그리고 「돈황의 사랑」과 「누란의 사랑」에서는 한국 문화가 어떻게 다른 문화와 소통하였는가를 알아보면서 돈황과 누란을 비롯한 실크로드를 통해 중국, 더나아가 세계와의 문화교류를 더욱 활발히 하여 창조적인 한국의 미래를 설계하려는 작가의 욕망을 드러내고 있다.

위에서 살펴본 바와 같이 오정희의 「중국인 거리」, 그리고 윤후명의 여러 편 중국소재소설을 통해 중한의 외교적 회복은 한국 국민의 바람에 부응한 것임을 짐작해 볼 수 있다.

---

5) 오생근, 「해설」, 『새의 말을 듣다』, 서울: 문학과지성사, 2007, 307쪽.

1992년 중한수교는 오랜 기간의 비정상적인 양국 관계를 정상화한 역사적인 사건으로 대립과 단절의 역사를 청산하는 선언이었고, 양국 교류의 비약적 발전을 마련하는 토대가 되었다. 따라서 중국에서 장기 체류하는 한국인이 매년 10만 명씩 증가하고 있으며 현재 한국인의 활동 무대는 중국 전역으로 확대되고 있다. 하지만 수교 초기 중국에 진출한 한국인은 대부분 중국어를 구사할 수 없었을 뿐만 아니라 중국에 대한 기초 정보나 이해가 없어 중국 조선족들에게 의존하지 않을 수 없었다.6) 따라서 그 당시 조선족이 많이 모여 살던 길림성, 료녕성, 흑룡강성 등 동북3성이 중국에 진출한 한국인들의 첫 근거지였다. 김인숙의 「바다와 나비」(대련), 「감옥의 뜰」(하얼빈, 대련, 여순), 김연수의 『밤은 노래한다』(연변조선족자치주), 「뿌녕쉬」(연길), 「이등박문을 쏘지 못하다」(하얼빈, 해림), 이응준의 「아마 늦은 여름이었을 거야」(심양), 천운영의 『잘 가라, 서커스』(연길) 등 소설에서 조선족들을 통해 현지인과 교류하는 한국인들의 중국 진출 초기의 특징을 확인할 수 있을 뿐만 아니라 중국을 직접 체험했던 작가들의 발자취도 어느 정도 추적할 수 있다.

> 서탑(西塔)은 선양(沈阳)의 코리아타운이다. 중국어 한마디 못해도 조선
> 사람이라면 아무런 불편 없이 살아갈 수 있다.
> (중략)
> "조선족 아가씨는 싫어요?"
> "말이 통해서 피곤해"7)

수교 초기 한국인들은 중국의 동북3성의 몇 개 도시에서 학습을 통해 중국에서 정착하는 방법을 배우기도 하지만, 소설 「아마 늦은 여름이었

---

6) 민귀식, 잔더빈, 『한·중 관계와 문화 교류』, 서울: 이매진, 2003, 28-31쪽.
7) 이응준, 「아마 늦은 여름이었을 거야」, 『약혼』, 서울: 문학동네, 2006, 110-119쪽.

을 거야」에서 묘사된 주인공처럼 어떤 한국인들은 의사소통이 될 수 없는 외국인과의 만남에 기대를 갖기도 하면서 퇴폐적인 삶을 살고 있다. 「감옥의 뜰」의 주인공인 규상의 경력에서도 비슷한 상황이 존재한다. 그것은 1997년 한국의 외환위기로 인해 세계 금융위기의 영향을 상대적으로 덜 받는 중국으로 진출하려는 한국인을 묘사대상으로 설정함으로써 소설 분위기가 대부분 암울하였던 것으로 판단된다.

한국인들은 13억의 중국 인구를 모두 경제력을 갖고 있는 소비자로 단순하게 판단해 중국 시장 규모에 들떠 있기도 하여 중국은 1990년대 이후 한국인의 해외 이주가 가장 많은 나라가 되었다.

> "라면 하나씩만 팔아도 10억 개다."
> "그들이 양말 한 짝씩만 만들어도 5억 켤레다."
> (중략)
> 이제 머지않아 중국이 G1이 되리라는 것을 부인하는 사람은 아무도 없다. 그런데, 중국이 강대해지는 것은 21세기의 전 지구적인 문제인 동시에 수천 년 동안 국경을 맞대온 우리 한반도와 직결된 문제이다.
> 중국인들이 오늘을 이루어내는 동안 겪은 삶의 애환과 고달픔도 우리의 경험과 다를 게 무어랴. 그 이야기를 두루 엮어보고자 했다.[8]

미국처럼 시민권도 부여하지 않는 중국에 많은 한국인이 진출한 것은 매우 특이한 현상으로 보인다. 중국은 이민을 허용하지 않기 때문에 재중 한국인들이 장기체류[9] 형태로 생활하는 것은 다른 나라와 구별되는 현상이다. 그리고 해외 이주가 일반적으로 경제적인 이유로 이뤄지기 때

---

8) 조정래, 「작가의 말」, 『정글만리』, 서울: 해냄출판사, 2013.
9) 중국의 '외국인 출입경관리법'과 실시 세칙에는 단기체류, 장기체류, 영구체류 또는 단기거류, 장기거류, 영구거류로 표현하고 있지만, 그 의미는 차이가 없다. 그러나 한국에서는 90일까지는 단기체류, 91일 이상은 장기체류로 분류한다. 전게서, 민귀식, 잔더빈, 44쪽.

문에 소득이 낮은 나라에서 높은 나라로 옮겨가는 것이 보통이지만, 한 국인의 중국 이주는 소득이 높은 나라에서 낮은 나라로 향하는 경우다. 『정글만리』의 창작 동기에서 알 수 있듯이, 이는 중국의 미래의 시장 가 능성을 가장 크게 고려하고 있는 것이다.

20세기에 들어서면서 자본주의의 발전과 획기적인 교통수단의 개발 은 문화 간 접촉 빈도를 기하급수적으로 높여왔다. 이미 매스미디어를 이용한 문화 학습을 통해 간접적인 문화 접촉과 문화 이식이 상시적으 로 진행되고 있다. 그래서 지금은 적어도 누구나 타문화의 일반적 특성 을 인지하고 있고, 타문화를 배타적으로 바라보는 시각도 많이 개선되고 있다.

그럼에도 불구하고 중국에서 지속적으로 머무는 여러 작가를 포함한 한국인들은 이민자가 아니라 장기체류자로서 신분상의 불안정을 느끼지 않을 수 없다. 즉 외국이란 다른 문화권에서 생활할 때는 상당한 문화 충격을 겪게 된다. 그것은 이성적으로 인식하는 것과 실제 체험을 통한 문화 접촉 사이에 너무나 큰 차이가 존재하기 때문이다. 곧 타자의 관점 에서 다른 문화를 이해하는 것은 이성적 판단의 영역이지만, 현장에서의 접촉은 감성과 가치관이 부딪치는 행동을 수반하기 때문에 문화 차이가 일정한 정도의 스트레스를 불러오게 되는 것이다. 아무리 정보통신의 발 달이 문화 간 거리를 축소한다고 해도 인적 교류 과정에서의 문화 갈등 을 극복하기에는 한계가 있다. 따라서 황석영의 『바리데기』에서는 중국 대련에서 일어난 투자 기피 현상을 묘사하였고, 조정래의 『정글만리』에 서 한국 상인들은 네트워크 구축이 사업 성공에 중요한 요소라고 인식 하면서 중국인과 이른바 '꽌시(关系)'를 맺는 것에 집중하였으며, 역사 사 건이 '정서적 반응'과 '인지적 반응'을 불러와 '문화 충격' 또는 '문화 적

응 스트레스'로 작용하여 작가 김연수 같은 경우에는 「뿌넝쉬」, 「이등박
문을 쏘지 못하다」,『밤은 노래한다』등 중국 관련 역사소재소설을 창
작한 것이다.

인적 교류는 문화 교류 가운데 상호 인식에 가장 큰 영향을 미치는
분야이다. 따라서 한국 작가의 직접적인 중국 경험도 중국을 이해할 수
있는 가장 중요한 경로이다. 이와 관련된 작품들을 분석해보면 작가의
중국체험, 문학관 등에 따라 소설에 나타난 중국 인식에는 차이가 존재
함을 확인할 수 있다.

2. 소설에 나타난 스테레오 타입

스테레오 타입(stereotype)은 비교문학형상학에서 다른 나라, 다른 민족
의 이미지를 묘사하는 용어로 이미지의 특수성 및 무수히 많은 표현방
식이 존재하는 형식이라 할 수 있으며, 서로 다른 민족 집단을 서술하는
가장 작은 단위로 그 특징은 불변성과 허구성이다.

스테레오 타입은 원래 인쇄할 때 쓰는 연판을 가리키며, 이후 반복 사
용되어 '낡은 규범'이란 뜻으로 파생되었다. 즉 사람들은 사물을 인식할
때 그것에 대한 선입견으로 미국학자 월터리프먼(Walter Lippmann)은 그
것을 사회과학 분야에 응용했으며, 스테레오 타입을 "우리 생각 속에 이
미 존재하는 선입견"이라고 하였다. 비교문학분야에서 스테레오 타입은
서로 다른 민족의 이미지를 상대적으로 변하지 않는 인식 시스템에 고
정하는 것을 말한다.10)

---

10) 姜智芹, 『西镜东像』, 北京 : 中央编译出版社, 2014, p.4.

다른 나라 또는 다른 민족에 관한 스테레오 타입은 작가들에 의해 창작된 것이지만 단순한 개인행위는 아니다. 작가가 다른 나라 또는 다른 민족에 대한 이해는 간접적이며, 스테레오 타입은 작가 본인이 속한 사회와 집단의 사상을 통해 표현되는 것으로 사회전체의 상상력이 만들어낸 것이다.

따라서 스테레오 타입은 타자에 대한 자아의 집단 상상력이며, 그것이 일단 형성되면 본 민족의 집단 무의식 속 깊은 곳으로 유입되어 무의식중에 본 민족이 다른 나라 또는 다른 민족에 대한 견해에 영향을 미치게 되는 것이다. 스테레오 타입은 지속성과 '다문화 담론'성을 가지고 있어 오랜 시간 동안 휴면상태에 있을 수 있지만 자극을 받으면 바로 깨어나 새로운 에너지를 내보낸다.

스테레오 타입은 한 민족이 다른 나라 및 다른 민족의 인식과 느낌을 고도로 압축해 표현하는 것으로 양국 간 사회, 정치적 지위 및 경제, 군사력 등과 밀접한 관계를 가지고 있다.

중한 양국은 오래된 역사적 애증관계로 말미암아 여러 가지 오해와 편견들이 존재하기 마련이다. 이러한 오해와 편견은 흔히 두 나라의 언어 속에 상대를 표현하는 비속어의 형태로 나타나는데, 주지하다시피 부정적 의미로 중국인을 지칭하는 '뙤놈'이란 단어는 한국에서 중국인을 비하할 때 쓰이는 대표적인 비속어이다. 중국과 관련된 한국의 많은 근·현대소설, 예를 들면 유현종의 「들불」, 김동인의 「젊은 그들」, 「감자」, 최서해의 「홍염」 등과 같은 작품 속에서 '뙤놈'이란 단어가 자주 사용되고 있음을 쉽게 발견할 수 있다.

한국인의 일상 언어생활에 아직도 가끔 쓰이고 있는 '뙤놈'은 비속어(욕)라는 단어의 성격상 공공성을 전제로 한 방송이나 신문과 같은 대중매체 그리고 일반적인 문서에는 쓰이지 않지만 본 논문에 선정된 몇 편의 소설을 통해 그 실제적인 쓰임을 찾아볼 수 있다.

(1) 오정희, 「중국인 거리」
통틀어 중국인 거리라고 불리는 동네에, 바로 그들과 인접해 살고 있으면서도 그들 중국인에게 관심을 갖는 것은 아이들뿐이었다. 어른들은 무관심하게, 그러나 경멸하는 어조로 '뙈놈들'이라고 말했다.

(2) 윤후명, 「돈황의 사랑」
"나중에 왕건한테 망했잖아, 새까. 그러니깐 고려 사람들이 노랠 더 부른 모양이지?"
"뙤놈 같은 소리 하네. 그건 임마, 전쟁터에서 부른 노래하군 달러."

(3) 공선옥, 「가리봉 연가」
"공산주의 사회에서 온 자들이라 그런지 의심들은 또 얼마나 많은지, 도대체 사람 말을 안 믿어요. 저 앞에 있는 군복 말여, 나 오천 원에 떼와 육천 원에 팔아. 그런데 이 뙤놈들이 그걸 삼천 원에 달라 그래, 내참."

인용한 소설 속 '뙤놈'은 간사하고 무식하며 더럽고 행동이 거칠며 예법을 몰라서 상대하기가 매우 힘든 재수 없는 사람들로 그려지고 있다. 소설 개개의 작품은 보다 세밀한 독해와 분석을 통해 연구되어야 하겠지만 '뙤놈'이란 단어 자체가 가지고 있는 부정적 뉘앙스와 더불어 소설의 문맥 속에서 이 단어는 대부분 부정적인 인물묘사와 부정적 플롯을 전개하는데 쓰이고 있음을 확인할 수 있다.

'뙤놈'의 정확한 유래와 그 의미에 대해서는 아직 여러 설들이 분분하여11) 어원에 대한 심층적인 연구가 필요하다고 본다. 하지만 한국소설에

---

11) 『우리말어원사전』: 뒤(방향)되, 『국어어원사전』: 도이(사람)되, 『한국어어원사전』: 적(狄)되, 『열하일기』: 도이(島夷)되, 민간어원설: 때(각질), 떼(무리), 때(大)놈 등과 같은 기원

서의 '뙤놈'이란 스테레오 타입 역시 단어의 어원 못지않게 중국 이미지에 특정 의미를 부여하는 한국의 주관적 요소 또한 매우 중요하게 고려되어야 한다. 이는 종족편견이 내포되어 있으며, 당시 한국인들에게 중국인은 위생적이지 않고, 야만적인 인간으로 인식되고 있다.

중국인의 부정적 이미지는 어느 한 순간이 아닌 일정한 세월을 거쳐 축적되어 온 것임을 짐작할 수 있다. '중국인은 더럽다'라는 인상은 한국인에게 매우 보편적으로 퍼져 있는 편견 중 하나인데, 1882년에 체결된 '조·청상인수로무역장정(朝淸商民水陸貿易章程)' 이후 한국의 화교 이주민이 증가하면서부터 그 기원을 찾을 수 있다. 특히 당시 최저 임금과 최저 생활조건12)을 견디며 한국에서 일하던 중국노동자들로 인해 조선인들이 대량으로 실업하게 되어 중국인 노동자는 점차 생계의 터전을 잃어가고 있던 조선인 노동자들의 심기를 건드리기에 충분하였다.

실제 중국노동자들의 생활환경은 위생적으로 매우 열악하였다. 게다가 중국 노동자들은 절도와 같은 사고를 일으키기도 하여 조선인 노동자들의 불편한 심기는 '반(反) 중국인 감정'(Anti-Chinese sentiment)13)의 형태로 발전하는 기미를 보였다. 이러한 조짐은 냉전시대에 들어서면서 가시화되기에 이른다.

언제부터, 무엇 때문에 뿌리내리기 시작한 생각인지는 막연하면서도 중국사람들은 지저분하다, 게으르다, 거짓말을 잘한다, 이런 부정적인 인상이

설이 있음. 이근석, 「뙤놈, 중국인의 부정적 타자화의 기원과 재맥락화에 대하여」, 『중국현대문학』(57), 한국중국현대문학학회, 2016 : 154-163.
12) 토목공사에 동원되던 중국노동자들은 의식주 기본생활 수준을 최저로 유지하면서 그들이 벌은 돈을 고향으로 송금했다. 최저생활이란 한마디로 잘 못 씻고, 잘 못 입고 더럽게 살았다는 것을 의미한다. 상게서, 170쪽.
13) 박정만, 「반 중국인 감정과 '타자'의 역사: 헨리 그림의 *The Chinese Must Go*」, 『현대영미드라마』, 한국현대영미드라마학회, 2004, 76쪽.

깊이 박혀 있었다. 어쩌면 그런 인식은 전혀 근거 없는 것이 아닐 수도 있었다. 중국과 수교가 되고 나서 우리나라 사람들은 서로 앞다투어 중국 여행에 나서기 바빴다. (중략) 우리나라 사람들이 떼 지어 가서 으악 하고 첫 번째 놀란 것이, 더럽고 낡은 것을 말로 다 할 수 없는 중국의 공중변소들이었다. 그때 벌써 우리나라 공중변소는 모두 수세식인 데다가 대형 두루마리 화장지도 맘껏 쓰게 걸어 놓았으니 우리 여행객들이 기절초풍한 것도 과장이라 할 수 없었다. 그런데 그 냄새 지독스럽고 칸막이도 없는 공중변소마저 흔한 것이 아니었다.14)

『정글만리』의 인용문에서 알 수 있듯이 이주노동자들로부터 시작된 더러운 중국인 형상은 1992년 중한수교 이후 대규모 직접교류가 이루어지면서 더욱 공고해진다. 중국을 직접 체험한 대부분의 한국인들은 중국인들의 비위생적인 생활태도에 매우 큰 충격을 받곤 한다. 하지만, 정작 많은 한국인들은 중국인의 위생관념을 경제 발전과 더불어 상승되는 생활수준의 차이나 성장과정에서 흔히 나타나는 과도기적 모순15)에서 찾는 것이 아니라 중국인의 민족성16)으로 귀결시키곤 한다. 다시 말해 중국인들은 원래 더러웠고 지금도 그러하며 앞으로도 그럴 것이라는 믿음과 심지어 그래야만 한다는 신념이다. 현시적 시점에서 '때놈'의 표면적 서사가 여전히 더러운 중국인이라면 그 안에 숨겨진 서사는 산업화에 상대적으로 앞서 있는 한국인의 자본주의적 우월의식이라고 말할 수 있다.

---

14) 조정래, 『정글만리』1권, 서울: 해냄출판사, 2013, 33-34쪽.
15) 환경오염, 기형아, 기형동물, 불량식품파동 등으로 언론에 자주 보도된다. 하지만 이러한 현상은 자본주의 초기 발전 단계에서 흔히 일어나는 일들로 유럽의 선진국은 물론 동아시아에서 가장 깨끗한 나라로 평가 받는 일본에서조차도 산업화 과정 중에 많이 발생했던 사건들이다.
16) 민족이 소위 말하는 '상상의 공동체'라면 민족성 또한 실체가 아닌 만들어진 개념일 수밖에 없다. 특히 부정적 속성의 민족성은 해당 국가의 내부가 아닌 외부, 즉 이국인에 의해 부여된다.

"탈북자들이 남쪽에 와서 가장 놀라고 도저히 이해 안 되는 게 한 가지 있대요. 그건 고층 빌딩들이 수없이 많은 것도 아니고, 자동차들이 수없이 많은 것도 아니래요. 그럼 그게 뭐냐면 말이지요, 공중화장실마다 칸칸이 걸려 있는 큰 두루마리 화장지래요. 얼마나 잘살면 이럴 수가 있나. 얼마나 잘 살면 그 좋은 화장지들을 안 가져가나 하고요. 그런데 중국 사람들이 우리나라에 여행 와서 많이 놀라고 도저히 이해 안되는 게 두 가지가 있대요. 하나는 공중화장실이 어디를 가나 수세식인 데다, 방 안보다 더 깨끗한 것이고요, 또 하나는 수많은 비둘기 떼가 공원이며 한강변에서 사람 옆에 내려앉고 하는 거래요."

"화장실은 알겠는데, 비둘기 떼는 왜 그러지?"

(중략)

"예에, 왜 그러냐면 말이지요, 아니 저 맛있는 것을 왜 그냥 두느냐. 어서 잡아먹어야지, 하는 거예요."

(중략)

"그래, 나도 그 말 들었어. 중국사람들은 네 발 달린 것 중에서 의자 빼고는 다 먹는다고."[17]

위의 인용문에서 중국인은 더럽고 야만적인 이미지로 부각되고 있다. 여기서 더럽고 깨끗함의 분별은 객관적 위생상태의 문제라기보다는 모종의 이데올로기를 수반하는 관념적 문제로 선환될 수 있다. 더러운 중국인 형상은 다른 의미에서 한국인은 중국인 보다 깨끗하다는 것을 은연중에 전제로 하여 성립되는, 다시 말해 관찰대상을 통해 관찰자의 성격이 규정되는 상호관계성을 가지고 있다. 물론 이러한 등급 관계 속에서 우위에 있는 쪽은 한국인이다.

한국 초기 당대문학 작품에서 부각된 중국 이미지의 스테레오 타입은 '뙤놈'과 같은 모욕적인 인종적 별칭이 있는가하면, 후기에는 '펑유'(朋友)와 같은 긍정적인 스테레오 타입이 출현하였다. 전자는 경시와 배척의

17) 상게서, 2권, 97-98쪽.

요소가 함유되어 있고, 후자는 친절, 좋은 친구라는 의미가 담겨있다. 다시 말해 서로 다른 호칭은 중한문화 간의 충돌과 양국관계의 변화발전이 반영되어 있다고 할 수 있다.

(1) 김인숙, 「감옥의 뜰」
샤오친이 규상을 '**하오펑요(好朋友)**'라고 부르기 시작한 것은 그들이 다섯 번을 만나기도 전이었다. 중국어로 하오펑요는 정말 친구일 때가 아니면 쓰지 않는 말이라고, 화선은 말했었다. 화선은 그를 끌어안고 그의 머리를 쓰다듬으며 '내 **하오펑요**'라고 말하곤 했었다. 그러나 샤오친은 그의 고객이기만 하면 누구든지 **하오펑요**였다. 항상 돈이 두둑한 지갑을 갖고 있는 한국인 고객이라면, 샤오친의 '**하오펑요**'가 아닐 수 있는 방법은 없는 셈이었다.

(2) 조정래, 『정글만리』
샹신원은 전대광을 끌어안으며 "당신은 내 **라오펑유야, 라오펑유!**" 하면서 등을 두들겨댔다. (중략) 라오펑유는 '오랜 친구'라는 뜻으로, 가장 깊은 신뢰와 정을 느낄 때만 쓰는 말이었다.

「감옥의 뜰」에서 하얼빈의 불법 택시 기사 샤오친은 주인공 규상의 '하오펑요'이다. 이 단어는 중국어로 정말로 친한 친구일 때가 아니면 쓰지 않는 말이다. 샤오친은 하얼빈에서 발이 넓어 아는 이가 많은 규상임에도 그 가운데 유일하게 그가 편안함을 느끼는 친구이다. 그러나 사실 샤오친이 그를 하오펑요라고 부르는 것이 진정한 의미에서 그렇게 부르는 것인지에 대해서는 냉소적이다. 샤오친이 다섯 번밖에 만나지 않았는데도 하오펑요라고 불렀다는 점에서 '돈이 두둑한 지갑을 갖고 있는 한국인'이라면 누구한테나 그렇게 부르는 것이 아닌가 생각하기 때문이다. 이는 그의 내면이 냉소와 환멸로 이뤄져 있기 때문일 것이다.

그럼에도 규상과 샤오친의 소통은 '통하지 않는 말들', '낯선 언어'의 오고감이고 '언어가 날것인 채로 언어이기만 한, 그래서 소통의 모든 오해들을 배제해버린, 그와 같은 순간들'이라는 점에서, 그리고 그러한 소통에 만족한다는 점에서 둘의 관계는 이미 특별한 것이다.[18]

「중국인 거리」에서 소녀 주인공 '나'는 푸줏간에서 중국인과 공통 언어 없이도 의사소통을 할 수 있고, 이웃집의 젊은 중국인 남자의 선물을 받으면서 이성에 대한 야릇한 감정을 느끼기도 한다. 이 또한 인간의 소통은 오로지 말로 표현하는 것이 아니라 타인에 대한 이해와 관심을 통해 이뤄질 수 있음을 앞장에서도 설명하였으며 이러한 커뮤니케이션이야말로 '펑유'(친구)사이의 대화라고 할 수 있다는 것이다.

『정글만리』에서 중국의 세관 주임 샹신원은 한국 비즈니스맨 전대광을 '라오펑유'라고 부른다. 소설에서도 설명했듯이 라오펑유(老朋友)는 '오랜 친구'라는 뜻으로, 가장 깊은 신뢰와 정을 느낄 때만 쓰는 말이다. 여기서 두 사람의 관계는 중한 관계의 상징이라고 본다. 1992년 수교 이후 중한 양국의 오랫동안 견고했던 이념 장벽이 생각보다 훨씬 쉽게 무너져 중국을 바라보는 한국의 시각이 바뀌고 있다. 이념 갈등으로 인한 대규모 전쟁을 치른 한국은 아주 보수적인 반공 국가였지만, 중국과 수교하는 과정에서 이념 문제를 제기하는 국민은 거의 없었다. 이는 1989년 베를린장벽이 무너지고 소련이 해체돼 이념 문제가 이미 세계적인 차원에서는 부차적인 것이 되었고, 세계화를 내세운 신자유주의의 등장으로 경제 문제가 이념을 압도하는 시기로 접어든 외부 요인이 강하게 작용했기 때문이라고 볼 수 있다.[19] 중한 양국 관계는 '전략적 동반자

18) 정희정, 「김인숙 소설 연구-90년대 후반 이후의 현실 인식을 중심으로」, 한국교원대학교 석사학위논문, 2010, 83-84쪽.
19) 민귀식·잔더빈, 『한·중 관계와 문화 교류-양국 장기체류자의 문화 갈등과 적응』, 서

관계'까지 진전되어 2008년 무역량이 1700억 달러에 달해 수교 당시보다 무려 33배나 증가했고, 왕래하는 인원도 620만 명이나 될 정도로 확대되었으며, 양국민의 감정적 친밀감도 가까워지고 있다.

한국과 중국은 지리적으로 가깝고 역사적으로 깊은 관련을 맺어왔다. 한국인과 중국인이 상대국을 왕래한 역사는 두 나라가 국가를 이루기도 전이었기에 수천 년을 이어오던 인적 교류에서 알 수 있듯이 중한은 현재 '좋은 친구'뿐만 아니라 '오래된 친구'였으므로 문학작품에서 '하오펑유', '라오펑유'와 같은 스테레오 타입이 나타나게 된 것이다.

중국 이미지에 관한 한국의 스테레오 타입은 긍정적 또는 부정적이든 간에 중국의 실제 상황이 반영된 것이 아닌 상상이 혼합된 부분이 많으며, 이는 한국의 욕망과 공포의 산물이라고 할 수 있다. 이렇게 만들어진 중국이미지들은 어떤 의미에서 중국의 실상이 아닌 한국이 만들어낸 허상이거나 또 다른 한국의 자화상일 수 있다. 다시 말해서 어쩌면 한국인은 진정한 중국의 이미지가 필요한 것이 아니라 그저 자신이 만들어낸 허구로 자아를 관찰하고 자아를 이해하는 거울이 필요했을지도 모른다.

사실 이국 이미지에 관한 스테레오 타입은 일종의 권위적 담론이라고 할 수 있는데, 이는 스테레오 타입의 본질은 한 국가의 사회적 지위, 정치, 경제, 군사력과 밀접한 관계가 있기 때문이다. '타자'로서의 이국이 자기의 강한 잠재력을 보여주면서 관찰자에게 위협을 느끼게 할 때(예를 들면 중화인민공화국 건국부터 중한수교에 이르기까지), 관찰자는 적대시하는 태도로 상대에 대한 추악화 방식을 통해 이국 이미지를 부각한다. 예를 들면 '뙤놈'과 같은 것이다. 그리고 '타자'로서의 이국이 아주 강한 지위에 있을 때(예를 들면 중한수교 이후부터 현재), 관찰자는 종종 상대를 시야의 중심

에 놓고 존경의 시각으로 '타자'에 대하여 흠모하는 태도를 취하며, 일
종의 이상화된 스테레오 타입으로 '타자'를 묘사한다. 예를 들면 '평유'
와 같은 스테레오 타입이 그것에 해당된다.

스테레오 타입은 일정한 시간성을 갖고 있으며, 역사적 조건의 변화
에 따라 사라지기도 하지만 스테레오 타입의 사고방식은 완고하게 한
민족이 타민족에 대한 생각과 태도에 제약과 영향을 준다.

동아시아 문화권에서 중한양국의 소통과 협력이 점점 긴밀해지고 있
으며, 위협과 재난에 대해 공동으로 대응하는 현 시점에 어떻게 효과적
으로 불평등을 뿌리 뽑고 인종 편견적인 스테레오 타입을 없애는지에
대해서는 중한양국이 공통으로 갖고 있는 중요한 과제이다.

21세기에 들어서면서 한국은 중국이란 '타자'가 자신의 역사와 현실
을 갖고 있고, 자신만의 독특한 목소리와 자신의 주장을 어필하는 권리
와 능력이 있다는 것을 인식해야 한다. 이러한 인식이 있어야만 중한관
계의 근본적 변화가 생기고, 중국에 관한 스테레오 타입과 스테레오 타
입적인 사고방식이 사라질 것이며, 더 나아가 중한관계는 진정한 평화와
자유의 봄을 맞이할 수 있을 것이다.

3. '타자'에 대한 오독

한국 당대 중국소재소설은 한 문화가 다른 문화에 대한 체험과 인식
으로 이질적인 문화의 교류라고 할 수 있다. 하지만 이질적인 문화를 흡
수하고 받아들이며 교류할 때 자신이 갖고 있던 가장 본질적인 특징을
거르고 진행하게 된다. 이러한 문화여과는 타자문화에 오해를 야기하게

되는 내재적 요소가 되고 문화장벽 및 타자에 대한 오독(misreading)을 초래할 수 있다.

그동안 오독에 관해 많은 연구가 이루어져 왔으며, 문학 연구자는 이미 오독이 잘못된 해독이라는 얕은 인식을 넘어서 오독과 '새로운 창조'를 하나로 보고 있다. 헤럴드 블룸(Harold Bloom)은 오독을 "창조성의 교정"20)이라고 정의했고, 로베르 에스카르피(Robert Escarpot)는 『문학사회학』(1987)에서 오독은 "창조적인 배신"이라고 했으며, 폴드만(Paul de Man)은 『맹점과 통찰』(1971)에서 오독을 찬양하며, 셰익스피어의 명언인 "천명의 독자가 있으면 천명의 햄릿이 있다."라는 말에도 오독이 수많이 존재하고 있음을 설명하고 있다.

이국 이미지에 대한 오독은 자신의 전통문화와 사고방식을 바탕으로 이국문화를 이해하고 받아들일 때 나타나는 어떠한 인식의 어긋남과 이해의 편차, 평가의 경향성 및 스스로 생각할 때 필요한 문화선택, 문화개조, 문화계승 등을 가리킨다.

중한 양국은 지리적으로 인접해 있고 서로 연관된 문화가 있으며 오랜 시간 교류의 역사가 있었으나 한국 문학작품 속에서 뚜렷한 중국 이미지는 없었다. 한국 당대 중국소재소설에서 중국에 관한 객관적 서술을 기대하겠지만, 이러한 기대는 소설을 읽으면서 대부분의 경우 점차 사라진다. 그리고 언어와 문화의 차이뿐만 아니라 작가의 관찰 영역의 협소함과 정보의 부족, 또한 잘못된 기존의 자료에 의한 선입견과 주관적이고 일방적인 수용 태도 등으로 인해 작가의 객관적이고 총체적인 인식이 사실상 거의 불가능하다는 결론을 얻을 수 있다.

오정희의 「중국인 거리」는 여성 성장소설이라는 독특한 소설 장르와

---

20) 哈罗德·布鲁姆著, 徐文博译, 『影响的焦虑』, 北京 : 三联书店, 1989, p.31.

색다른 중국인 형상을 부각함으로써 많은 독자들의 호기심을 불러일으켰다. 그런데 오정희는 중국인을 매우 복합적이면서 상호모순적인 인상을 갖고 서술하고 있다. 즉 어린 화자의 눈에 비친 중국인은 냉정해보이면서도 친절한 이미지였다. 이런 혼란스런 평가는 작가 자신이 체험한 부분적인 사실과 주변에서 들은 정보들을 '자아'중심주의적 판단 아래에서 일반화시켰기 때문에 생겼다고 볼 수 있다. 오정희는 결국 중국인과 나눈 인간적인 교류에도 불구하고 중국인에 대한 그의 전반적인 인식은 중국인이 선악도 제대로 구별하지 못하는 정도에 머물렀던 것이다.

오정희와는 달리 중국을 신비화하는 경향은 중국 고대문명 및 외부의 세계에 대하여 갈망하는 윤후명과 같은 경우도 있지만 소설 「돈황의 사랑」에서 심상지리를 통해 중국에 대한 환상으로 나타나는 경우도 있다.

그리고 중한수교 거친 후 본격적으로 중한간의 직접적인 관계가 형성되었고 여러 작가들이 중국을 직접 방문하여 중국소재소설을 창작했는데, 중국을 신비화하는 경우가 여전히 많았다. 예를 들면 「누란의 사랑」, 「피아노와 백합의 사막」, 「감옥의 뜰」, 「바다와 나비」, 「외뿔 짐승」, 「구름의 향기」 등과 같은 소설에서 '누란의 사랑'(이룰 수 없는 사랑과 자아정체성 확인), '피아노와 백합의 사막'(사막에 대한 토포필리아), '감옥의 뜰'(한국이란 폐쇄적 공간의 외연), '바다와 나비', '외뿔 짐승', '구름의 향기'(디아스포라의 향수) 등 추상적인 이미지 조합으로 이질감을 강하게 표명하고 더 나아가 이국취향에 대한 주관적인 해석을 가함으로써, 중국의 실체를 파악하려 노력하기보다는 중국을 작가들의 세계관 속에서 타자화할 뿐이었다.

그 외에도 한국 당대 중국소재소설에서 중국을 정치화하는 경향도 존재한다. 1980년대 '통일지향 문학의 우회로(迂廻路)'21)로 평가받은 조건

---

21) 구종서, 「북방 개방 흐름 속 이산 민족의 만남과 갈등」, 『동아일보』, 1988.11.1.

상의 단편소설 「중공에서 온 손님」[22]은 이산민족의 만남과 갈등을 다룬 소설이다. 1980년대 한국사회에서 '중공'이란 말이 사라지고 정부의 공식 발표와 신문에서 모두 '중국'으로 쓰고 있는데, 이 점을 모르지 않은 작가가 굳이 소설 제목에서 '중공'이란 표현을 그대로 쓰는 이유는 '미친년 널뛰듯 천방지축으로 들까불고 있는 국제정세'[23]가 이제부터라도 이성적으로 되어가는가 싶은 현실 추세를 빈정대고 있는 것으로 보인다.

40여년 만에 중국 연변에서 고국 땅을 밟은 조선족 교수 이재명은 대강당에서 강연하면서 학생들에게 당당하게 외친다. "중국을 촌스럽다고 보면서 억압 하에 찌든 사회라고 보는 것은 남한의 고정관념의 오류이며 잘못된 이데올로기 교육의 병폐이다. 특히 조선족은 높은 교육열과 부지런한 천성으로 매우 높은 생활수준을 누리고 있다."

이 연설을 들으면서도 '나'는 공상 속에서 6·25 때 누비옷을 입고 있던 중공군을 순간적으로 연상하며, 학생들은 '40여년 만에 한국 땅에 처음 발을 디뎠을 때의 감정이 어땠느냐, 8·15광복이 됐는데도 귀국하지 않은 이유는 뭐냐, 남한의 방문은 이번이 처음이지만 북한은 몇 번이나 방문했느냐, 그렇다면 그쪽과 이쪽의 비교가 가능하지 않겠느냐, 만약에 남한과 북한 사이에 전쟁이 일어난다고 치면 연변의 동포들은 아무래도 북한을 지원할 게 아니냐[24] 등등 미묘한 정치성을 띤 질문들을 한다.

그럼에도 불구하고 이재명과 '나' 사이의 갈등은 다시 헤어질 때에 허전함을 낳는 것이다. 「중공에서 온 손님」은 중국에 대한 개방의 시대가 새로운 문학적 대응의 단계가 되었다는 것을 의미한다고 본다.

---

22) 조건상, 「중공에서 온 손님」, 『이웃사람 엄달호』, 서울: 성균관대학교출판부, 1998(1988).
23) 상계서, 43쪽.
24) 상계서, 53쪽.

문학은 정치와 다르며 때로는 주류의 이데올로기와 분열되기도 한다. 서양의 냉전시대 중국에 대한 레드 콤플렉스를 그대로 복제하는 것이 아니라 일정한 이성적인 인지를 기초로 독특한 이데올로기 담론체계에서 창작된 「중국인 거리」, 「중공에서 온 손님」 등이 있는가 하면, 중국 '기회론'과 '위협론'이 동시에 작용하여 창작된 『바리데기』, 『정글만리』 등과 같은 작품도 있다.

간단히 정리하면 중국 이미지는 한국 당대문학에서 다양한 이미지로 나타났으며 이러한 이미지는 진실을 바탕으로 한 기록처럼 보이지만 사실은 기본적으로는 작가의 상상, 허구, 오독으로 인한 것이다.

오독은 중한 문화교류에 있어 불가피한 것으로 한국인이 중국인처럼 정확하게 중국을 현실에 부합하는 이해와 인식, 평가를 할 것이라고 기대할 수 없다. 오독은 다른 민족과의 문화교류에서 간과할 수 없는 작용을 하기 때문에 오독현상을 이해하고 분석해 '타자'에 대한 오독의 원인을 찾아냄과 동시에 그 배후에 있는 뿌리 깊은 문화와 심리적 이유를 찾아내야 한다.

한국 문학작품 중 중국에 대한 오독의 원인은 서로 다른 이데올로기, 문화적 배경, 사회적 수요, 자료출처, 문화적 편견 등 매우 다양하다. 총괄적인 이유 분석은 다음과 같이 세 가지 방면으로 설명할 수 있다.

첫째, 한국인은 자신이 속한 한국사회의 입장에서 출발해 사회의 발전 요구에 따라 중국을 이해하고 중국문화를 평가하기 때문에 중국에 대한 오독을 형성하게 된다. 한국의 중국에 대한 인식은 전기적 또는 부러움이든 조롱적 또는 공격적이든 모두 한국사회 자체의 서로 다른 역사 발전시기에 따라 각각의 요구가 반영되어 있다.

둘째, 전파의 매개 측면에서 볼 때, 한국작가는 객관적 요소와 신분,

수요가 서로 다르기 때문에 묘사와 인식의 편차가 생기는 것이다. 객관적으로 보면, 한국 당대문학 초기의 작품들은 양국이 서로 다른 이데올로기와 교류의 단절로 인해 상대방에 대한 정확한 정보를 얻기 어려웠기에 한국인들의 마음속에 중국의 이미지는 오직 제한된 지식을 바탕으로 추측되고 상상된 것으로 전기적이고 신비적이며 환상적인 부분이 강하다. 주관적으로 볼 때, 한국작가는 신분, 지식수준, 그리고 그동안 접해 본 중국의 대상이 서로 다르기 때문에 중국에 대한 생각이 엇갈릴 수 있다.

셋째, 중국문화 그 자체의 범위가 대단히 넓고 내용이 풍부하여 중국문화를 묘사대상으로 설정한 외국작가가 중국문화에 대한 상대적으로 전면적이고 심층적인 이해와 파악이 없다면 중국문화에 대한 오해를 초래할 수 있다.[25)]

여기서 주목되는 것은 이국 이미지 형성에서의 오독은 일반적인 문학연구에서의 오독보다 더 깊은 함축적 의미가 존재하는 점이다. 즉 이국 이미지는 '타자'와 '자아'를 동시에 이야기하는 기능을 한다는 것이다.

각종 오독을 살펴보면 이미지 제작자(작가)가 타국문화를 오독한 심리적 동기 및 그가 속한 문화의 심층적 구조를 꿰뚫어 볼 수 있는데, 한국 당대작가의 중국서사는 중국을 설명하는 것이라기보다는 오히려 작가 본인과 그가 대표하는 어떠한 문화적 심리를 설명하는 것이라 할 수 있다. 다시 말하면 '타자'에 대한 상상과 묘사는 자신의 정신적 본질에 대한 현실적 표현이다.

오독은 피할 수 없으나 창조적 의의가 있다. 그러므로 독자들은 객관

---

25) 졸고, 「조정래의 장편소설 『정글만리』에 나타난 중국·중국인 형상」, 중앙민족대학교 석사학위논문, 2015, 49쪽.

적인 태도로 이국 이미지 형성과정에서 생기는 오독을 바라봐야 하며, 경멸 및 무시하는 것과 단순하게 전체를 그대로 받아들이는 것 모두 문화 간의 교류에 있어 해를 끼치게 되며, 다른 지역문화를 통해 자아성찰 및 발전이 이루어질 수 없다.

요컨대 서로 다른 문화 간의 교류사에서 알 수 있다시피 모든 문화는 감탄할 만한 장점을 갖고 있으며, 이러한 장점은 다른 문화의 약점이 되기도 한다. 따라서 서로 다른 문화 간의 교류는 상호보완적으로 도움이 된다고 할 수 있다. 종족, 지역, 풍습의 원인으로 인해 세계는 서로 다른 문화 간 분명한 차이가 존재하며, 문화장벽을 만들고 문화오독과 오해를 야기하지만 문화 간의 교류와 대화는 계속해 나가야한다. 또한 오독 및 오해에 대한 교정을 지속적으로 해나가야 문화교류가 더욱 더 생산적으로 이루어질 수 있을 것이다.

제2장

중국소재소설의 의의 및 한계

1. 중한문화교류에서 문학의 역할

21세기 초반부터 정보통신 및 교통수단의 발달과 함께 세계화가 급속도로 진행되고 있다. 세계화 시대에는 인류의 보편적인 문화를 바탕으로 전 세계가 하나의 거대한 지구촌으로 탈바꿈하는 동시에 국경을 초월한 치열한 경쟁이 야기되는 현상이 두드러지게 나타난다. 세계화 시대의 초국가적 경쟁 상태에서 생존하기 위하여 세계 각국은 지역협력 체제를 구축하여 새로운 변화에 적극 대응하는 추세이다.

중국, 한국, 일본 등 동북아 국가들이 평화적 선린 관계를 유지하면서도 상호 번영을 추구할 수 있도록 하는 공동체 또는 지역 협력체를 구축하는 단계로서 '동북아 문화공동체'를 건설하는 것은 시급한 과제임에 틀림없다. 동북아 문화공동체란 '중국, 한국, 일본 등 동북아 국가들이 문화적 공통성을 기반으로 하여 보다 밀접한 문화적 상호 이해와 공동의 문화가치 창출을 도모하는 공식적 · 비공식적 문화연대 체제'이다.[1]

즉 동북아 국가들이 어느 정도의 정신적 공통성을 기반으로 하고 당대에 나타나는 서로의 문화적 개성을 존중하는 가운데 세계 인류가 보편적으로 공감할 수 있는 가치관을 모색하면서 보다 밀접한 상호 이해와 공동의 이익을 도모하는 연대 체제를 의미한다.

한국은 지리적으로 가깝고 많은 역사적 경험을 공유한 중국에 특별한 관심을 갖는 것은 자연스러운 일이며, 따라서 한국인의 중국인식의 계보는 오랜 역사를 갖고 있다. 그러나 시대적 상황의 변천에 따라 인식의 구체적 내용이 달라지는 경우가 많았다. 본 저서에서 주목하는 것은 한국의 당대소설작품에서는 어떤 중국상(像)을 품게 되었을까 하는 점이다. 사실 한국인의 중국인식 형성사는 중국에 대해 '알고 있는 것'과 중국에서 '알고 싶은 것'(또는 바라는 것)의 두 측면이 상호 침투하는 동태적인 인식과정이라 할 수 있다.

정치, 경제, 사회, 문화, 지리, 역사 등 많은 분야를 포함한 국가 이미지는 대중의 국가에 대한 전면적인 인지와 평가이다. 국제관계의 시점에서 볼 때 국가 이미지는 매우 중요하며 좋은 국가 이미지는 모든 나라가 추구하는 중요한 목표이다.

최근 들어 세계는 이전보다 중국을 더 많이 주목한다. 그리고 한 사람이 다른 사람을 통해 자신을 인식하듯이 중국 역시 자신의 국가 이미지에 점점 더 관심을 갖게 되면서 해외의 대중들이 어떻게 중국을 보는지에 대해 많이 주목하고 그들의 생각을 이해할 수 있기를 바란다. 또한 그것을 거울로 삼아 자신을 돌이켜본다.

이미지 구축은 정치경제 분야, 신문방송 분야, 국제관계 분야 등 많은 영역에서 전개할 수 있다. 그중에서도 문학은 중국 이미지를 부각하고

---

1) 최송화, 권영설, 『21세기 동북아 문화공동체의 구상』, 서울: 법문사, 2004, 36-37쪽.

전파하는 중요한 영역이며 기타 영역과는 다른 특징을 갖고 있다.

문학과 정치는 일정한 거리를 유지하고 있고 상대적으로 독립된 미학적 품격을 가지고 있으며 언어라는 장벽만 극복한다면 국가, 성별, 인종, 세대 등의 경계를 넘어 상호 소통할 수 있는 훌륭한 장르다. 그리고 문학작품의 독자는 자신의 지식체계와 인지능력을 가지고 있어 어떤 작가 및 그 문학세계를 이해하는 것을 주동적으로 선택한다. 어떤 문학작품이 전파를 타는 순간 것에 대한 평가는 온전히 독자의 몫이라고 본다. 한국 당대문학에서의 중국소재소설작품에 관하여 때로는 작가의 의도와는 전혀 다르게 이해하고 해석하는 부분도 있지만, 이러한 논의가 결국은 중한 양국 독자들 사이에서 상호 이해의 지평을 확대하는 계기로 작용할 것이다.

인간의 삶의 표현양식 중에서 문학은 작가에 의해 선택된 구체적인 장소와 심리적인 요인의 결합을 통해 세계를 구조화한다. 공간의 시각화, 즉 장소화를 통해 사람들 사이의 관계를 다양화 할 수 있는 가능성이 있다. 미지의 세계에 대한 재편성을 시도하는 것은 역으로 독서를 통해서 공간의 경계, 장소의 동등함, 지형의 차별화를 가능하게 한다.2)

문학이란 사람들이 함께 살아갈 수 있는 길을 찾는 방식이다. 한국 당대문학에서 중국소재소설은 생동한 인물과 다양한 플롯을 통해 한국, 더 나아가 전 세계에 풍부한 중국 이미지를 보여주면서 비교적 높은 수용도 및 가치를 갖고 있다고 할 수 있다. 또한 문학, 특히 당대문학은 동적인 발전과정에 있어 감화력과 영향력이 있는 다양한 중국 이미지를 리모델링하고 전파하는데 무시할 수 없는 역할을 발휘하고 있다.

서로 비추고 서로 성찰하며 서로 교훈을 삼는 것은 줄곧 서로 다른

---

2) 김태중, 『현대소설의 문학지형과 공간성 연구』, 서울: 푸른사상, 2004, 56-57쪽.

민족, 다른 문화 간의 교류와 대화의 목적이다. 문화교류사에서 한 민족이 역사의 어떤 중요한 시점에서 자신을 어떻게 바라보는지, 그리고 선진민족과 서로 대조하는 것이야말로 타인의 문화를 배우거나 자신의 문화를 전파하는데 중요한 요소가 된다.

문화교류사의 관점에서 볼 때, 한 나라 또는 민족의 이미지에 있어서 가장 중요한 것은 그것이 현실과 부합되는지 여부가 아니라 각국, 각 민족 간의 일련의 자극, 반응, 상호작용, 심지어 의미 있는 변혁을 유발하여 역사발전에 중대한 영향을 야기할 수 있는지에 있다.

아시아 이미지 연구 전문가인 Harold R.Issacs의 말에 의하면, 권리와 파워를 가진 사람의 의식에 형성된 이미지 혹은 이념은 오해와 정확하지 않은 자료에 의해 만들어지더라도 적당한 시기에 커다란 변혁을 일으켜 역사에 관건적인 영향을 미칠 수 있다. 한국 당대문학작품에서 중국에 대한 묘사는 편파적인 부분도 있지만 소설에 부각된 중국 이미지는 중국에 대한 서로 다른 작가의 상상과 인식이 반영되어 있고, 더 나아가 중한 양국 간의 이해를 심화시킬 수 있다.

비교문학 형상학의 역점이 타자문화에 대한 설명에서 자아문화에 대한 확인으로 전환됨에 따라 타자 이미지를 빌어 자아를 인식하는 것이야말로 이미지 제작자(작가)의 중요한 동기가 되었다. 따라서 타자문화에서 차이성을 찾든 동일성을 찾든 그 결과는 이미지 제작자(작가)가 자아문화에 대한 인정의 강화와 보충인 것이다. 중한문화교류는 다원적으로 발전하고 상호적으로 작용하는 체계적인 시스템으로서 한국 당대소설은 중국 이미지를 부각했을 뿐만 아니라 중국 이미지 역시 문화적 '타자'로서 한국문화란 '자아'를 부각하였다고 할 수 있다.

2. 한국문학사에서 중국소재소설의 가치

당대 한국사회의 복잡한 변화와 거대한 구조 전환은 하나의 복잡하고 종합적인 '프로젝트'이다. 한국 당대문학사에서 중국과 중국인을 묘사하는 작품의 출현은 문학내부교류의 필요가 아니라 한국문학이 외적인 시대환경의 변화에 대한 반응이라고 본다. 이러한 작품들을 중한의 역사환경과 중대한 사회사건 속에 두고 고찰해야만 그것의 문학사적 의의와 사상·문화적 가치를 평가할 수 있다. 왜냐하면 소설은 경험적 세계나 시대적인 상황으로부터 끌어낸 비체계적인 소재들을 재조정하거나 질서화한 편성이며 상징 만들기의 언어공간3)이기 때문이다. 이를 감안해 저자는 한국 당대문학사 연구에서 소홀히 다루어졌던 중국의 '외래적 영향'에 대해 면밀히 살펴보았다. 역사, 정치, 사회 심리학 등 다양한 학과의 연구 성과와 이론을 참고로 중한 사회역사 변천에 대해 더 전면적이고 더 심도 있는 이해와 파악을 할 수 있도록 한국 당대 중국소재소설에 대한 연구를 시도하였다.

소설은 거울처럼 소설의 대상이 되고 있는 현상세계를 반영하고 수용 굴절한다. 한국 당대문학에서의 중국 이미지는 한국 문화에 의하여 투영된 일종의 문화적 타자에 관한 환상으로 그것은 이미지의 정확성, 객관성 및 진실성을 가지고 있다고 할 수 없다. 하지만 한국문화와 심리상태를 표현한 것으로 파국과 변국에서 한국인의 자아 성찰, 자아 반성, 자아 상상과 자아 서사의 방식이다. 이는 당시 한국인의 잠재의식에 있는 슬픔, 원한, 욕망과 초조함이 표현되어 있으며 한국인이 가진 문화적 상상과 이데올로기를 드러낸 것이다.

---

3) 이재현, 『현대 한국소설사』(1945-1990), 서울: 민음사, 1991, 13쪽.

구체적으로 한국 당대 중국소재소설의 의의는 다음과 같이 3가지로 귀납할 수 있다.

첫째, 한국 당대문학의 길지 않은 역사에서 서로 다른 배경을 가진 적지 않은 작가들이 동일하게 중국에 대한 감성과 열정을 표현하였다. 또한 그들의 필치는 중국사회의 각 계층을 깊이 있게 다루어 이러한 문학현상에 대한 연구야말로 특별한 의의가 있다고 본다. 중국소재소설에 나타난 특유의 이국취향은 동시대 한국 당대문학의 가타 작품이 비교할 수 없는 예술적 성과이며, 이국 도시, 이국풍습, 이국 연인 등의 묘사는 한국 당대문학의 소재 분야를 풍부하게 하였다.

둘째, 중국소재소설의 출현은 한국문학이 현대적 발전과정에서 세계적 요소의 광범위한 영향을 받았음을 실증한다. 이러한 영향은 다방면적이다. 문학적 각도에서 고찰해보면 한국 당대문학은 한국 문학의 심미적 전통을 계승함과 동시에 풍부한 소재, 확장된 테마, 다양한 인물설정, 창의적인 서사방식 등 측면에서 중국요소의 다양한 영향을 받았음을 확인할 수 있다. 뿐만 아니라 중한 양국의 잠재된 문화의식과 역사적 교류 측면에서 중국을 소재로 한 작품의 역사적, 현실적 의미를 새롭게 발굴할 수 있다.

셋째, 한국 당대 중국소재소설에서의 '자아'와 '타자'의 관계는 평등한 관계로서 한국작가들은 '자아'중심주의를 버렸다고 할 수 있다. 사회집단상상력의 산물인 중국 이미지는 한국작가들의 긍정과 미련, 그리고 부정과 비판을 동시에 소유하고 있다. 중국 이미지는 '타자'로서 한국현대문학에서 본토현실에 대한 재현으로만 실현할 수 없는 임무를 감당하여 이것이야말로 한국 당대문학에서 중국소재소설의 인식적 가치라고 본다.

이처럼 한국 당대 중국소재소설 속에서 중한 양국 간의 대화와 교류에 유용한 단서를 통해 새로운 연구방법과 사고방식을 습득할 수 있다면, 향후 시사하는 의미는 매우 클 것이다. 본 연구는 한국 당대문학에서의 중국소재소설을 보다 심층적으로 연구할 수 있는 잔기를 마련했고, 중국소재소설에 대한 연구는 앞으로 전통의식에 바탕을 둔 국가 이미지의 좀 더 깊은 이론 제시, 이에 따른 여러 작가들의 작품세계가 탐구되어야 하리라 믿는다.

3. 중국소재소설의 한계

본 논문에서 언급된 작가들은 경력과 경험이 서로 다를 뿐만 아니라 학문적 수양 및 정서에도 차이가 있으며, 창작 수준 역시 다르다. 일부 작가들은 상대적으로 성숙하지만 소설의 한계가 뚜렷하게 나타나는 다른 일부 작가들도 있다.

김연수, 윤후명, 김인숙 등의 작품들은 상대적으로 완성도가 높다고 할 수 있다. 김연수는 경력이 풍부하고 독보적인 견해를 갖고 있다. 그의 중국을 소재로 한 작품이 많지는 않지만 만주에서 일어났던 '민생단 사건'을 배경으로 한 장편소설 『밤은 노래한다』와 두 편의 단편소설 「이등박문을 쏘지 못하다」, 「뿌넝숴」 등은 모두 개성적이라고 할 수 있다. 역사적 사건을 심도 있게 다뤘을 뿐만 아니라 정교한 서사와 아름다운 언어, 그리고 광범위한 소재를 깊게 다루는 등 장점이 많다.

윤후명의 중국소재소설은 소재가 광범위하고 작품의 수도 비교적 많다. 실업자의 취업준비에서부터 유랑자의 여행까지, 상상의 서역에서부터 혹한의 땅 하얼빈, 그리고 티베트의 광활한 하늘과 산맥까지 상당히 풍부한 내용을 다루고 있다.

김인숙은 실제로 동북체험을 통해 '중국'이라는 공간을 소설 속에서 적극적으로 활용하고 있는 양상을 보이고 있으며, 「바다와 나비」, 「감옥의 뜰」 등 두 작품에서 타인을 통한 소통의 가능성을 모색한다.

하지만 작가들 중 장단점이 서로 다르고 예술적 성과 역시 편차가 있다. 따라서 전체적으로 이러한 작품들의 부족한 부분을 정리해 보면 다음과 같다.

3.1 인물의 평면화

한국 당대문학에서 중국을 소재로 한 소설의 대다수는 사실주의 소설이다. 그중 전통적인 소설의 패턴은 인물의 이미지를 통해 사건을 이끌어나가고 깊이 있는 사상성을 나타낸다. 현실주의 소설에서의 인물은 모더니즘 소설에서의 추상적인 인물과는 달리 생동하고 진실한 인물이어야 하는데, 성숙되지 못한 작품들은 이러한 수준에 도달하지 못하고 있다. 조정래는 『태백산맥』, 『아리랑』, 『한강』 등 거대서사의 장편소설을 쓰는데 능숙하다. 하지만 『정글만리』에서 부각한 인물들의 대부분은 편면적이고 심리적 묘사가 부족해 인물들의 깊은 사상적 고뇌와 모순을 표현하지 못하고 있다.

소설에서 등장하는 중국인들 중 북경대학의 여대생 리옌링을 제외하고는, 탐욕적인 정부관리 샹신원, 문화수준이 낮고 품행이 바르지 않으며 허세를 부리는 상인 리완싱 등의 인물들은 모두 부정적인 이미지이다. 또한, 독자는 이러한 인물들이 구체적으로 어떤 생각을 하고 있는지 알 수 없고 주인공과 호흡을 같이 할 수 없다.

이외에도 중국 종합상사 주재원인 전대광의 아내 이지선과 한국 성형외과 의사 서하원의 중국에 대한 인식은 소설의 전후로 전환이 일어난다. 처음에는 중국의 더럽고 지저분한 환경을 싫어했지만 점차 적응하게 되고 나중에는 중국의 과학기술, 경제 및 생활수준 등과 같은 종합평가 순위의 향상을 감탄하게 된다. 하지만 시대적 환경의 변화가 인물의 성격, 사상에 주는 영향에 대한 생동한 표현이 부족해 독자들로 하여금 인물의 분열과 무미건조함을 느끼게 하여 마치 소설의 전후부분이 두 개의 같은 이름을 가진 다른 사람으로 느끼게 한다.

3.2 플롯의 변조

소설에서 스토리의 연관성과 합리성은 필수적이라고 할 수 있는데, 「중공에서 온 손님」, 「일가」, 『정글만리』등 작품에서는 스토리를 전개하는 계기에 대한 설명이 부족하다. 작가는 주관적 상상을 현실적 경험인 것처럼 바꿔 현실적이지 않거나 현실과 동떨어진 스토리를 만들어내고 있다.

「중공에서 온 손님」에서 조선족 교수 이재명은 M대학 동양문화연구소에서의 3시간 동안의 강의를 통해 한국인의 중국에 대한 편견을 변화시키려 하지만 구체적인 예시 없이 자신의 관점을 증명하려고 했기 때문에 설득력이 부족하다고 할 수 있다. 그리고 정치적으로 민감한 문제에 대한 학생들의 날카로운 질문에 곤혹스러워하면서 급하게 마무리 할 뿐 소설에서 그가 마지막에 어떻게 곤혹스러움을 헤쳐 나갔는지에 대한 어떠한 답변도 묘사되어 있지 않다. 이는 작가가 중국국정과 조선족 현실에 대한 이해부족으로부터 자신의 억측으로 만들어낸 스토리로서 현실감이 부족한 소설이 된 것이다.

공선옥의 단편소설 「일가」에서의 조선족 이미지 역시 애매하고 난처하며 정체성 혼란의 처지에 처해있다. 주인공인 소년 '나'의 조선족 당숙이 이주 노동자로 한국에서 일을 마친 후 집에 방문한다. 며칠 동안이나 매일 술을 마셨는데 그 때문인지 '나'의 엄마는 홧김에 집을 나가버린다. 그때서야 당숙은 자신이 문제임을 인식하고 집을 떠난다. 이는 현실에서 있을 수 있는 일이지만 작가는 당숙의 신분, 성격, 경험 등을 설명하지 않아 독자들을 모호하게 만든다.

『정글만리』에서 상업계의 여왕으로 주목받는 왕링링은 그의 어머니 덕에 부호가문에 들어가 계부의 신임을 얻고 거액의 창업자금을 얻은 후 뛰어난 미모로 십여 명의 정부관리와 부정당한 관계를 맺으면서 부를 얻는다. 하지만 마지막에 어떠한 낌새도 없이 돈을 가지고 해외로 도망가게 된다. 즉 소설 속 인물들이 너무 쉽게 성공하여 중국 상업계의 투기의 수익성을 과장했지만 성공을 위한 노력과 고생을 생략한 것이 문제점이다.

결론적으로 중국소재소설의 이러한 한계들은 정치적 환경 요소, 심리적 인식의 차이, 작가의 창작 수준의 차이에서 비롯된 것이라고 정리할 수 있다.

중한문화교류는 냉전의 영향으로 서로 장막으로 가려져 있던 두 나라가 서로를 이해하고 소통하는 물꼬를 텄다는 데 가장 큰 의미가 있을 것이다. 한국에게 중국은 조선을 지원해 남북전쟁에 참가한 적국이었고, 이후 관계가 경색되어 서로 단절되었다. 하지만 장기간 긴장 관계에 있던 두 국가가 단지 경제적 이익의 교환만이 아닌 상호 역사적 경험을 이해하고 진심을 가지고 서로 왕래하는 사이가 될 수 있었던 것은 이런 문화적 넘나듦을 통해 가능했다. 문화교류는 실로 다양한 분야에 걸쳐 진행되고 있고 그 영역은 광범위하다. 한 민족의 문화는 그 민족의 기질, 성격과 전통을 반영한다고 볼 수 있는데, 이러한 문화를 교류함으로써 서로의 전통과 민족성을 이해하고 국내 정치·경제·사회 상황 등을 파악할 수 있다. 물론 20여년의 문화 교류를 통해 50여년이 넘은 단절의 시간을 보충하는 것은 쉽지 않은 일이다. 그럼에도 다양한 왕래가 끊임없이 지속되면서 중한문화교류는 사회적으로 큰 영향을 미쳤다고 할 수 있다.

중한 교류가 빈번해지면서, 양국 관계 또한 이전보다 활발해지고 진전되었으며, 국민들 사이의 상호 이해가 크게 증가하면서 민간 교류와 협력이 활성화되었다. 이러한 현상은 중한 관계가 좀 더 심도 있게 발전하는 데 견실한 기초가 되었다. 그러나 양국 간의 교류가 평화롭게만 진행된 것은 아니며 종종 갈등 국면과 상호 오해가 발생하기도 했다. 이런 상황이 악화될 경우 중한 관계 자체가 경색되기도 했다.[4]

한국 당대 중국소재소설들은 중국에 관심이 있고 알고자 하는 독자들에게 중요한 정보를 제공했다. 문학작품을 통해 일반 한국인이 중국을 이해할 수 있도록 하는 중요한 매개 역할을 하고 있다는 것이다. 그러나 이러한 작품들을 통해 중한문화교류에는 다양한 문제가 존재하며 지속적으로 '쟁점화'되고 있는 것을 확인할 수 있다. 중한 간 역사적 관계의 영향과 작품 창작 시 중한관계의 영향을 동시에 받은 이러한 소설들을 통해 현재 무엇이 문제이고, 한국이 이를 어떻게 인식하고 있으며, 더 나아가 한국과 중국의 다방면의 이해와 증진을 돕기 위해 한국 당대 중국소재소설에 나타난 쟁점을 해결하는 방안을 마련해야 할 것이다.

---

4) 김도희, 왕샤오링, 『중한 문화 교류: 현황과 함의 그리고 과제』, 서울: 폴리테리아, 2015, 73-164쪽.

첫째, 문화 교류에서 인적 교류는 매우 중요하다. 양국을 오가는 상대방에 대한 관심과 배려가 교류를 순조롭게 하는 지름길이다. 중한 수교 초기, 양국 간 인적 교류는 13만여 명에 불과하여5) 수교 전과 수교 초기에 창작된 중국소재소설의 수량이 아주 적었고 소설에 부각된 중국의 이미지도 상대적으로 희미하였다. 그러다가 중한 인적 교류 규모가 확대되면서 많은 작가들이 직접 중국을 체험한 후 적지 않은 중국관련 작품들을 창작하였다. 앞장의 소설 텍스트분석에서도 알 수 있듯이 중국 체험이 많은 작가들은 중국에 대한 이해의 정도가 더 깊어져 디테일한 중국 서사를 시도할 수 있었다.

과거 20여년의 중한 인적 교류가 긍정적인 면만 있는 것은 아니지만, 인적 교류의 현황을 살펴보고 그 경험을 통해 교류의 질을 높이는 것이 양국 관계가 장기적으로 건강하게 발전할 수 있는 디딤돌이 될 것이다.

둘째, 중국소재소설의 역사적 서사부분에서 시간의 흐름에 따라 감사와 감동의 요소는 희미해지고, 악행은 더 깊이 묘사되면서 기억되어 중한문화교류에 있어 민족주의가 상대방을 자극하는 사례들을 찾아볼 수 있다. 중한 간 인식의 차이가 존재한다는 것은 피할 수 없는 사실이다. 하지만 중국에는 '구동존이'(求同存異)라는 말이 있는데 상대가 가진 입장과 가치관의 차이를 인정하면서 상생의 길을 찾는 것이다. 중한문화교류에 있어 민족주의 문제는 '구동존이'의 지혜가 절실하다.

셋째, 국가 이기주의에서 벗어난 문화 교류가 필요하다. 그러기 위해서는 문화 상품을 통해 당사국의 우수성을 알리겠다는 자민족 중심주의나 국익만을 챙기겠다는 국가 이기주의를 강하게 드러내서는 안 된다. 중한문화교류가 자국의 이익이나 목표 없이 진행되기는 어려울 것이다.

---

5) 상게서, 18쪽.

그러나 단순히 경제적 동기와 민족주의적 욕망으로만 결합된다면 진정한 소통과 이해는 이루어지기 어렵다. 중한 양국이 양자 간 국가이익을 넘어 보편적 국제사회의 이익에 기여하고 있다는 이미지를 축적할 필요가 있다. 끌림이 있는 국가가 되기 위해서는 공공재의 성격을 지닌 다양한 문화교류를 해야 한다. 한국과 중국은 아시아라는 지정학적 여건에서 동아시아 문화 공동체를 꿈꾸며 상호 교류할 수 있는 충분한 역량과 토대를 지니고 있다고 할 수 있다. 중한 양국의 평화적이고 바람직한 관계만이 아니라 아시아의 운명을 위해 중한문화교류는 상대방을 이해한다는 겸허한 태도로 서로에게 발전의 기회와 긍정적 영향을 가져다주는 교류가 되어야 할 것이다.[6]

적지 않은 한국 작가들이 중국의 전통문화에 관심을 갖는 것은 중한 관계에 도움이 되는 요소이다. 중국전통문화는 한국문화에 커다란 영향을 미쳤고, 이러한 영향은 한국인에게 있어서 중국문화를 세계의 다른 문화와 비교했을 때 더욱 친밀하게 느끼게 한다. 어떤 문화든 외로운 섬처럼 존재할 수 없고 반드시 상호 간의 오해와 이해, 충돌과 융합을 겪으면서 문화들 간의 공생공영의 미래를 추구한다. 서로 다른 문학과 문화전통 간의 교류와 대화, 그리고 구성 방식에 대한 연구를 통해 각자의 문화 창조력을 불러일으키는 것은 아름다운 이상적 경지이다. 저자는 이러한 경지에 다다르기 위해선 지연적 정치와 문화편견의 한계를 타파해야할 뿐만 아니라 편협한 민족주의, 국가주의의 편견을 제거해야 한다고 생각한다.

문화 교류란 사람이 왕래하고 문화 상품을 주고받는 것이라는 생각에서 일보 전진해 문화 담론의 소통과 문화 생산 문제를 함께 고민하는 것

---

6) 상게서, 199-205쪽.

도 하나의 과제다. 문화 경쟁에서 서로 우위에 서려는 자국 중심주의가 아니라, 교류를 통해 서로의 문명을 배우고 상대를 이해하고자 하는 공존의 태도가 요구된다.

제5부
중국 이미지의 타자적 구축

한국 당대소설에서의 중국 이미지를 하나의 전체로 보면 그것은 여러 가지 상상, 비유, 상징, 관점, 판단 등이 서로 엮인 직물과 같다고 할 수 있다. 같은 이미지가 시기마다 다른 작가의 글에서 완전히 다른, 심지어 서로 상반되는 의의를 나타낼 수 있기 때문에 시기별로 연구하든 테마별로 분석하든 그 경계는 분명하기 어렵고 이미지 또한 서로 뒤섞여 있으며 작가들의 관점 역시 연결되어 있다.

　중국 이미지를 부각한 모든 구체적 소설 텍스트들은 작가 개인의 경험을 서술한 것이며, 또한 한국의 집단 무의식에서 공동의 문화 심리 원형이 표현된 것이다. 즉 보편적 원형이 서로 다른 형식의 소설 텍스트에 포함되어 있다. 따라서 이 책은 한국 당대문학에서의 전형적인 중국소재 소설들을 선정하여 서로 다른 텍스트 간의 중국 이미지의 연관성을 찾아 그것의 보편적 의의를 분석하였다.

　제2장에서는 한국 당대소설에 나타난 중국 이미지를 하나의 전체로 보면서 작품에 나타난 중국인 이미지, 공간적 이미지, 인문적 이미지 등의 중국 이미지의 세부적인 구성을 살펴보고자 하였다.

제1절에서는 오정희의 「중국인 거리」와 조정래의 『정글만리』에 나타 난 중국인 이미지를 유토피아적 이미지와 이데올로기적 이미지, 그리고 양극 사이에 있는 이미지로 분류하여 분석하였다. 소설 「중국인 거리」 는 반공 이데올로기라는 경계를 넘어선 '나'와 중국 청년의 만남을 통해 따뜻함을 느끼게 하는 유토피아적 중국인 이미지를 부각하고 있으며 동 시에 한국사회가 타자를 어떻게 수용하며 그들과 함께 어울려 살아갈 것인가 하는 의문을 제기하고 있다. 소설 『정글만리』에서 부패한 정부 관리 샹신원, 과시욕이 강한 상인인 리완싱, 그리고 가난한 농민공 등 이데올로기적 중국인 이미지를 부각하면서 자아단체에 대한 '통합기능' 을 실현하였다. 『정글만리』에 등장한 중국 여성 이미지는 두가지로 분 류할 수 있는데, 하나는 작가가 신세대 여성으로서 갖추어야 된다고 생 각하는 특징들을 리옌링이란 인물에 첨부하여 자신의 희망을 기탁한 것 으로, 이러한 여성 이미지는 유토피아적 이미지에 속한다고 볼 수 있다. 이와 동시에 작가는 파워풀하거나 자유분방한 중국 여성상을 부각함으 로써 소설에 등장한 중국 여성상은 이데올로기와 유토피아의 '양극'사이 에 있다고 본다.

한국 당대 중국소재소설 속의 중국의 여러 공간과 장소들은 두 가지 시간적 범위로 구분지어 볼 수 있는데, 하나는 중한수교 이전 한국 작가 들이 중국 현장을 체험하지 못한 상황에서 구축된 상상의 공간적 이미 지이다. 예를 들면 윤후명의 소설 「돈황의 사랑」, 「누란의 사랑」에서는 상상으로 두 고성(古城)인 돈황과 누란의 모습을 그렸고, 다른 하나는 중 한 수교 이후, 양국 교류가 시작되면서 한국 작가들이 현장 체험을 바탕 으로 묘사한 현실적인 중국이다. 예를 들면 김인숙의 「감옥의 뜰」과 윤 대녕의 「피아노와 백합의 사막」에서 작가의 내면세계와 특정된 중국의 공간적 이미지들을 연결시켜 하얼빈과 같은 도시 공간이나 사막과 같은 자연적 공간 이미지를 부각하였다.

소설 「돈황의 사랑」과 「누란의 사랑」에서 중국의 서역이란 공간에 대한 상상을 통해 작가 윤후명은 서울 거리에서 일어나는 일상적인 움직임을 묘사하면서 자아정체성에 대한 성찰을 실현한다. 이와 동시에 한국문화가 어떻게 다른 문화와 소통하였는가를 알아보면서 돈황과 누란을 비롯한 실크로드를 통해 중국, 더 나아가 세계와의 문화교류를 더욱 활발히 하여 창조적인 한국의 미래를 설계하려는 작가의 욕망을 드러내고 있다. 소설 「피아노와 백합의 사막」에서 중국의 사막이라는 특정한 자연적인 공간은 단순한 배경이 아니라 소설 주인공의 자아의식으로 치환되는, 자아존재의 본질을 탐색하는 공간이며 20세기말 한국사회 일상의 황폐성을 상징하는 공간이기도 한다. 소설에서 작가는 피아노의 음악성과 백합의 심미성을 '사막'이란 황량한 이미지에 의미부여를 하고자 하였다. 소설 「감옥의 뜰」에서 알 수 있듯이, 하얼빈이란 도시는 굴욕과 역경을 극복하면서 성장했기 때문에 강인한 성격을 소유하고 있다. 김인숙은 소설 인물의 성격과 하얼빈이라는 도시가 겪었던 역사적인 이야기들을 병행시켜 사회적인 시각에서 극한 처지에 몰린 인간상을 관조하며 동시에 작가의 역사인식과 현실인식을 표현하기도 하였다.

문학은 사회, 문화, 그리고 역사와 매우 밀접한 연관이 있으며, 특히 문학을 연구할 때 한 시대를 풍미한 문화담론을 떼어놓고 말할 수 없다. 1992년 중한수교를 전후로 양국의 경제교역은 폭발적으로 증가하였는데 그 매개적 촉진자의 하나가 바로 중국의 조선족이다. 더불어 「일가」, 「가리봉 연가」, 「가리봉 양꼬치」, 「바다와 나비」, 「중공에서 온 손님」, 『잘가라, 서커스』, 『바리데기』, 『정글만리』 등 소설에서 조선족 이미지를 부각하였는데, 『정글만리』와 『바리데기』에서는 중국이란 공간 배경에서의 조선족 이미지를 긍정적이고 우호적으로 부각하였다. 두 작품을 통해 알 수 있듯이, 중국에서 오랜 세월 거주한 조선족은 중국국적의 중국인으로서, 중국소수민족의 하나인 조선족으로서 사회적 지위가 있음을 알 수 있다. 그리고 중국어와 한국어 등 이중 언어를 마음껏 구사할 수 있기 때문에 중국에서의 한국 비즈니스 추진과 조선의 어려운 시기에도 도와줄 수 있는 존재가 되었다. 그러나 한국에 거주하는 대부분의 재한 조선족은 결혼 이주 여성이 아니면 3D업종 노동자로서 한국에서는 '주변화'된 이방인으로 각인되고 있다는 것을 『잘 가라, 서커스』, 「바다와 나비」, 「가리봉 연가」, 「가리봉 양꼬치」 등 작품을 통해 알 수 있다. 한국 다문화 사회를 살아가는 하나의 해법으로 「가리봉 양꼬치」는 조선족 청년 임파가 가리봉동에서 같은 민족이라는 동질성을 갖고, 서로가 함께 즐길 수 있는 음식이나 음악 등 문화를 만들어 향유하는 것이 다문화시대에 조선족과 한국인들이 공존할 수 있는 길임을 보여준다.

　『정글만리』는 글로벌 경제에 진출한 중국을 배경으로 글로벌화와 지역화의 충돌을 겪고 있는 중국을 이야기 한 작품으로, 글로벌화와 지역화가 서로 부딪쳤을 때 발생하는 문화충돌에 대해 윤리적으로 탐구했다는 데 작품의 의의가 있다. 『밤은 노래한다』는 1930년대 중국 동북지역에서 발생한 '민생단사건'을 배경으로 하면서 당시 조선인들의 처참한 동족상잔의 역사를 폭로하였다. 중국 동북지역에서 '민생단사건'이 발생한 역사적 맥락은 아주 특수한 것이었지만 김연수는 중국 항일혁명에서 나타난 숙청확대문제와 한국독립운동에서 나타난 내부의 갈등을 직설적으로 비판하는 것이 아니라 역사적 사건의 근원인 타인에 대한 믿음과 인간성의 약점을 표현하였다.

제3장에서는 한국 당대 중국소재소설에 나타난 배타적 태도, 사실적 태도, 융합적 태도 등의 내면의식과 주체인 한국이 묘사대상인 중국을 이미지화 하는 은유, 환유, 제유 등 세 가지 표현 방식을 통해 중국 이미지의 변화 과정을 살펴보았으며, 중국 이미지의 부각, 전파 및 발전 과정을 통해 국가 이미지의 변천에 대하여 분석하였다.

소설『바리데기』에서 조선인 바리가 영국에서 다른 나라 사람들과 잘 어울리면서 행복을 느끼는 것과 달리 중국인 샹언니는 문화적으로 세계의 주류사회에 들어설 수 없으며 문화 지배구조의 주변부에 위치하여 있다. 이와 같은 중국인에 대한 한국 작가의 배타적 태도는 경제적, 정치적, 편견과 갈등이 서로 뒤엉켜 있던 당대의 사회 및 문화적 틀 속에서 이해할 수 있을 것이다.

중국과 한국은 동일한 유교문화권 혹은 한자문화권 속에서 오랫동안 교류해왔다는 친근감이 근원으로 작용하고 있기 때문에 소설『정글만리』에서는 서구가 보는 중국에 대한 편견과 오해를 동양의 시각으로 반박함으로써 서양 중심주의에서 탈출하려는 작가의 사실적 태도를 표현하였다. 작가는 또한 중국 체험을 통해 본국의 현실과 비슷한 사교육 현상을 묘사하면서 자기비판의식을 갖고 집단적 성찰을 실현하도록 한다. 그리고 소설에서 리옌링과 송재형의 만남은 중한 미래에 대한 낙관적인 전망을 밝히고 있음으로 과거의 피상적이고 편향적인 중국 이해방식의 한계를 극복하고자 하는 작가의 융합적 태도도 표현하였다.

주체와 묘사대상의 직접적인 접촉이 상승하면 그만큼 묘사대상과 이미지의 상상적 거리는 좁혀지며 묘사대상과 이미지의 관계는 은유적 관계에서 환유적 관계로, 그리고 환유적 관계에서 제유적 관계로 나아간다. 한국 당대소설에서의 중국 이미지의 변화 과정을 살펴보면 중국 현실에 대한 한국의 상상과 인지, 중한관계에 대한 한국의 인식과 기대, 그리고 한국문화에 대한 자아인정 혹은 자아비판 등 세 가지 의미를 포함하고 있다고 할 수 있다.

국가 이미지는 소프트파워의 외적 체현이다. 중국 이미지는 종합국력의 상승과 함께 새롭게 탈바꿈하여 점차 객관적이고 다양적인 추세를 나타나고 있다. 중국 이미지 변천사를 비롯해 서방중심주의 질서 속에서의 자아확립의 문제를 집중 탐구하여 현 중국의 문화자각의 문제에 직접적인 해답을 내놓아야 한다고 본다.

제4장에서는 한국 작가들의 중국체험, 중국소재소설에 나타난 '뙤놈', '라오펑유'와 같은 스테레오 타입, 그리고 중국을 정치화, 신비화 하는 '타자'에 대한 오독 등 비교문학형상학적 특징 및 중국서사의 한계를 분석하면서 한국문학사에서 중국소재소설의 가치, 더 나아가 중한문화교류사적 의의를 분석하였다.

본 연구의 중점은 '세계 관념 질서에서의 중국'으로, 그 배후에는 일종의 지연정치에 대한 관심이 있다.

한국의 당대문학 작품을 연구대상으로 선정한 이유는 이웃국가인 한국과 중국의 지리적 공간관계가 복잡하고, 한국은 중국의 영향을 많이 받아 중국에 대한 관심도가 매우 높으며, 더 나아가 역사적 교류와 분쟁 및 중국에 대한 인식이 뒤엉켜있어 태도 역시 다양하고 변화하기 때문에 주목할 가치가 있다. 중한관계의 인연은 매우 오래되어 역사문화에서 우호적인 교류도 있었으나 과거의 전쟁을 통해 치열한 접전도 있었으며, 경제적으로 상호 의존관계에 있으나 이데올로기의 차이가 존재해 대립적이기도 하기 때문에 민족 간 감정이 고조되고 있다. 따라서 외교관계가 좋을 때도 있고 나쁠 때도 있어 한국 당대 작가들은 소설에서 중국을 미화하기도 하고 폄하하기도 했던 것이다.

한국 당대소설에서 중국 이미지의 변화과정에 대하여 분석하는 것은 근본적으로 중국이란 '타자'에 대한 한국의 관념사(觀念史) 및 중한문화교류사 연구에 속한다.

한국은 지리적으로 가깝고 많은 역사적 경험을 공유한 중국에 특별한 관심을 갖는 것은 자연스러운 일이다. 따라서 한국인의 중국인식의 계보는 오랜 역사를 갖고 있다. 그러나 시대적 상황의 변천에 따라 인식의 구체적 내용이 달라지는 경우가 많았다. 한국 당대문학에서의 중국 이미지를 분석하는 것은 한국의 중국에 대한 전체적인 인식을 밝히는 것이라고 할 수 있다.

지식과 정보의 세계에서 관건은 대상 그 자체라기보다는 대상에 대한 인식이다. 인식의 변화는 사실의 변화와 무관하게 혹은 사실의 변화보다 앞서 인식의 주체와 대상의 새로운 관계설정에 의해 이루어진다고 말할 수 있다. 가장 바람직한 관계를 설정하기 위해서는 결국 서로의 기존 인식을 교환하고 이를 상호 검토하여 수정하는 작업이 지속적으로 진행되어야 할 것이다. 이런 조정 작업은 타자의 시선으로 구성된 지식 세계 속에서 자아의 정체성을 정립시키기 위한 매우 중요한 일이기도 하다.[1]

사실 중국에 대한 한국의 관념사 형성은 중국에 대해 '알고 있는 것'과 중국에서 '알고 싶은 것, 또는 바라는 것'의 두 측면이 상호 침투하는 동태적인 인식과정이라 할 수 있다. 중국의 개혁개방과 중한의 국교수립이 초래한 탈냉전의 상황 속에서 한국인의 중국인식은 바뀌고 있다. 이제 지난 50년, 특히 그 시발점인 1949년의 중국은 한국이 새롭게 해석할 수 있는 공간으로 열려 있는 셈이다. 자신의 문제의 연장에서 중국

---

1) 김성택, 이은숙 외, 『프랑스인의 눈에 비친 한국』, 대구: 경북대학교출판부, 2010, 19쪽.

이미지를 형성, 전파하는 데 한몫을 맡은 한국 당대 작가들의 중국인식이 비록 냉전논리에 침윤된 바 있지만, 중국의 발전을 인정하면서 호혜평등과 선린우호적인 중한관계에 대한 장기적인 전망을 품고 창작된 중국소재소설들은 한국이 중국을 어떻게 바라보는지를 이해하려할 때 활용할 수 있는 지적 자산이 될 수 있을 것이다.

　이미지는 다면체로 서로 다른 면과 색깔들이 있다. 이미지에 대한 인식은 때에 따라서 주관적이기도 하며 객관적이기도 하다. 주관적인 인식은 진정한 이해를 필요로 하지 않고, 자신의 가치관 및 이익에 기대어 판단하며, 객관적인 인식은 본래 사실에 근거해야 하지만 외국인에게 있어 전면적으로 중국을 이해하는 것은 쉽지 않은 일이다. 이국의 이미지는 타자가 그 다양성에 대한 일종의 인식으로 한 국가의 이미지는 여러 사람의 눈에 매우 다르게 인식될 것이다. 중국이라는 국가를 간단하고 분명하며, 세계의 여러 국가 및 수많은 사람들이 일원화되게 받아들일 수 있는 단어로 중국 이미지를 구축하는 것은 불가능하다. 이미지에 대한 인식은 사람에 따라 다르고, 기준에 따라 다르며, 이해관계에 따라 다르기 때문에 중국을 바라보는 시선과 관심의 영역, 그리고 인식의 방법이 다르며, 사람마다 각자의 인지를 갖고 있어 '좋다' 혹은 '나쁘다'라는 단순한 이분법적 사고로 정의할 수 없다.

　하지만 근본적으로 볼 때, 좋은 이미지는 자기 자신에 의해 구축되고 유지되는 것이다. 세계는 급속도로 발전을 이룬 중국을 받아들이고 이해해야 하며, 우리 역시 세계를 받아들이고 이해해야 한다. 이는 상호작용의 과정이다. 중국은 혼자만의 독특한 방식으로 급성장을 이뤄내 세계적 영향력이 점점 커지고 있지만 한국 당대 중국소재소설을 통해 알 수 있듯이 언어 차이, 방송매체 등과 같은 많은 이유로 한국은 아직 중국에 대한 전면적인 이해가 부족한 상황이다. 그리고 실제적으로 볼 때, 중국은 여전히 발전 중에 존재하는 많은 문제에 직면해 있다.

따라서 본 연구의 최종적인 목적은 중국 주체성의 구축 및 중국의 문화 자각에 있다.

문화 자각은 자아에 대한 분명하고 이성적인 인식이 필요하다. 현재 중국은 국제적으로 중국 경제력의 강화와 문화적 소프트 파워 간의 발전이 불균형하다는 문제가 지적되고 있다. 이 문제를 해결하려면 기타 국가의 중국에 대한 인식을 명확히 알아야 한다.

현재 조선반도 남북이 대치하고 있는 상황에서 한국의 반공 이데올로기는 여전히 지속될 것이다. 따라서 이데올로기 영역에서 중국에 대한 경계 역시 완화되기 어렵다. 한국은 중국을 직접적인 적으로 보지 않지만 '정치적 반체제'에 대한 부정적인 이미지는 일단 형성되면 한국인의 중국에 대한 판단에 영향을 미치게 된다.

현재 한국인의 중국에 대한 인식은 다양하고 복잡한데, 이는 역사적 계승의 영향을 받았을 뿐만 아니라 경제적인 이익요소가 있기 때문이기도 하다. 사실 한국인의 중국에 대한 정서는 매우 모순적이다. 한국은 중국경제의 빠른 성장으로 이익을 얻었지만 동시에 한국은 자신의 경제가 나날이 중국에 의존하게 되는 것을 깨닫고, 중국의 막강한 영향력을 경계하고 있다.

요컨대, 본 저서는 한국 당대 중국소재소설을 중한관계의 역사와 변화된 현실, 더 나아가 동아시아 지역사 맥락에서 이해하고자 노력하였다. 한국 당대 중국소재소설에 부각된 중국은 중국인이 생각한 자신의 모습과는 일정 부분 차이가 있다. 이러한 차이는 역사적·문화적·국제관계의 객관적인 원인과 더불어 작가 개인의 주관적인 요소도 작용하고 있다.

문학은 삶의 거울이다. 한국 당대소설 속의 중국 이미지는 중국의 급속한 발전 및 복잡다단한 중한관계와 더불어 그 변화도 굴곡적인 양상을 보이게 되었다. 본 연구에서 논의된 바와 같이, 한국 당대소설을 통해 중국이라는 이국에 대한 상상과 대립적인 구도 속에서 보여지는 적대적 의식, 때로는 급속한 대국의 성장에 대한 동경의 심리까지 엿볼 수 있었다. 본 연구의 한계성이라면 한국 당대소설 속의 중국 이미지들을 비교적 단순하게 구현하는 수준에 머물러 보다 세밀한 접근이 필요하다는 점과 과거와 현재를 아우르는 중국 이미지의 변화에 대한 논의가 불충분한 점을 들을 수 있다. 따라서 이 부분은 차후 과제로 남기면서 후속 연구를 통해 보충해 나가도록 하겠다.

참고문헌

1. 기본자료

공선옥, 「가리봉 연가」, 『유랑가족』, 서울: 실천문학사, 2005.

공선옥, 「겨울의 정취」, 『유랑가족』, 서울: 실천문학사, 2005.

공선옥, 「일가」, 『나는 죽지 않겠다』, 서울: 창비, 2009(2007).

김연수, 「뿌녕쉬(不能說)」, 『나는 유령작가입니다』, 서울: 창비, 2005.

김연수, 「이등박문을 쏘지 못하다」, 『나는 유령작가입니다』, 서울: 창비, 2005.

김연수, 『밤은 노래한다』, 서울: 문학과지성사, 2008.

김인숙, 「감옥의 뜰」, 『제12회 이수문학상 수상작품집』, 서울: 홍영사, 2005.

김인숙, 「바다와 나비」, 『2003년도 이상문학상 수상작품집』, 서울: 문학사상사, 2003.

박찬순, 「가리봉 양꼬치」, 『발해풍의 정원』, 서울: 문학과지성사, 2009(2006).

박찬순, 「지하삼림을 가다」, 『발해풍의 정원』, 서울: 문학과지성사, 2009.

배평모, 『하늘로 떠나는 배』, 서울: 아선미디어, 1999.

오정희, 「중국인 거리」, 『유년의 뜰』, 서울: 문학과지성사, 1998(1979).

윤대녕, 『피아노와 백합의 사막』, 서울: 봄출판사, 2002(1995).

윤후명, 「돈황의 사랑」, 『비단길로 오는 사랑』, 서울: 문학아카데미사, 1991(1982).

윤후명, 「누란의 사랑」, 『비단길로 오는 사랑』, 서울: 문학아카데미사, 1991.

윤후명, 「외뿔 짐승」, 『가장 멀리 있는 나』, 서울: 문학과지성사, 2001.

윤후명, 「구름의 향기」, 『새의 말을 듣는다』, 서울: 문학과지성사, 2007.

이응준, 「아마 늦은 여름이었을 거야」, 『약혼』, 서울: 문학동네, 2006.

조건상, 「중공에서 온 손님」, 『이웃사람 엄달호』, 서울: 성균관대학교출판부, 1998(1988).

조성기, 「돈황의 춤」, 『세계의 문학』, 서울: 봄호, 1992.

조정래, 『정글만리(1, 2, 3)』, 서울: 해냄출판사, 2013.

천운영, 『잘가라, 서커스』, 서울: 문학동네, 2005.

황석영, 『바리데기』, 서울: 창비, 2007.

2. 단행본

(中)

爱德华・W.萨义德[美]著, 王宇根译, 『东方学』, 北京: 三联书店, 1997.

白永瑞, 『思想东亚』, 北京：三联书店, 2011.

柏杨, 『丑陋的中国人』, 北京：人民文学出版社, 2009.

贝阿特丽丝·迪迪耶, 孟华主编, 罗湉译, 『交互的镜像：中国与法兰西』, 上海：上海远东出版社, 2015.

本尼迪克特[美]著, 张燕、傅铿译, 『文化模式』, 杭州：浙江人民出版社, 1987.

程正民, 『巴赫金的文化诗学』, 北京：北京师范大学出版社, 2001.

崔鹤松, 『朝鲜(韩国)现代文学中的中国形象研究』, 北京：民族出版社, 2016.

畅广元, 『文学文化学』, 沈阳：辽宁人民出版社, 2000.

丹尼尔·图德[英]著, 于至堂, 江月译, 『太极虎韩国——一个不可能的国家』, 重庆：重庆出版社, 2015.

董向荣, 王晓玲, 李永春, 『韩国人心目中的中国形象』, 北京：社会科学文献出版社, 2012.

段义孚[美]著, 王志标译, 『空间与地方——经验的视角』, 北京：中国人民大学出版社, 2017.

范红主编, 『国家形象研究』, 北京：清华大学出版社, 2015.

方汉文主编, 『比较文学学科理论』, 北京：北京师范大学出版社, 2011.

费孝通, 『乡土中国』, 北京：北京大学出版社, 1998.

高旭东主编, 『多元文化互动中的文学对话』, 北京：北京大学出版社, 2010.

高旭东主编, 『比较文学实用教程』, 北京：北京大学出版社, 2011.

哈佛燕京学社主编, 『全球化与文明对话』, 南京：江苏教育出版社, 2004.

韩冬临, 『中外人文交流与国家形象构建』, 北京：中国社会科学出版社, 2017.

亨利·基辛格[美]著, 胡利平、林华、杨韵琴、朱敬文译, 『论中国』, 北京：中信出版社, 2012.

亨利·基辛格[美], 胡利平、林华译, 『世界秩序』, 北京：中信出版社, 2015.

姜智芹, 『西镜东像』, 北京：中央编译出版社, 2014.

金春仙, 『韩国现当代文学史』, 北京：民族出版社, 2012.

金春仙, 『朝鲜-韩国当代文学概论(修订版)』, 北京：民族出版社, 2009.

金宰贤[韩], 『中国, 我能对你说不吗？』, 北京：新星出版社, 2012.

卡尔·曼海姆著, 李书崇译, 『意识形态与乌托邦』, 北京：商务印书馆, 1999.

李彦冰, 『政治传播视野中的中国国家形象构建』, 北京：中国社会科学出版社, 2014.

刘献彪, 刘介民, 『比较文学教程』, 北京：中国青年出版社, 2002.

孟华主编, 『比较文学形象学』, 北京：北京大学出版社, 2001.

孟华, 『中国文学中的西方人形象』, 合肥：安徽教育出版社, 2006.

孟建, 于嵩昕主编, 『国家形象：历史、建构与比较』, 南京：江苏人民出版社, 2019.

朴键一, 『中国对朝鲜半岛的研究』, 北京：民族出版社, 2006.

逢增玉, 『文学现象与文学史风景』, 北京：高务印书馆, 2011.

齐佩, 陈橙主编, 『域外中国文化形象研究』, 北京：中央编译出版社, 2014.

秦启文, 周永康著, 『形象学导论』, 北京：社会科学文献出版社, 2004.

尚重生, 『当代中国社会问题透视』, 武汉 : 武汉大学出版社, 2007.

石源华, 『韩国独立运动与中国关系论集』, 北京 : 民族出版社, 2009.

汪民安, 陈永国, 马海良主编, 『城市文化读本』, 北京大学出版社, 2008.

王瑾, 『互文性』, 桂林 : 广西师范大学出版社, 2005.

魏志江等编著, 『"冷战"后中韩关系研究』, 广州 : 中山大学出版社, 2009.

吴晓波, 『激荡三十年 : 中国企业1978-2008』, 北京 : 中信出版社, 1998.

吴秀明, 『文化转型与百年文学"中国形象"塑造』, 杭州 : 浙江工商大学出版社, 2011.

吴秀明, 『20世纪文学演进与"中国形象"的历史建构』, 杭州 : 浙江大学出版社, 2016.

吴秀明, 『文化形象与历史经典的当代境遇』, 杭州 : 浙江大学出版社, 2014.

吴秀明主编, 『当代文化现象与文学热点』, 北京 : 北京大学出版社, 2011.

杨乃乔主编, 『比较文学概论』第三版, 北京 : 北京大学出版社, 2010.

杨昭全, 孙艳姝, 『当代中朝中韩关系史』, 长春 : 吉林文史出版社, 2013.

于阳, 『江湖中国, 一个非正式制度在中国的起因』, 北京 : 当代中国出版社, 2006.

张宏杰, 『中国国民性演变历程』, 长沙 : 湖南文艺出版社, 2016.

张维为, 『文明型国家』, 上海 : 上海人民出版社, 2017.

张哲俊, 『中国古代文学中的日本形象研究』, 北京 : 北京大学出版社, 2004.

张哲俊, 『第三种比较文学的观念』, 北京 : 北京大学出版社, 2016.

张哲俊, 『东亚比较文学导论』, 北京 : 北京大学出版社, 2004.

张志彪, 『比较文学形象学理论与实践』, 北京 : 民族出版社, 2007.

郑功成, 黄黎若莲, 『中国农民工问题与社会保护』, 北京 : 人民出版社, 2007.

周宁, 『世界之中国——域外中国形象研究』, 南京 : 南京大学出版社, 2007.

周宁, 周云龙, 『他乡是一面负向的镜子——跨文化形象学的访谈』, 北京 : 北京大学出版社, 2014.

中国外文出版发行事业局, 中国翻译研究院, 中国翻译协会, 『中国关键词(汉韩对照)』, 北京 : 新世界出版社, 2019.

祝远德, 『他者的呼唤——康拉小说他者建构研究』, 北京 : 人民出版社, 2007.

(韓)

강준영, 전병곤, 지세화, 『한권으로 이해하는 중국』, 서울: 도서출판 지영사, 1997.

거자오광 지음, 이연승 옮김, 『이역을 상상하다』, 서울: 그물, 2019.

김경수, 『공공의 상상력』, 서울: 랜덤하우스중앙, 2005.

김도희 · 왕샤오링, 『한중 문화 교류』, 서울: 폴리테이아, 2015.

김민철, 『문학이 사랑한 꽃 들』, 서울: 샘터, 2015.

김병섭 · 박순애, 『한국사회의 부패-진단과 처방』, 서울: 박영사, 2013.

김성곤, 『글로벌 시대의 문학-세계 속의 한국문학』, 서울: 민음사, 2006.

김성택 · 이은숙 · 김귀원 외, 『프랑스인의 눈에 비친 한국』, 대구: 경북대학교출판부,

2010.

김성호, 『1930년대 연변 민생단사건 연구』, 서울: 백산자료원, 1999.

김익두, 『이야기 한국신화』, 서울: 한국문화사, 2007.

김태준 외, 『문학지리·한국인의 심상공간(상, 국내편)』, 서울: 논형, 2005.

김택중, 『현대소설의 문학지형과 공간성 연구』, 서울: 푸른사상, 2004.

국회도서관, 『중국의 소프트파워 한눈에 보기』, 서울: 국회도서관, 2010.

곽승지, 『동북아시아 시대의 연변과 조선족』, 서울: 아이필드, 2008.

민귀식·잔더빈, 『한·중 관계와 문화 교류-양국 장기체류자의 문화 갈등과 적응』, 서울: 이매진, 2013.

박경리, 『만리장성의 나라』, 서울: 나남출판, 2003.

박경태, 『소수자와 한국사회』, 서울: 후마니타스, 2008.

박성창, 『비교문학의 도전』, 서울: 민음사, 2009.

박영순, 『한국어은유 연구』, 서울: 고려대학교 출판부, 2000.

박종철, 김흥규, 안형도 외, 『한국의 동북아시대 구상-이론적 기초와 체계』, 서울: 오름, 2006.

박홍규 옮김, Edward W.Said 지음, 『오리엔탈리즘』, 서울: 교보문고, 2000.

방민화, 『현대소설의 작가의식 연구』, 서울: 보고사, 2005.

백영서, 『동아시아의 귀환-중국의 근대성을 묻는다』, 서울: 창작과비평사, 2000.

백영서, 『핵심현장에서 동아시아를 다시 묻다』, 서울: 창작과비평사, 2013.

백영서·김명인 엮음, 『민족문학론에서 동아시아론까지』, 서울:창작과비평사, 2015.

서영채, 『미메시스의 힘』, 서울: 문학동네, 2012.

서정자 편집, 『디아스포라와 한국문학』, 서울: 역락, 2012.

안남연, 『1990년대 작가군과 여성문학』, 서울: 태학사, 2001.

양지성 지음, 박종연, 이용길 옮김, 『현대 중국의 사회계층』, 서울: 연암서가, 2015.

양필승, 이정희, 『차이나타운 없는 나라』, 서울: 삼성경제연구소, 2004.

여성한국사회연구회, 『여성과 한국사회』, 서울: 사회문화연구소, 1993.

이광규, 『동북아문화 공동체론』, 서울: 서울대학교출판문화원, 2012.

이상일, 김시태 외, 『민중문학의 실상과 이해』, 서울: 한국정신문화연구원, 1990.

이선영 엮음, 『문학비평의 방법과 실제』, 서울: 삼지원, 2001.

이재달, 『조선족 사회와의 만남』, 서울: 모시는사람들, 2004.

이재현, 『현대 한국소설사 1945-1990』, 서울: 민음사, 1991.

이-푸 투안 지음, 구동회·심승희 옮김, 『공간과 장소』, 서울: 도서출판 대윤, 1995.

이희옥, 차재복 외, 『1992-2012한중관계 어디까지 왔나』, 서울: 동북아역사재단, 2012.

임채완·여병창 외, 『화교 디아스포라-이주루트와 기억의 역사』, 서울: 북코리아, 2013.

임희섭, 박길성, 『오늘의 한국사회』, 서울: 나남, 1993.

유용태 엮음, 『한중관계의 역사와 현실』, 서울: 도서출판 한울, 2013.

정병호, 송도역 엮음, 『한국의 다문화 공간』, 서울: 현음사, 2011.

조너선 컬러 지음, 조규형 옮김, 『문학이론』, 서울: 교유서가, 2016.

주성수, 『21세기 세계와 한국』, 서울: 한양대학교 출판원, 1995.

최광식, 『실크로드와 한국문화』, 서울: 나남, 2013.

최송화·권영설, 『21세기 동북아 문화공동체의 구상』, 서울: 법문사, 2004.

최유찬, 『문학·텍스트·읽기』, 서울: 소명출판, 2004.

최원식, 임규찬 외 엮음, 『20세기 한국소설』, 서울: 창작과비평사, 2005.

한승조, 『동아시아 지역공동체를 주도하는 대한민국의 정체성과 가치』, 서울: 나남, 2015.

한국문학평론가협회, 『현대문학사의 재조명』, 서울: 백운사, 1991.

황국명, 『한국현대소설과 서사전략』, 서울: 세종출판사, 2004.

KBS「슈퍼차이나」제작팀, 『슈퍼차이나』, 서울: 가나출판사, 2015.

3. 논문

(中·학위논문)

崔一, 「韩国现代文学中的中国形象研究」, 延边大学博士学位论文, 2002.

高莲丹, 「论韩国多文化小说中的异国形象」, 中央民族大学硕士学位论文, 2012.

金娜, 「"民生团事件"小说形象化的虚与实——以文学与历史的互文性为中心」, 延边大学硕士学位论文, 2013.

金昌镐, 「苦难的岁月, 互补的文学」, 东北师范大学博士学位论文, 2003.

李在喜, 「异域视角的上海想象」, 华东师范大学硕士学位论文, 2013.

马靖妮, 「『热河日记』中的中国形象研究」, 中央民族大学博士学位论文, 2007.

朴铃一, 「赵廷来的长篇小说『丛林万里』中的中国·中国人形象」, 中央民族大学硕士学位论文, 2015.

(中·일반논문)

崔一, 「试析韩国的中国观」, 『延边大学学报』04期, 2003.

崔一, 「殖民地语境下韩国现代作家的"东北形象"」, 『东疆学刊』, 第23卷第3期, 2006:36-40.

陈琳琳, 「中国形象研究的话语转向」, 『外语学刊』, 2018年第3期 : 2018:33-37.

金海鹰, 「韩国现代游记文学中的中国形象研究——以北京体验为例」, 『中国语文论丛』第55期, 2012.

金周英, 「全球化和地方化碰撞中的中国——评赵廷来的『丛林万里』」, 『外国文学研究』01期, 2014.

李圭泰, 「韩中社会人文交流和韩中关系20年」, 『韩国学论文集(北京大学韩国学研究中心编)』,

中山大学出版社, 2012.

李彦, 「新时代国家形象的塑造与传播」, 『人民论坛』, 2019:124-125.

林大根, 「韩国现代文学中的华人形象以『土豆』、『农民』为例」, 『外国文学研究』06期, 2012.

朴宰雨, 「韩中国际合作精神的艺术表现──论中国现代小说里韩人抗日斗争的反映」, 『当代朝鲜』 第四期, 2005.

申楠, 汪琴, 「外媒"眼"中的中国及中国国际形象的塑造」, 『西安交通大学学报』, 第35卷第3期, 2015:121-126.

王生才, 「中国的大国外交战略与大国形象塑造」, 『高校社科动态』, 第1期, 2007:23-27.

苑英奕, 「韩国现代文学中中国人形象的变迁思考」, 『东北亚外语研究』第二期, 2013.

김해응, 「한국 여행자문학에 비친 중국 이미지 연구」, 『조선-한국학연구』, 민족출판사, 2009.

전월매, 「중국부상에 따른 국제질서 재편론 담론」, 『韓國文學中的中國元素』, 韓國語教育研究國際學術研討會, 2014.

赵泓, 「『每日电讯报』中的中国形象研究──基于2003-2013年对华报道的内容分析」, 『新闻大学』, 第126期, 2014：35-43.

赵秀凤, 冯德正, 「多模态隐转喻对中国形象的建构──以『经济学人』涉华政治漫画语篇为例」, 『西安外国语大学学报』, 第25卷第2期, 2017:31-35.

周宁, 李勇, 「究竟是"跨文化形象学"还是"比较文学形象学"」, 『学术月刊』, 第45卷, 2013: 5-12.

(韓·학위논문)

김성욱, 『한국 근대소설에 나타난 '타자 이미지' 연구─중국인 형상을 중심으로』, 한양대학교 박사학위논문, 2009.

김인숙, 「'아시아' 소설에 나타난 내셔널리즘의 논리」, 연세대학교 박사학위논문, 2012.

김정은, 「윤후명 소설의 공간 연구」, 중앙대학교 석사학위논문, 2009.

류진현, 「오정희 소설에 나타난 공간 연구: 「유년의 뜰」, 「중국인 거리」를 중심으로」, 고려대학교 교육대학원 석사학위논문, 2012.

오민, 『민족주의의 자아 관조-중국현대문학 속 한국 서사 연구』, 한국외국어대학 박사학위논문, 2010.

이미영, 「윤후명 소설 연구─여로형 서사구조를 중심으로」, 한국교원대학교 석사학위논문, 2003.

이재은, 「김연수 소설에 나타난 해체적 역사 인식 연구」, 명지대학교 석사학위논문, 2013.

임선화, 「김인숙 단편소설에 나타난 (타자)윤리성」, 군산대학교 교육대학원 석사학위논문, 2008.

정희정, 「김인숙 소설 연구-90년대 후반 이후의 현실 인식을 중심으로」, 한국교원대학교

대학원 석사학위논문, 2010.

(韓·일반논문)

고명철, 「시대고를 견디는 몽환의 비의성과 자기존재의 정립-윤후명의 실크로드 여행서사를 중심으로」, 『한민족문화연구제38집』, 한민족문화학회, 2011.

김명석, 「한국 현대소설속의 돈황」, 『현대소설연구』, 한국현대소설학회, 2005.

김경희, 「오정희 소설에 나타난 모성성 연구-「중국인 거리」, 「번제」를 중심으로」, 『인문학연구』, 조선대학교 인문학연구원, 2005.

金时俊, 「流亡在中国的韩国知识分子和鲁迅」, 『중국현대문학』제17호, 한국중국현대문학학회, 1999.

김명희, 「한국내 조선족 정체성과 한국관」, 『계간 사상』, 사회과학원, 2003.

金时俊, 「亚洲文化圈与现代韩中作家的体验」, 『중국현대문학』제27호. 한국중국현대문학학회, 2003.

김원석, 「중국 조선족의 천입사에 대한 연구」, 『동아연구』, 서강대학교 동아연구소, 1992.

김정훈, 「한국문학과 만주체험: 남영전의 토템시 연구」, 『현대문학의연구』, 한국문학연구학회, 2009.

김종수, 「한국영화에 재현된 중국인 형상의 역사적고찰」, 『비교문화연구』, 서울대학교비교문화연구소, 2012.

김태만 외, 「『정글만리』를 어떻게 볼 것인가?」, 『중국현대문학』, 한국중국현대문학학회, 2014.

김창호, 「동아시아 '타자'형상 비교연구-만보산 사건을 수용한 한중일 소설을 중심으로」, 『중국현대문학』제31호, 한국중국현대문학학회, 2004.

곽상순, 「오정희 소설에 나타난 죽음-「유년의 뜰」, 「중국인 거리」, 「저녁의 게임」을 중심으로」, 『여성문학연구』, 한국여성문학학회, 2013.

권성우. 민생단 사건의 소설화, 혹은 타자의 발견-김연수의 『밤은 노래한다』론」, 『한민족문화연구』제28집, 한민족문화학회, 2009.

남춘애, 「한국문학에 반영된 중국문화 형상연구」, 『한국언어문학』, 한국언어문학회, 2010.

남춘애, 「한국근대소설 이문열의 『불멸』에 반영된 중국문화」, 『문예시학』, 문예시학회, 2012.

남춘애, 「한국소설에 나타난 중국 지주형상 연구」, 『문예시학』, 문예시학회, 2011.

남춘애, 「한국소설에 나타난 중국마적 형상연구」, 『문예시학』, 문예시학회, 2012.

박남용, 박은혜, 「김광주의 중국체험과 중국 신문학의 소개, 번역과 수용」, 『中國硏究』, 한국외국어대학교중국연구소, 2009.

박일용, 「한국 고전문학에 나타난 중국의 강남체험과 강남형상」, 『한국고전연구』, 한국고전연구학회, 2013.

박정만, 「반 중국인 감정과 '타자'의 역사: 헨리 그림의 The Chinese Must Go」, 『현대 영미드라마』, 한국현대영미드라마학회, 2004.

박형준, 「한국문학의 차이니스 디아스포라-오정희의 「중국인 거리」를 중심으로」, 『한중인 문학회』, 한중인문학연구, 2015.

방민화, 「오정희의 「중국인 거리」연구」, 『현대소설연구』, 한국현대소설학회. 1999.

배옥주, 「국제결혼 이주여성의 장소 정체성 상실」, 『젠더와 문화(6)』, 계명대학교 여성학연 구소, 2013.

성현자, 「김연수 소설에 미친 "르테 마그리트 「빛의 제국」, 1954년"의 영향」, 『비교문학』, 한국비교문학회, 2006.

송명희, 「다문화 소설 속에 재현된 결혼이주여성」, 『한어문교육』, 한국언어문학교육학회, 2011.

송유미, 「간도지역 민생단 사건의 성격과 의미 연구」, 『한일차세대학술포럼』, (차세대)인문 사회연구, 2010.

송현호, 「「가리봉 양꼬치」에 나타난 이주 담론 연구, 『현대소설연구(51)』, 한국현대소설학 회, 2012.

신영미, 「중국인 거리」에 나타난 서사적 공간 연구-주체의 내면의식과 관련하여」, 『한국언 어문학』72권 0호, 한국언어문학회, 2010.

신명직, 「가리봉을 둘러싼 탈영토화와 재영토화」, 『로컬리티 인문학(6)』, 부산대학교 한국 민족문화연구소, 2011.

엄미옥, 「현대소설에 나타난 이주여성의 재현 양상」, 『여성문학연구』, 한국여성문학학회, 2013.

엄숙희, 「김인숙의 「바다와 나비」에 대한 생태학적 연구」, 『건지인문학』, 전북대학교 인문 학연구소, 2011.

엄숙희, 「박찬순의 「가리봉 양꼬치」에 나타난 조선족 재현 양상」, 『어문논총(27)』, 전남대 학교 한국어문학연구소, 2015.

양진오, 「「돈황」에서 「하얀 배」까지 윤후명 소설을 보는 시각1: 여행하는 영혼과 여행의 소설」, 『작가세계』, 작가세계, 1995.

오미일, 「일제강점기 경성의 중국인 거리와 '魔窟' 이미지의 정체성」, 『동방학지』, 연세대 학교 출판부, 2013.

오양호, 「상처받은 항구도시의 후일담: 한국현대소설에 나타나는 '인천'」, 『인천학연구』, 인 천대학교 인천연구원, 2002.

유인순, 「현대 한국소설에 투영된 중국, 중국인」, 『한중인문학연구』, 한중인문학회, 2004.

윤대석, 「21세기 한국 소설에서의 만주『밤은 노래한다』론」, 『현대소설연구』, 한국현대소 설학회, 2014.

윤숙영, 「윤대녕 소설의 원형적 이미지 연구」, 『동국어문학』, 동국어문학회, 2003.

이근석, 「되놈 중국인의 부정적 타자화의 기원과 재맥락화에 대하여」, 『중국현대문학』57집, 한국중국현대문학학회. 2011.

이남주, 「『정글만리』에 나타난 중국을 어떻게 볼것인가」, 『성균차이나브리프(Sungkyun China Brief)』, 성균관대학교 동아시아지역연구소, 2014.

이미림, 「다문화경계인으로서의 코리안 디아스포라 연구」, 『한중인문학연구』, 한중인문학회, 2013.

이미림, 「집시와 심청(바리)의 환생21세기 이주여성」, 『한중인문학연구』, 한중인문학회, 2012.

이욱연, 「『정글만리』신드롬을 어떻게 볼 것인가」, 『중국학보』, 한국중국학회, 2014.

이응석, 「시와 소설의 화해, 그 가능성의 모색-윤후명론」, 『동국어문학』, 동국어문학회, 1997.

이석준, 김경민, 「서울시 조선족 밀집지 간 특성 분석과 정책적 함의」, 『서울도시연구』, 서울연구원, 2014.

이정남, 「동북아의 차이니스 디아스포라와 국가정책: 한국과 일본의 사례를 중심으로」, 『국제지역연구』12권 3호, 한국외대 국제지역연구센터, 2008.

이창호, 「신화교의 국내 이주와 정체성의 정치」, 『민족연구』58권, 한국민족연구원, 2014.

이호규, 「'타자'로서의 발견, '우리'로서의 자각과 확인: 2000년대 이후 한국 소설에 나타난 조선족의 양상 연구」, 『현대문학의 연구』제36집, 한국문학연구학회, 2008.

이혜린, 김연수 소설의 자의식적 글쓰기-『나는 유령작가입니다』를 중심으로」, 『문예시학』제22집, 문예시학회, 2012.

임춘성, 「조정래의 『정글만리』를 '네 번' 읽고」, 『성균차이나브리프(Sungkyun China Brief)』, 성균관대학교 동아시아지역연구소, 2014.

임춘성, 「문명 전환 시대 한국인의 중국 인식」, 『중국현대문학(79)』, 한국중국현대문학학회, 2016.

원영혁, 「가해자에서 같은배를 탄 동시대인으로」, 『대산문화』, 2006.

전성욱, 「한국소설의 상하이 표상과 정소의 정치성」, 『중국현대문학77』, 한국중국현대문학학회, 2016.

전희진, 「상상된 중국인 그리고 식민지 조선 지식인의 딜레마」, 『사회와역사』, 한국사회하학회, 2013.

전월매, 「"타자"시각에서 본 한국현대소설 속의 조선족 이미지 연구」, 『겨레어문학』, 겨레어문학회, 2015.

전월매, 「한중수교이후 한국현대소설에 나타난 중국인 이미지 연구」, 『한국문학논총』제82집, 한국문학회, 2019.

전병성, 「『정글만리』연구-중국비즈니스 소설 의의를 중심으로」, 『중국문화연구』28, 중국문화연구학회, 2015.

정연희, 「기억의 개인 원리와 소통의 가능성-김연수 소설의 기억술을 중심으로」, 『어문논집』 65, 민족어문학회, 2012.

정영호, 엄영욱, 양충열, 「한국제재 중국 근대소설에 나타난 한·중·일 인식 연구」, 『中國人文科學』 第38輯, 2008.

정재림, 「오정희 소설의 이미지 기억 연구」, 『국제비교한국학회』, 비교한국학, 2006.

정현숙, 「윤대녕 소설의 공간과 토포필리아」, 『강원문화연구』, 강원대학교강원문화연구소, 2005.

조수성, 「90년대 중국 여성의 지위변화에 관한연구」, 『중국연구』제20권, 한국외국어대학교중국연구소, 1997.

주민욱, 「중국인의 의견표명 행위와 체면관」, 『한국언론정보학보』 62권0호, 2013.

지용신, 「재현된 서사와 이산 체험의 복원」, 『한국문예비평연구』, 한국현대문예비평학회, 2008.

차미령, 「원초적 환상의 무대화-오정희의 「중국인 거리」론」, 『일지사』, 한국학보, 2005.

차성연, 「중국조선족문학에 재현된 '한국'과 '디아스포라 정체성': 허련순의 작품을 중심으로」, 『한중인문학연구』제31집, 한중인문학회, 2010.

최삼룡, 「조선족 소설속의 한국과 한국인」, 『한중인문학연구』제37집, 한중인문학회, 2012.

최영자, 「윤후명 소설에 나타난 반영적 사유와 존재론적 인식」, 『한성어문학』, 한성대학교 출판부, 2010.

최병우, 「중국조선족 소설에 나타난 한국의 이미지 연구」, 『한중인문학연구』제30집, 한중인문학회, 2010.

최현주, 「윤후명 소설의 '정체성' 탐색 양상」, 『한국문학이론과 비평』, 한국문학이론과 비평학회, 2000.

하상일, 「심훈과 중국」, 『비평문학 55』, 한국비평문학회, 2015.

한광수, 「베이징 올림픽 이후 중국의 대국굴기와 우리의 위상-신지정학적 시대를 맞은 한반도의 미래」, 『Chindia Journal』, 포스코경영연구소, 2008.

한광수, 「중국의 부상, 동서 문명의 교차로에 선 한국-G2시대 활용하는데 국력을 집중해야」, 『Chindia Journal』, 포스코경영연구소, 2011.

한홍구, 「민생단 사건의 비교사적 연구」, 『한국문화25』, 서울대학교 규장각 한국학연구원, 2000.

함정임, 「21세기 한국 소설의 라틴아메리카 소설 경향-황석영, 임철우, 김연수, 박형서 소설을 중심으로」, 『비교문학연구』제25집, 경희대학교 비교문화연구소, 2011.

황남엽, 「차이나타운에 나타난 인종차별」, 『한국동서비교문학학회』, 동서 비교문학저널, 2015.

4. 기타자료

(中)
北京外国语大学韩国语学科、北京外国语大学世界亚洲研究信息中心,『韩国文学中的中国元素
　　　暨韩国语教育研究国际学术研讨会资料集』, 北京外国语大学, 2014年4月19日.
张维为,『我的中国观』, 红旗文稿, 2014.9.29.
周庆安,『中国形象的历史演变』, 学习时报, 2014.9.30.
中央民族大学朝鲜语言文学系朝鲜-韩国学研究中心,『"韩国(朝鲜)语言文学与中国"国际学术
　　　会议资料集』, 中央民族大学, 2014年9月20日.
안성호, '타자'의 시각에서 본 조선족과 한국인. 흑룡강신문. 2015.5.7.
http://hljxinwen.dbw.cn/system/2015/05/07/000968201.shtml

(韓)
KBS 다큐멘터리,『슈퍼차이나』, 2015.01.15~2015.01.24.
상하이저널,「조정래『정글만리』속 중국을 말한다」, 창간인터뷰, 2013.10.05.
오길영,「소설과 르포의 거리」, 한겨레오피니언, 2013.11.22.
임춘성,「조정래의 도발, 너희들이 중국을 알아?」, 프레시안, 2013.10.18.
황남엽,「한국 화교, 그 애잔한 이름」, 일간투데이, 2015.8.13.
「10월의 소설: 조건상의 <중공에서 온 손님>」, 동아일보, 1988.11.01

박영일 朴鈴一

　1990년 중국 흑룡강성 영안시에서 태어나 중앙민족대학교 조선언어문학학과와 동대학원을 졸업하고 2018년에 박사학위를 받았다. 심천폴리텍대학교(深圳職業技術學院) 전임강사로 재직하면서 심천시번역협회 이사를 역임하고 있다.

　주요 논문으로 「조정래의 장편소설 『정글만리』에 나타난 중국인 형상」, 「황순원의 「목넘이 마을의 개」와 장현량의 「노인과 개」 소설 속 '개' 이미지 비교」, 「余光中与郑芝溶的同名诗 「乡愁」之比较」, 「论析尹厚明的「丝绸之路」书写」 등 11편이 있고, 역서로 『李健熙, 伟大的选择』이 있다.

한국 당대소설에 나타난 중국 이미지 연구
韓國當代小說中的中國形象硏究

초판 1쇄 인쇄 2022년 6월 7일
초판 1쇄 발행 2022년 6월 24일

지 은 이　박영일(朴鈴一)
펴 낸 이　이대현
펴 낸 곳　도서출판 역락

책임편집　임애정
편　　집　이태곤 권분옥 문선희 강윤경
디 자 인　안혜진 최선주 이경진
마 케 팅　박태훈 안현진

펴 낸 곳　도서출판 역락 / 서울시 서초구 동광로46길 6-6 문창빌딩 2층(우-06589)
전　　화　02-3409-2058 FAX 02-3409-2059
이 메 일　youkrack@hanmail.net
홈페이지　www.youkrackbooks.com
등　　록　1999년 4월 19일 제303-2002-000014호

ISBN 979-11-6742-320-7 93810
字數 185,217字

* 정가는 뒤표지에 있습니다.